MAX REITER

DER KILLER IN DIR

THRILLER

✿ | SCHERZ

Erschienen bei FISCHER Scherz
Frankfurt am Main, April 2024

© 2024 Andreas Götz
© für diese Ausgabe: S. Fischer Verlag GmbH,
Hedderichstr. 114, D-60596 Frankfurt am Main
Die Nutzung unserer Werke für Text- und Data-Mining
im Sinne von § 44b UrhG behalten wir uns explizit vor.

Redaktion: Ilse Wagner
Satz: Dörlemann Satz, Lemförde
Druck und Bindung: GGP Media GmbH, Pößneck
ISBN 978-3-651-00129-9

I

»WER ZUM SCHWERT GREIFT ... «

Liebe Martha,

wenn du das liest, bin ich bereits tot. Ob es nach einem Unfall oder nach Selbstmord aussieht oder ob meine Leiche spurlos verschwindet und ich als vermisst gelte – wie immer die offizielle Version lauten wird, ich bitte dich inständig, sie zu akzeptieren und auf keinen Fall weitere Nachforschungen anzustellen. Du hast ja erlebt, wozu dieser Mann fähig ist. Denk an Sonja. Ihr beide seid nur sicher, wenn die Wahrheit über mich und mein Schicksal ein Geheimnis bleibt. Weil ich aber weiß, dass du dich niemals mit so vielen offenen Fragen zufriedengeben wirst, sollst du wissen, wie eines zum anderen kam, und zwar von Anfang an. Ich wollte es dir in einem Brief schreiben, doch jedes Wort fühlte sich falsch an. Wie eine Rechtfertigung von etwas, das nicht zu rechtfertigen ist. Deshalb findest du auf dem USB-Stick, den ich dir hingelegt habe, mein Tagebuch. Darin steht, was du wissen musst, offen und ehrlich, so wie ich es in der jeweiligen Situation empfunden habe. Beginn mit den Einträgen ab Mai. Wenn du alles gelesen hast, wirst du hoffentlich das Richtige tun, und das kann nur bedeuten: für immer schweigen. Keine Ahnung, ob du dann noch einen Funken Liebe für mich übrighaben wirst. Selbst wenn, erwarte ich nicht, dass du mir jemals verzeihst. Wie sollte ich? Ich habe dich und Sonja in Lebensgefahr gebracht, aus Gründen, die mir inzwischen selbst unbegreiflich sind. Sieh meinen Tod als die gerechte Strafe dafür an und belass es dabei. Vor allem: Sei vorsichtig! Geh bitte keine Risiken ein, um eine Wahrheit zu enthüllen, die mir nicht mehr hilft und euch nur schadet. Aber du triffst wie immer deine eigenen Entscheidungen.

Dein dich liebender
Alex

ALEX' TAGEBUCH

MAI

3. Mai

Vorhin eine höchst irritierende Begegnung im Leonardo.
Ein Typ hat mich mit jemandem verwechselt. Das kommt
vor. Aber wie er darauf beharrte, dass ich derjenige sei, für
den er mich hielt – das hatte erst skurrile, später bedroh-
liche Züge. Ich hatte Sonja gerade in der Kita abgeliefert
und dabei von einigen der Eltern noch mal reichlich Lob
eingeheimst für Sonjas tolle Geburtstagsparty letzte Woche. (Kaum zu glauben, dass die süße Maus schon fünf ist!)
Die Spiele und vor allem meine Clownnummer sind anscheinend bereits Legende im Viertel. »Vater des Jahres«
nennen sie mich nur noch. Und da saß ich nun an diesem wunderschönen Morgen, genoss meinen Ruhm und
meinen täglichen Cappuccino mit Tiramisu, um mich
für die vollen Wäschekörbe zu stärken, die zu Hause auf
mich warteten. Da fiel mir auf, dass jemand am Neben-
tisch ziemlich ungeniert zu mir herüberstarrte. Ein Mann,
schätzungsweise in den Vierzigern, Undercut mit reichlich Gel im Haar und Solariumbräune auf der ledernen
Haut. Schicker Anzug, von Armani oder zumindest in dieser Preislage. Im Mundwinkel einen Zahnstocher, auf dem

11

er lässig herumkaute. So wie man es bei den Gangstern in schlechten Mafiafilmen sieht. Ich war lange genug Polizist, um diese Sorte Mann mit einem Blick zu durchschauen. Seinem gepflegten Äußeren zum Trotz: Der Typ war alles andere als sauber. Irgendwann fiel es schwer, seine Blicke zu ignorieren, und so fragte ich ihn, ob etwas nicht in Ordnung sei. Er grinste bloß und fragte zurück, wieso etwas nicht in Ordnung sein solle. Zwei Männer an zwei benachbarten Tischen in einem Café – das sei das Normalste auf der Welt. Die Art, wie er sprach und sich dabei verhielt, bezeugte das genaue Gegenteil. Und dass er sich neben mich gesetzt hatte, obwohl das Café bis auf uns beide fast leer war, kam mir zumindest auffällig vor.

»Und wieso sehen Sie mich die ganze Zeit so an?«, fragte ich ihn.

»Ist es etwa verboten, Sie anzusehen?«, erwiderte er.

»Nach einer gewissen Zeit schon«, sagte ich. »Dann wird es nämlich zur Belästigung.«

Er lachte auf. »Belästigung? Ich bitte Sie! Das hier ist nur eine flüchtige Begegnung zweier Fremder, die in einem Café zufällig ins Gespräch kommen.«

So wie er das Wort *zufällig* betonte, war klar, dass nichts an dieser Begegnung zufällig war. Von *ins Gespräch kommen* konnte auch keine Rede sein. Er hatte eine Reaktion von mir provoziert. Und noch eines begriff ich: Ich kenne ihn zwar nicht, aber er kennt mich. Oder kann es sein, dass ich mich bloß nicht an ihn erinnere? Eigentlich ist mein Gedächtnis für Gesichter und Namen ausgezeichnet. Persönlich begegnet sind wir uns also sicher nicht. Vielleicht ist er jemand, dem ich mal die Tour vermasselt habe, etwa, weil ich einen Komplizen verhaftet hatte, den er für ein krummes Ding brauchte. Solche Leute haben ein langes

Gedächtnis. Wie auch immer, ich ging innerlich in Habachtstellung und fragte ihn, wer er sei.

Er beugte sich zu mir herüber und meinte mit gedämpfter Stimme: »Die viel interessantere Frage ist doch: Wer sind *Sie*?«

»Mir kommt es so vor«, antwortete ich, »als wüssten Sie das längst.«

Er sah mich mit einem Röntgenblick an und raunte: »Da haben Sie verdammt recht.«

»Sagen Sie endlich, was Sie von mir wollen.«

»Was wohl?« Der Mann rückte mit seinem Stuhl näher an mich heran. »Lassen wir das Versteckspiel. Sie sind aufgeflogen, mein Freund. Finden Sie sich damit ab. Das macht vieles zwischen uns leichter.« Sein Zahnstocher bewegte sich beim Reden auf und ab. Mit gedämpfter Stimme fügte er hinzu: »Sie müssen sich keine Sorgen machen. Ihr Geheimnis ist bei mir sicher. Von meiner Seite aus kein Sterbenswort. Zu niemandem.« Um das zu unterstreichen, legte er den Zeigefinger auf die Lippen.

So wie es aussah, verwechselte mich der Typ mit jemandem aus seinem Milieu. Irgendwas Kriminelles war da in Planung, und das hier war die missglückte erste Kontaktaufnahme mit einem Spezialisten für irgendwas, der ihm empfohlen worden war. Oder einem Insider, von dem wichtige Informationen erpresst werden sollten. Jemandem, der aufgrund eines Missverständnisses zur selben Zeit in einem anderen Café saß und ahnungslos seinen Kaffee trank. Auf einmal kribbelte es mir im Bauch wie früher, wenn eine kalte Spur durch einen neuen Fund plötzlich heiß wurde. Alle Lampen gehen an, du schaltest automatisch von Standby auf volle Energie. Ich hatte wirklich große Lust, in das Gespräch einzusteigen, um mehr über diesen Kerl und seine Pläne zu erfahren. Und sie mit einer kleinen Info an Bruckner zu durchkreuzen. Trotzdem knipste ich die Lampen wieder aus, fuhr die Systeme runter. Ich bin inzwischen seit sieben Jahren nicht mehr beim LKA Berlin. Und dass ich mit Mitte dreißig und besten Karriereaussichten das Handtuch geschmissen habe, hatte einen Grund. Dieser Job kann dich in Situationen bringen, in die du nicht geraten willst. In die ich zumindest nicht mehr geraten will. Deshalb sagte ich zu meinem aufdringlichen Nachbarn: »Sorry, Sie haben den Falschen.«

»Sie sind doch Alexander Leifert?«, fragte der Mann leicht irritiert. »Ex-Bulle – sorry, Ex-Polizist, jetzt Hausmann mit einem Podcast über Verbrechen. Oder etwa nicht?«

Jetzt war ich der Irritierte. Er meinte tatsächlich mich. War er gar kein Krimineller, sondern ein Fan? Warum dann dieses geheimnisvolle Getue? Verarschte er mich? Ich fragte ihn, ob er mich von meinem Podcast her kenne. Ob er ein Hörer sei. Einer von meinen zweiunddreißig Followern.

»Darauf können Sie einen lassen!«, rief er. »Ich folge Ihnen schon eine ganze Weile, und ich bewundere Ihre Arbeit. Ich bin ein absoluter Fan! Keine Übertreibung!«

Ich hatte nicht das Gefühl, dass er über meinen Podcast sprach. Egal, ob er ein Fan war oder ein Krimineller, er nervte mich gewaltig. Und nicht nur das. Etwas Bedrohliches, Unberechenbares ging von ihm aus, wie ich es von Verwirrten und Unzurechnungsfähigen her kenne.

Während ich überlegte, wie ich ihn am geschicktesten abwimmeln konnte, ohne ihn zu provozieren, sagte er: »Wir sollten zusammenarbeiten. Wir wären ein Spitzenteam und könnten viel erreichen.« Als ich erwiderte, dass ich keine Ahnung hätte, worauf er hinauswolle, zwinkerte er mir zu und meinte: »Oh, das wissen Sie sehr gut.« Und dann sagte er: »Sie haben recht. Wir sollten nicht hier darüber reden.«

»Wir sollten überhaupt nicht mehr reden«, erklärte ich schroff. »Sie sehen etwas in mir, das ich nicht bin. Deshalb war's das jetzt. Ich wünsche Ihnen einen schönen Tag.«

Damit wandte ich mich meinem Handy zu.

Der Mann blieb noch eine Weile sitzen, er schien zu überlegen, was zu tun sei, und entschied sich fürs Gehen. Er wünschte mir ebenfalls einen schönen Tag, sprang auf und eilte davon. Erst da schaute ich von meinem Handy wieder hoch und ihm hinterher, beobachtete, wie er in einen weinroten Mercedes SL stieg. Wenig später brauste er am Café vorbei.

Ich hoffe, die Sache ist damit vorüber, doch mein Instinkt sagt mir, dass ich den Mann wiedersehen werde. Er weiß zu viel über mich. Sogar, wo er mich um diese Uhrzeit finden würde, wusste er. Das hat einen Grund. Höchste Zeit, meinerseits ein paar Informationen einzuholen. Ich hatte mir das Kennzeichen des Mercedes gemerkt und rief Bruckner an, damit er checkt, wer der Halter des Wagens ist. Leider erreichte ich nur seine Mailbox. Bis jetzt hat er nicht zurückgerufen.

Dafür hat sich mein alter Herr gemeldet, seine schlechte Laune bei mir abgeladen und sich beschwert, dass wir ihn so selten besuchen. Was muss er sich auch ein Haus im Nirgendwo kaufen. Am Wochenende sind wir eingeladen. Das konnte ich ihm leider nicht abschlagen.

Nachmittag

Nichts von Bruckner, dafür Ärger in der Kita. Sonja hat Marie-Claire in die Hand gebissen. Sie wollten beide den großen roten Bagger und konnten sich nicht einigen, wer ihn zuerst bekam. Ich kann Sonja so gut verstehen. Marie-Claire ist ein verwöhntes Biest, das ausrastet, wenn es seinen Willen nicht kriegt. Was soll man anderes erwarten? Ihre Eltern sind beide Anwälte. Wenn ich an die eine oder andere Diskussion mit denen denke, muss ich zugeben, dass es Momente gab, in denen ich auch gern zugebissen hätte. Tapfere Sonja! Natürlich musste ich sie beim Abholen theatralisch ausschimpfen und ihr erklären, dass wir das nicht tun. Leute beißen und so. Ob sie mir das abgekauft hat? Es ist nicht leicht, ihr was vorzumachen. Sie hat die Schläue ihrer Mutter geerbt und meine Kombinationsgabe. Dass ich ihr danach eine Tasse heiße Schokolade gemacht habe, hat meine Glaubwürdigkeit vermutlich nicht erhöht. Sie könnte das sogar als Belohnung aufgefasst haben. Sei's drum, nach all der Aufregung hat sich meine kleine Verbrecherin die süße Wohltat redlich verdient. Wie sie, während ich diese Zeilen hastig tippe, vor mir am Küchentisch sitzt, im goldgelben Sonnenlicht, das wie für sie gemacht durchs Fenster hereinfällt, und mit Milchschaum auf der Oberlippe – das ist ein Bild für Götter. Gleich werde ich sie ordentlich knuddeln, meinen blonden Engel mit den scharfen Zähnen.

Abend

Bruckner hat sich endlich gemeldet. Sie haben im LKA gerade alle Hände voll zu tun. Neuer Chef, neue Methoden, neue Ansagen. Aber nicht jeder neue Besen kehrt besser. Manche wirbeln einfach nur Staub auf. »Sei froh«, sagt Bruckner, »dass du dich um so ein Hickhack nicht mehr kümmern musst.« Finde ich auch. Trotzdem vermisse ich den Job manchmal. Auch nach so vielen Jahren. Ich habe mich ja nicht verabschiedet, weil mir langweilig geworden wäre.

Nachdem Bruckner Dampf abgelassen hatte, konnte ich ihm endlich die Situation im Leonardo schildern. Als ich fertig war, schwieg er lange, dann hakte er nach: »Von einem kriminellen Vorhaben hat der Typ nichts gesagt, das vermutest du nur. Richtig?«

»Ich kenne diese Typen«, sagte ich. »Er hat von großen Dingen geschwafelt, die wir zusammen erreichen könnten. Vielleicht erhofft er sich was von meinen Polizeikontakten.«

Wenn ich ehrlich bin, glaube ich das nicht wirklich. Je mehr ich über die Begegnung von heute Morgen nachdenke, desto klarer wird mir, dass es diesem Mann um weit mehr geht als nur um ein paar Tipps hier und da. Er hält mich mindestens für korrupt, vielleicht sogar für einen Kriminellen. Keine Ahnung, wie er auf diese Idee kommt. Aber von solchen Vermutungen braucht Bruckner vorerst nichts zu wissen. In seinem Eifer allarmiert er sonst nur die ganze Kavallerie, und das ist das Letzte, was ich gebrauchen kann. Alles, was ich will, ist eine Info zur Identität des Mannes, keine offizielle Ermittlung. Ich möchte selbst ein wenig am Ball bleiben. Wenn die Sache heikel werden sollte, kann ich sie immer noch an ihn abtreten.

Bruckner zickte herum. Er dürfe nicht ohne Anlass Kennzeichen abfragen. Der neue Chef gucke ihnen allen genau auf die Finger.

»Wieso?«, wandte ich ein. »Es gibt doch einen Anlass: Ein besorgter Bürger hat eine verdächtige Person gemeldet.«

Bruckner gab sich murrend geschlagen und versprach, sich zu melden.

Er bemüht sich zwar, es zu verbergen, aber so ganz kommt Bruckner bis heute nicht über meinen Abschied hinweg. Klar, wir waren ein tolles Team. Haben große Fälle gelöst. Ich erinnere mich gut, wie sauer er damals war. Er nahm meinen Schritt persönlich. Obwohl er einen Wechsel, rein menschlich, verstanden hat, nach dem, was mir passiert war. Ich glaube, es wäre für ihn leichter zu akzeptieren gewesen, wenn ich mich bloß hätte versetzen lassen. In ein anderes Dezernat. Oder zur Not in die Verwaltung. Aber als Martha schwanger wurde und meine Auszeit in ein dauerhaftes Dasein als Hausmann überzugehen drohte, konnte er nicht glauben, dass das mein Ernst war. Er hat nach der Geburt seines Jakob zwar auch Elternzeit genommen, ganze drei Monate, und aller Welt erzählt er noch heute, wie erfüllend diese Erfahrung gewesen sei, doch mir hat er mal nach dem vierten oder fünften Bier gestanden, dass es die schlimmsten drei Monate seines Lebens waren. Deshalb hat er bei David und Leonie nur noch zwei Wochen freigenommen. Er ist nun mal Polizist und nichts anderes. Umso mehr freut es mich, dass wir trotzdem Freunde geblieben sind. Das bedeutet mir viel, und wenn ich nicht irre, ihm auch, allem gelegentlichen Sticheln und Zicken zum Trotz. Vielleicht hofft er, dass ich eines Tages ins LKA zurückkehre, und in meinem True-Crime-Podcast sieht er wohl ein Anzeichen, dass ich nicht ganz von der Polizeiarbeit lassen kann. Nun, zumindest mit Letzterem hat er wohl recht. Mir geht es nicht um Hörer, Follower, Abonnentenzahlen und all so was, mir macht das Recherchieren Spaß. Da spüre ich noch mal das alte Feuer. Die Veröffentlichung gibt dem Ganzen nur eine Richtung. Ein Ziel. Einen Sinn.

Es dauerte keine halbe Stunde, bis Bruckner wieder anrief. Der Mercedes SL ist auf einen Kurt Wonnegast zugelassen. Der Name sagt mir rein gar nichts. Bruckner auch nicht. Weil er schon dabei war, hat er Wonnegast gleich überprüft. Es gibt ein paar Vorstrafen wegen Drogenbesitz, aber nur Bagatelldelikte. Anscheinend ein sehr kleiner Fisch. Oder ein großer, dem es bisher gelang, allen Netzen geschickt auszuweichen. Für Letzteres spricht der dicke Wagen.

Was soll ich tun? Hoffen, dass Kurt Wonnegast von selbst erkennt, dass ich nicht sein Mann bin, und er mich nicht mehr belästigt?

Irgendwo da draußen wird gerade ein Verbrechen geplant. Menschen werden zu Schaden kommen, materiell oder körperlich oder beides. Vielleicht verliert sogar jemand sein Leben. Kann mir das wirklich egal sein?

Eigentlich wollte ich Martha vorhin beim Essen von Wonnegast erzählen. Hören, was sie von der Sache hält. Und habe es dann doch nicht gemacht. Es gab wie immer viel anderes Zeug zu bereden, klar, aber ich frage mich, ob das der wirkliche Grund war. Ich war ein paarmal kurz davor, doch etwas hielt mich zurück. Keine Ahnung, was. Allerdings weiß ich auch so, was sie sagen würde: Jeden Tag passieren Verbrechen, die du nicht verhindern kannst, also halte dich von solchen Leuten fern, damit du in nichts reingezogen wirst.

Und hat sie nicht recht?

7. Mai

Ein herrliches Wochenende auf dem Land liegt hinter uns. Meine Bedenken, Papa könnte uns die Stimmung mit Vorwürfen und mieser Laune verderben, waren zum Glück unbegründet. Aber bei meinem alten Herrn weiß man eben nie, was einen erwartet. Und die letzten Wochen war er am Telefon ungenießbar. Deshalb habe ich den Besuch ja so lange aufgeschoben. Aber er hat es sich richtig schön gemacht in dem kleinen Häuschen, das muss ich zugeben. Sogar mit Gemüsegarten. Gemüseanbau! Mein Vater! Ein Blumenbeet hat er außerdem angelegt. Für die Bienen, sagt er. Hätte nicht gedacht, dass das in ihm steckt. Wenn Mama das sehen könnte. Das sind die Momente, in denen ich wünschte, dass sie irgendwo über uns sitzt und uns zusieht. Sonja hat sicher ihren Anteil daran, dass sich Papa in den letzten Jahren so gewandelt hat. Was war er früher für ein Stinkstiefel. Und erst, wenn er betrunken war. Nicht auszuhalten! Seit Sonjas Geburt trinkt er nicht mehr. Gute Idee von Martha, das zur Bedingung für den Umgang zu machen. Nie hätte ich gedacht, dass er das schafft. Aber er hat Sonja vom ersten Tag an vergöttert. Und Sonja liebt ihren Opa. Obwohl er manchmal ruppig sein kann. Auch zu ihr. Gestern, zum Beispiel, als sie nicht in den Garten wollte, weil ihre Folge PAW Patrol noch nicht zu Ende war. Papa schimpfte über den Quatsch, mit dem das Fernsehen die Kinder verblöde, über die Dummheit der Leute im

Allgemeinen usw. Sonja schüttelte das ungerührt ab und sagte streng: »Ich muss das jetzt gucken, Opa.« Und als er nicht aufhörte, zu schimpfen und zu zetern, meinte sie bloß: »Das verstehst du nicht, Opa. Wenn du willst, darfst du mitgucken. Du musst aber leise sein!« Papa setzte sich zu ihr und sagte kein Wort mehr. Martha und ich haben uns beim Abwasch in der Küche gekringelt vor Lachen. Er ist Wachs in ihren kleinen Händen. Wie wir alle.

Heute sind wir mit dem Mietwagen rauf an die Ostsee gefahren. Es war natürlich viel zu frisch, um sich in Badeklamotten am Strand zu sonnen oder gar ins Wasser zu gehen. Der Wind war auch ziemlich kräftig. Trotzdem ein herrlicher Ausflug. Das Meer ist bei jedem Wetter grandios. Es hat eine eigene Persönlichkeit, hat seine Launen und Stimmungen. Mal spuckt es dir ins Gesicht oder zeigt dir die kalte Schulter, dann wieder lockt und umgarnt es dich. Martha und ich teilen die Liebe zum Meer. Wir können stundenlang schweigend über das Wasser schauen, mit dem Gefühl, dass das Meer gleichzeitig in uns hineinschaut. Was es wohl sieht?

Wir saßen windgeschützt in einem Strandkorb, und weil Sonja ihren Opa über den Strand hetzte, auf der Suche nach Treibgut, Muscheln und besonderen Steinen, hatten wir diese Zeit ganz für uns allein. Sie sind selten und kostbar geworden, diese kleinen Inseln ungestörter Zweisamkeit. Mir wurde bewusst, dass ich völlig vergessen habe, wie es war, eine andere Frau zu lieben. Nein, ich habe die Frauen vor Martha nicht vergessen. Keine einzige. (So viele waren es ja auch nicht.) Nur an das Gefühl kann ich mich nicht mehr erinnern. Dass ich jemals für eine andere ähnlich empfunden haben könnte wie für Martha – es fällt mir schwer, das zu glauben.

Unsere Zweisamkeit wurde gestört, als Sonja aufgeregt angerannt kam und uns unbedingt etwas zeigen musste, was sie und Opa gefunden hatten. Sie konnte nicht warten, bis wir uns aus dem Strandkorb hievten, sondern lief voraus. Opa bewachte den Fund, den Sonja bestaunte und mit einem Stöckchen vorsichtig betastete: eine tote Möwe. Der Körper des Vogels war unter dem Gefieder schon deutlich verwest. Wir begruben ihn mit allen Ehren im Sand, legten ein Kreuz aus Steinen und Muscheln über das Grab und hielten eine Schweigeminute ab. Sonja war tief ergriffen von unserer improvisierten Bestattung, und ich war ergriffen von ihrem heiligen Ernst. Ein Tag der großen Gefühle endet hier. (Nicht ganz. Martha lockt mit ihren Reizen.)

8. Mai

Bin bei der Suche nach einer Geschichte für eine neue Podcast-Folge auf einen hochinteressanten Mordfall aus den Siebzigern gestoßen, der auf erschreckende Weise zeigt, welches Rätsel der Mensch ist. Es geht um eine Frau aus Düsseldorf, die mit ihrer Familie in etwa so gelebt hat wie wir: Häuschen in guter Lage, keine finanziellen Sorgen oder ehelichen Probleme, alles gut. Trotzdem hat die Frau eines Tages alle vergiftet: ihren Mann, zwei Kinder, sogar den Hund. Zu ihrem Motiv hat sie geschwiegen. Sie wirkte, wie es in dem Bericht heißt, als sei sie mit sich und ihrer Tat völlig im Reinen. Da tut sich auf einmal ein Abgrund auf. Nicht, weil ich befürchte, dass Martha mich mit einem leckeren Abendessen vergiften könnte. Das wird nicht passieren. Schließlich bin ich der Koch im Haus, ohne mich würde sie verhungern oder an Junkfood zugrunde gehen.

Und ich hege keinerlei mörderische Absichten, gegen niemanden, am allerwenigsten gegen sie. Aber vermutlich hätte die Mörderin aus Düsseldorf das ein paar Wochen oder Monate vor ihrer Tat auch gesagt.

Nein, ich mache mir keine Sorgen, dass unser Leben so krass kippen könnte. Die Geschichte erinnert mich nur daran, wie mein eigenes Leben schon einmal komplett gekippt ist, und das jagt mir auch nach so langer Zeit eine Gänsehaut über den Rücken.

Ein einziger Augenblick, und alles war anders. Die Bilder sind alle in meinem Kopf, und manchmal kehren sie zurück, ohne Anlass oder Grund. So wie jetzt. Reinhard »Rokko« Langhoff, der plötzlich eine Waffe auf mich richtet. Ein Mann, von dem jeder wusste, wie gefährlich er war. Den Ausdruck in seinen Augen werde ich nie vergessen. Wie ein gehetztes Tier. Schiere Panik. Aber da war noch etwas anderes in diesen Augen: die pure Lust, mich zu töten. Es würde ihm einen tiefen Genuss bereiten, mich in meinem Blut liegend sterben zu sehen. Kein Gedanke an die Konsequenzen. Überhaupt kein Platz für irgendwelche Gedanken. So wenig wie bei mir. Wir funktionierten beide nach einstudierten Reaktionsmustern, nur mit dem Unterschied, dass ich den Bruchteil einer Sekunde früher abdrückte als Langhoff. Das kostete ihn das Leben und rettete das meine. Und doch war auch mein Leben auf eine bestimmte Art zu Ende. Denn von da an war ich nicht mehr nur der smarte LKA-Ermittler, ich war derjenige, der Rokko Langhoff auf dem Gewissen hat. Einen Verbrecher, ja, aber eben auch einen Menschen. Der Sohn einer Mutter und eines Vaters, nicht böse von Anfang an, sondern böse geworden aus irgendwelchen Gründen. Und nun war er tot. Gestorben durch meine Hand. Die Gewalt über Leben und Tod zu haben machte mir Angst. Erschütterte mich. Danach konnte ich nicht einfach zur Tagesordnung übergehen. Obwohl alle sagten, dass es um den Toten nicht schade sei. Dass ich mich richtig verhalten hätte. Gemäß den Vorschriften. So eine Erfahrung öffnet dir die Augen über so manches, auch wenn du nie ganz verstehst, was es in dir bewirkt. Eines jedoch habe ich damals verstanden: Ich darf nie wieder in eine Situation wie diese geraten. Nie wieder.

Abend

Schöne Bescherung. Wurde heute Morgen, als ich beim Schreiben im Leonardo saß, von Marthas Anruf unterbrochen. Krasser Notfall. Wasserschaden im Salon. Die Arme musste in knöcheltiefem Wasser zum Haupthahn waten. Gott sei Dank fand sie ihn gleich und drehte ihn zu. Allerdings war der Schaden schon angerichtet. Martha bringt nichts so schnell aus der Ruhe, aber da war sie den Tränen nahe. Ich sprang ins Auto und fuhr sofort hin, um beim Aufwischen und Trockenlegen zu helfen. Es sah schrecklich aus, war dann aber nicht ganz so schlimm, wie anfangs befürchtet. Conny und Rieke halfen fleißig mit, in ein paar Stunden war das Schlimmste beseitigt. Der Boden ist zum Glück gefliest, die Wände waren davor schon feucht und sind jetzt halt noch ein bisschen feuchter. Martha war trotzdem deprimiert. »Dieser Laden bringt mir echt kein Glück«, meinte sie. Ich verstand das nicht. Ihr Friseursalon läuft gut, und so was kann überall passieren.

Als wir fast fertig waren, rauschte endlich ein Typ von der Hausverwaltung in einem klapprigen VW Golf heran und meinte bloß lakonisch: »Shit happens.« Ein Herr Zeigler oder Zickler. Martha kriegte schon ihre roten Flecken auf den Wangen, was kein gutes Zeichen war. Solange der Haupthahn zugedreht war, konnte sie nicht wieder arbeiten. Wir suchten nach der Ursache der Flut, was bedeutete, Martha, Conny und Rieke gingen hinter Herrn Zeigler oder Zickler her. Die Quelle des Übels war schnell gefunden. In der Wohnung über Marthas Salon herrschte ebenfalls Land unter, die Badewanne war randvoll. Offenbar hatte jemand vergessen, den Wasserhahn zuzudrehen. Fragt sich nur, wer und ob »vergessen« das richtige Wort ist. Die Wohnung steht seit Wochen leer.

»Das ist ja komisch«, kommentierte Herr Zeigler oder Zickler mit messerscharfem Verstand.

Martha hatte sofort einen Verdächtigen. »War gestern nicht von Ihnen jemand hier?«, fragte sie, obwohl es keine Frage war.

Herr Zeigler oder Zickler fletschte ebenfalls verbal die Zähne. »Von uns war's bestimmt keiner. Vielleicht war ja eine von Ihren Damen hier oben und wollte ein Bad nehmen.«

Conny und Rieke schnaubten empört.

»Was unterstellen Sie da meinen Mitarbeiterinnen? Frechheit!«, rief Martha. »Dieses Drecksloch von einer Wohnung war doch hoffentlich abgeschlossen!«

»Dieses Schloss ist kein großes Hindernis! Das kriegt meine Oma mit ihrer Haarnadel auf. Und Haarnadeln haben Sie da unten genug!«

»Es ist doch die Aufgabe Ihrer Hausverwaltung ...«

So ging es hin und her. Bevor der Streit weiter eskalierte, warf ich mich todesmutig dazwischen und beruhigte die Gemüter.

Beim Rausgehen sagte Zeigler oder Zickler etwas, das mir seither durch den Kopf geht: »Haben Sie sich in letzter Zeit irgendwelche Feinde gemacht? Falls ja, vielleicht wollten die Ihnen eine Botschaft schicken.«

Ich weiß nicht mehr, was Martha darauf erwiderte, aber mir kam sofort jemand in den Sinn: Kurt Wonnegast. Galt die Botschaft nicht Martha, sondern mir? Doch was für eine Botschaft sollte das sein?

9. Mai

Ein Unglück kommt selten allein. Nach dem Wasserschaden in Marthas Salon gestern ließ sich heute Kurt Wonnegast wieder blicken. Das war natürlich kein Zufall.

Schon von der Kasse im Drogeriemarkt aus sah ich ihn an meinem Auto lehnen. Als ich rauskam, grinste er mich an. Und spielte dabei mit einem Springmesser herum. Klinge rein, Klinge raus. Es sollte wohl zugleich lässig und auf eine unterschwellige Art bedrohlich wirken, und Letzteres war es auch. Andererseits lasse ich mich nicht so leicht einschüchtern. Ich wies Wonnegast darauf hin, dass Springmesser in Deutschland verboten seien. Er grinste bloß noch breiter und meinte: »Sie zeigen mich hoffentlich nicht an.« Trotzdem (aber sicher nicht wegen meiner Warnung) steckte er das Messer weg. Er wartete geduldig, bis ich meine Einkäufe in den Kofferraum gepackt hatte, bewegte sich keinen Zentimeter von der Stelle. Erst als ich einsteigen wollte, trat er an mich heran und versperrte mir den Weg.

»Wir müssen reden«, sagte er.

»Ich wüsste nicht, worüber«, erwiderte ich und fügte mit Betonung an: »Herr Wonnegast.«

Es beunruhigte ihn nicht im Geringsten, dass ich seinen Namen kannte. Im Gegenteil. »Wie ich sehe, haben Sie Ihre Hausaufgaben gemacht«, sagte er zufrieden. »Lassen Sie uns reden, Alex«, wiederholte er dann. »Ich darf Sie doch Alex nennen?«

Ich hätte dem Kerl eine aufs Maul geben und wegfahren sollen. Ich habe es nicht getan. So leicht wird man solche Typen nicht los. Sie kleben dir an den Hacken wie Hundescheiße. Dass er mich in irgendwas Illegales reinziehen wollte, war offensichtlich, und das weckte erneut meine Neugier und den Rest polizeilichen Pflichtgefühls, der sich immer mal wieder meldet. Durfte ich die Gelegenheit, ein Verbrechen zu verhindern und einen Kriminellen hinter Gitter zu bringen, wirklich ungenutzt vorüberziehen lassen?

»Na gut«, sagte ich, »klären wir das ein für alle Mal.«

Kaum hatte ich die Worte ausgesprochen, bereute ich sie schon wieder, denn Wonnegast ging zu seinem Mercedes. »Nehmen wir meinen Wagen«, sagte er.

Ich zögerte. »Wo fahren wir denn hin?«, fragte ich.

»Ich muss Ihnen etwas zeigen.« Als ich mich nicht bewegte, fügte er hinzu: »Keine Sorge, bis vier sind wir wieder zurück. Sie schaffen es locker, die kleine Sonja von der Kita abzuholen.«

Eine Gänsehaut kroch mir über den Rücken. Wonnegast kannte nicht nur den Namen meiner Tochter, er wusste auch genau, dass ich sie immer um halb fünf von der Kita abhole. Wenn er aber so viel über mich weiß, wie kann er sich dann gleichzeitig derart in mir irren und mich mit jemand anderem verwechseln?

Wir fuhren in seinem Mercedes SL zu einer Spielhalle in Kreuzberg, die wegen Renovierung geschlossen war. Von

Plastikfolie umhüllt, standen Spielautomaten, ein Billard-
tisch, eine Bar und anderes Mobiliar herum. Was fehlte,
waren die Handwerker. Nur ein Typ in Lederkluft war da.
Wonnegasts Faktotum und Aufpasser und wohl überhaupt
der Mann fürs Grobe. Sein Chef hielt es nicht für nötig,
ihn mir vorzustellen. Dass er Martin heißt, weiß ich, weil
Wonnegast ihn mehrmals so anredete. Martin hielt sich im
Hintergrund, während sein Chef mich herumführte und
mir dabei mit glänzenden Augen vorschwärmte, was er mit
dem Laden vorhabe. Der alte Krempel, der überall rum-
stehe, komme weg, es werde alles neu und schick gemacht,
und im Nu sollte die Neueröffnung über die Bühne gehen,
unter dem Namen Las Vegas Berlin. Auf diesen albernen
Namen war Wonnegast besonders stolz. Ich nickte bloß zu
allem, mich interessierten seine unternehmerischen Pläne
kein bisschen. Dass die Spielhalle lediglich die legale Fassade für illegale Geschäfte im Hinterzimmer sein soll, ließ
er mehrfach durchblicken: Glücksspiel, Drogen, vielleicht
Menschenhandel. Das Übliche eben. Am Ende der Tour
gab Wonnegast Martin ein Zeichen, der holte zwei Stühle
für uns heran, und während wir uns an einen der von Plastikfolie überspannten Tische setzten, machte er sich wieder unsichtbar.

»Das hier ist nur der Anfang«, schwadronierte Wonnegast. »Die Wachstumschancen sind allerdings gewaltig. Das
heißt, wenn man den Willen dazu hat. Die Entschlossenheit. Rücksichtslosigkeit bis hin zur Brutalität. Und da
kommen Sie ins Spiel.«

»Ich wüsste nicht, wie ich Ihnen helfen könnte«, sagte
ich verblüfft.

Wonnegast rollte mit den Augen wie über ein dummes,
ungelehriges Kind. »Können wir mit dem Unsinn nicht

langsam aufhören?«, fragte er. Er dachte wirklich, ich würde ihm was vormachen, und ich bemerkte, dass ihm das allmählich auf die Nerven ging. »Ich weiß, dass Sie der Ausputzer sind.«

Keine Ahnung, was für eine Reaktion er von mir erwartet hatte. Sicher nicht die, die er kriegte. »Ausputzer?«, sagte ich. »Da sind Sie bei mir falsch. Ich putze nur bei mir zu Hause. Mehr schaffe ich nicht. So ein Haushalt ist ein Fulltimejob.«

Wonnegast fand das nicht witzig. Ich eigentlich auch nicht. Aber jeder geht mit Stress anders um. Und ich stand gehörig unter Stress. Ich kenne solche Typen wie Wonnegast zur Genüge. Sie tun so, als hätten sie Manieren. Sind immer freundlich, auf diese geschäftsmäßige Art. Bis sie nicht mehr freundlich sind und das Raubtier rauslassen. Und schon schlug Wonnegasts Faust völlig unvermittelt wie ein Hammer auf meine Hand, die locker auf der Tischplatte lag. Im ersten Moment dachte ich: Scheiße, er hat mir sein Springmesser durch die Hand gejagt! Und – fuck! – ich schwöre: Ich habe das Metall gespürt, als hätte es meine Hand wirklich durchbohrt. Hat es zum Glück nicht. Es war nur Wonnegasts Faust. Na ja, was heißt *nur*! Meine Hand schmerzte höllisch, so als seien meine Knochen zerbröselt, und sie tut immer noch weh, auch wenn nichts gebrochen ist.

»Schluss mit dem Schwachsinn!«, schnauzte Wonnegast mich an. »Wir reden jetzt wie Erwachsene miteinander. Sie sind der Ausputzer. Es hat keinen Sinn, das zu leugnen. Ihr Versteckspiel ist vorbei.«

Ich schwor ihm, dass ich keine Ahnung hätte, wer dieser Ausputzer sein soll und was seine Aufgabe ist. Aber da mir der unter Kriminellen übliche Jargon geläufig ist, musste er mir nicht wirklich erklären, was der Ausputzer macht. Er ist der Mann für besondere Aufgaben, der blutige Zeichen setzt, gefährliche Mitwisser oder Rivalen beseitigt usw. Und in Wonnegasts Augen bin ich nicht nur irgendein Ausputzer wie viele andere, ich bin *der* Ausputzer. Der König der Ausputzer sozusagen. Ich habe in meinem ganzen Leben nichts von diesem Typ gehört. Weder in meiner aktiven Zeit noch später von Bruckner. Es muss jemand sein, dem es gelingt, seine Identität völlig geheim zu halten. Seine Auftraggeber kennen ihn nur unter seinem Pseudonym: der Ausputzer. Keine dumme Strategie. Wenn einer seiner Auftraggeber auffliegt und zu reden anfängt, um die eigene Lage zu verbessern, kann niemand ihn verpfeifen, er bleibt der Umriss auf dem Fahndungsplakat mit dem großen Fragezeichen in der Mitte.

Ich setzte gerade an, Wonnegast erneut zu versichern, dass er den falschen Mann habe, doch bevor ich ein Wort sagen konnte, schoss mir eine Frage durch den Kopf: Bin ich wirklich aus dem Schneider, wenn Wonnegast einsieht, dass er mich mit jemandem verwechselt hat? Oder weiß ich nicht bereits zu viel von seinen Plänen? Eigentlich hat er zwar nichts erzählt, wofür man ihn drankriegen könnte. Schon gar nichts Konkretes. Trotzdem. Kann er mich, einen Ex-Bullen, einfach gehen lassen, mit einem »Sorry für die Unannehmlichkeiten«? Immerhin versucht er gerade, mich als Profikiller anzuheuern.

»Mal angenommen, ich bin der, für den Sie mich halten«, sagte ich vorsichtig, »wie sind Sie auf mich gekommen?«

»Ich dachte schon, Sie fragen nie!«, platzte er heraus. »Sie haben sich selbst verraten! Tja, so was passiert den Besten.«

Ich dachte nur: Wovon redet der Mann? Bis vor einer

Minute wusste ich noch nicht mal, dass es einen Profikiller mit dem Decknamen »der Ausputzer« gibt. Wie konnte ich etwas preisgegeben haben, von dem ich nicht den leisesten Schimmer hatte?

»Wann soll ich das getan haben?«, fragte ich mit einem vermutlich nicht besonders geistreichen Gesichtsausdruck.

»Na, in Ihrem ersten Podcast. Ich bin ein absoluter Fan von diesen True-Crime-Geschichten. Kann gar nicht genug davon kriegen. Und so bin ich auf Sie aufmerksam geworden. Der Mord an der Ostsee vor sechs Jahren. Seehotel Möwe. Der letzte Job, den der Ausputzer erledigt hat, bevor er abgetaucht ist.« Er beugte sich vor und zwinkerte mir zu. »War Rokko Langhoff eigentlich ein Auftragsjob? Okay, Sie müssen es mir nicht verraten. Sie haben Ihre Prinzipien. Das respektiere ich. Wie auch immer: Der Bulle, der zum Auftragskiller wird – genial! Ich verstehe nur nicht, warum Sie diese Tarnung aufgegeben haben. Sie werden Ihre Gründe gehabt haben. Jedenfalls, als Denis Dragos das Zeitliche segnete, waren Sie rein zufällig auch an der Ostsee. Im selben Hotel.« Er wiederholte es mit besonderer Betonung: »Rein zufällig.«

Ich war baff und bin es noch, während ich das niederschreibe. Wonnegast meinte meinen Ostsee-Urlaub mit Martha vor sechs Jahren. Den letzten, den wir als Paar unternahmen. Im Jahr danach kam Sonja. Was Wonnegast sagte, stimmt insofern, als während unseres Urlaubs im Hotel tatsächlich jemand ermordet wurde, und ich habe daraus wirklich meinen ersten Podcast gemacht: *Mord an der Ostsee – Wer tötete Denis D.?* Aber da ich den Mord nicht begangen habe, kann ich schlecht Täterwissen preisgegeben haben.

Ich wollte Wonnegast gerade danach fragen, als sein

Handy klingelte. Dann wurde er hektisch, musste dringend weg. Ein Notfall in der Familie. Meinte, alles Weitere würden wir beim nächsten Mal bereden. Im Rausgehen warnte er mich davor, irgendjemandem von unserem Gespräch zu erzählen. In meinem eigenen Interesse. Und falls ich auf die Idee käme, ihm etwas anzutun, solle ich es besser lassen. Er habe Vorkehrungen getroffen. »Es kann so viel passieren«, drohte er. »Mal ein Wasserschaden in einem Friseursalon. Mal ein bedaulicher Unfall, bei dem ein Kind verletzt oder gar – Gott behüte! – getötet wird ...«

Damit war es offiziell. Der Wasserschaden in Marthas Salon – das geht wirklich auf ihn. Ich musste mich zusammenreißen, um dem Dreckskerl nicht eine reinzuwürgen. Einen Friseursalon versauen ist eine Sache – Sonja bedrohen eine ganz andere. Wenn Wonnegast ihr etwas antut, werde ich wirklich zum Ausputzer. Und der Müll, den ich dann in die Tonne befördere, ist er.

10. Mai

Seit gestern muss ich ständig an unseren Ostsee-Urlaub vor sechs Jahren denken. Die Erinnerungen, die ich mit dem Seehotel Möwe verbinde, zählen zu den schönsten in meinem ganzen Leben. Das Meer, ausgezeichnetes Essen, Wellness und ganz viel spontaner Sex – so feierten Martha und ich damals den Abschied von unserer Zweisamkeit als kinderlosem Paar. Wir hatten uns entschlossen, ein Kind zu bekommen. Dass der Erfolg unserer Bemühungen nicht allzu lange auf sich warten lassen würde, konnten wir zwar nicht wissen, aber wir glaubten fest an uns. Wir fühlten ein bisschen Trauer, eingepackt in ganz viel Vorfreude, und ließen uns durch nichts in unseren zweiten Flitterwochen stören. Nicht einmal von dem Mord, der eines Nachts buchstäblich vor unserer Nase begangen worden war. Am Morgen nach der Bluttat weckte uns nicht das übliche Kindergeschrei vom Pool, mit dem bisher jeder unserer Tage begonnen hatte. Stattdessen wuselten unter unserem Balkon Polizisten in Uniform und Zivil sowie Leute von der Spurensicherung herum. Im Pool war ein toter Mann aufgefunden worden. Martha verzichtete lieber auf diesen Anblick und verschwand unter die Dusche. Wie alle Hotelgäste wurden wir befragt, ob wir in der Nacht oder sonst irgendwann Beobachtungen gemacht hatten. Ich erinnere mich gut an die Kollegen. Ein Mann, eine Frau. Beide noch ganz frisch. Sehr höflich. Überkorrekt. Dass ich ein ehemaliger Kollege war, verschwieg ich. Keine Ahnung, wieso. Ich glaube, ich habe mich geniert. Die beiden weckten in mir das Gefühl meines eigenen Anfangs bei der Polizei. Meine Hoffnungen und Erwartungen. Ich war einer von ihnen gewesen, und jetzt war ich es nicht mehr. Ein Gefühl des Ungenügens vielleicht, des Scheiterns. Obwohl ich mit mir und meiner Vergangenheit im Reinen bin und mein Leben, wie es jetzt ist, genieße. Wie auch immer, die Befragung war schnell zu Ende: Wir hatten die ganze Nacht tief und fest geschlafen und daher nichts gesehen und nichts gehört. Punkt.

Was mich betrifft, stimmt das nur zum Teil.

Ich hatte an jenem Abend wohl einen Drink zu viel gehabt, denn ich fiel todmüde ins Bett und schlief gleich ein. Doch ich schlief nicht durch. So gegen vier Uhr wachte ich auf, mit einem Brummschädel und einem leichten Schwindelgefühl. Um frische Luft zu schnappen, ging ich hinaus auf den Balkon, und dort wurde ich schnell klarer im Kopf. Unser Zimmer lag im vierten Stock, unter uns befand sich der Hotelpool. Luftlinie circa hundertfünfzig Meter. Vielleicht auch weniger, ich weiß es nicht mehr. Der Pool selbst war so spät nachts unbeleuchtet, doch die Laternen auf der Liegefläche außen herum spendeten genug Licht, um den schattenhaften Fleck im Pool ausmachen zu können. Was war das, was dort im Wasser schwamm? Ich holte mein Handy, öffnete die Foto-App und zoomte auf die Stelle, konnte aber nicht viel mehr erkennen als mit bloßem Auge. Zu wenig Licht und zu weit entfernt. Ich sagte mir, dass es vermutlich nur eine Decke oder ein anderes Ding sei, das ins Wasser gefallen war. Und doch ließ mich der Verdacht nicht los, dass es auch ein Mensch sein könne. Ich rief an der Rezeption an, die eigentlich rund um die Uhr besetzt sein sollte, erreichte aber niemanden. Deshalb ging ich selbst los, um nachzusehen.

Als ich mich dem Pool näherte, bemerkte ich Blutspuren am Beckenrand. Ein paar Schritte weiter bestätigte sich meine Befürchtung endgültig: Zwei Meter fünfzig unter mir, auf dem Grund des Beckens, lag eine Leiche. Voll bekleidet, mit einem großen, dunklen Fleck auf der Brust. Und da war Blut im Wasser. Sehr viel Blut. Einen Unfall schloss ich aus. Einen Suizid ebenso. Also ein Mord. Ziemlich sicher mit einer Stichwaffe, denn einen Schuss hätte jemand in der Stille der Nacht gehört, selbst mit Schalldämpfer. Trotz des schwachen Lichts erkannte ich in dem leblosen Körper den großkotzigen Typen, der alle im Hotel seit Tagen nervte. Seinen Namen erfuhr ich bei der Befragung durch die Polizei: Denis Dragos. Wie später zu lesen war, hatte er eine ellenlange Liste an Vorstrafen. Drogenhandel, Zuhälterei, illegale Autorennen. Und ich werde nie vergessen, wie er Martha am Morgen des Tages, der sein letzter sein sollte, beim Frühstück anpöbelte, nur weil sie es sich erlaubt hatte, ihm am Buffet nicht sofort Platz zu machen. Ich war drauf und dran gewesen, mich mit ihm zu prügeln. Aber klug, wie Martha nun mal ist, sagte sie: »Mit solchen Typen prügelt man sich nicht. Sie sind es nicht wert, und es geht nie gut aus.«

Da stand ich also zu nachtschlafender Zeit am Hotelpool, mit einer Leiche im Wasser vor mir. Die natürliche Reaktion in so einer Situation wäre es gewesen, den Notruf zu wählen. Zumal für einen ehemaligen Mordermittler wie mich. Doch das tat ich nicht. Ich stand nur da und starrte auf die Leiche. So wie ich schon einmal auf eine Leiche gestarrt hatte. Eine, die durch einen Schuss aus meiner Waffe gestorben war: Rokko Langhoff. Das war zwar schon fast zwei Jahre her, und auch wenn die Situation hier nicht mit der von damals zu vergleichen war, erlebte ich eine Art Déjà-vu. Und das lähmte mich. Ich dachte an alles, was der Schuss nach sich gezogen hatte: Befragungen, Protokolle, psychologische Betreuung. Fragen über Fragen, auf die ich immer dieselben Antworten gegeben hatte, bis sie in meinen Ohren hohl und leer klangen. Wenn ich den Toten meldete, würde es wieder unendlich viele Fragen geben. Erfuhren die Kollegen von der Auseinandersetzung am Frühstücksbuffet, würden weitere Fragen folgen. Ich hatte keine Sorge, dass ich wegen eines letztlich harmlosen Streits ernsthaft in Verdacht geraten könnte, Denis Dragos ermordet zu haben. Trotzdem würde ich tiefer in eine Sache verwickelt, in die ich am liebsten überhaupt nicht verwickelt werden wollte. Ich musste weg. So schnell wie möglich. Für den Mann im Wasser würde es keinen Unterschied machen, ob er jetzt oder erst in einer Stunde gefunden werden würde. Er war dann noch genauso tot.

Ich wollte gerade verschwinden, da bemerkte ich, dass ich in etwas Feuchtes getreten war: Blut. Ich stand mit meinen Flipflops mitten in einer Blutlache. Hastig reinigte ich meine Latschen im Pool. Als ich fertig war, entdeckte ich einen Abdruck meines rechten Flipflops in der Blutspur. Und auch in der Blutlache. Ein Anflug von Panik streifte mich. Da bemerkte ich neben einem Blumenkübel eine kleine Gießkanne, die offenbar ein Kind vergessen hatte. Genau das, was ich brauchte, um meine Abdrücke und mit ihnen einen Großteil des Blutes von den Fliesen in den Abfluss zu spülen. Als ich damit fertig war, machte ich mich davon, und da niemals nach einem mysteriösen Mann gefahndet wurde, der am Tatort Spuren beseitigt hatte, ging ich davon aus, dass niemand mich beobachtet hatte.

Ob Wonnegast weiß, dass ich in jener Nacht am Pool war? Hat mich doch jemand gesehen? Jemand, der viele Jahre geschwiegen hat, bis Wonnegast ihn zum Reden brachte? Schwer vorstellbar. Außerdem hat Wonnegast von einem Detail in meinem Podcast gesprochen, das mich angeblich verraten hat. Ich wünschte, ich hätte damals schon Tagebuch geführt. In den alten Aufzeichnungen zu lesen, würde meine Erinnerungen sicher auffrischen. So habe ich mir eben den Podcast in den letzten Tagen zigmal angehört, doch ich finde einfach nicht, was Wonnegast gemeint haben könnte.

Nacht

Vorhin, bei einem Glas Wein, sagte Martha: »Irgendwas bedrückt dich. Das spüre ich ganz deutlich.« Dann streichelte sie mir sanft über den Handrücken, so wie sie es manchmal macht, um mich zu entspannen, und was auch immer funktioniert. Nur diesmal nicht. Ich zog meine Hand zurück, sagte, es sei nichts, trank einen Schluck Wein und vermied es, ihr in die Augen zu sehen. Sie glaubt mir nicht. Sie kennt mich zu gut. Wir saßen lange da und schwiegen. Als ich das Schweigen nicht mehr aushielt, fragte ich sie, wie die Dinge im Salon stünden. Ob nach dem Wasserschaden alles wieder laufe. Sie erzählte mir von ihrem Streit mit dem Vermieter. Dass sie kündigen wolle, etwas Neues suche, aber im gleichen Kiez, sie wolle Conny und Rieke nicht verlieren, es sei schwer, so gute Friseurinnen wie die beiden zu finden usw. Ich hörte nur mit halbem Ohr zu, sie erzählte es ja nicht zum ersten Mal, wir haben schon gestern darüber gesprochen. Ich nippte ab und zu an meinem Wein und dachte an Wonnegast, den toten Denis Dragos auf dem Grund des Pools, Rokko Langhoffs mordlüsternen Blick und wie meine Kugel seinen Körper traf, und da fiel mir etwas ein, an das ich mich bis dahin nicht erinnert hatte. Als meine Kugel Rokko erwischte, er durch die Wucht des Einschlags seinen Schuss verriss und seine Kugel in den Himmel schickte (während er selbst zur Hölle fuhr), da dachte ich: BÄMM! Wie albern, wie banal, wie unangebracht. BÄMM! Wie kann man in so einem existenziellen Moment etwas so Oberflächliches und Kindisches denken? Ich schäme mich vor mir selbst.

13. Mai

Ich hänge in der Luft. Seit Tagen nichts von Wonnegast. Ist das ein gutes Zeichen? Ich habe meine Zweifel. Solche Typen sind wie Kaugummi in den Haaren. Die kriegst du nicht mehr los. Und je länger ich nichts höre, desto mehr kreisen meine Gedanken um ihn. Jedenfalls muss Wonnegast sich seiner Sache sehr sicher sein, um mich, einen Ex-LKA-Mann, anzusprechen. Aber wie kann er sich derart sicher sein, obwohl ich genau weiß, dass ich nicht derjenige bin, den er sucht? Die Ungewissheit macht mich total nervös. Was passiert, wenn ich ihn nicht von seinem Irrtum abbringen kann? Ich kann nicht einfach untertauchen. Nicht mit Frau und Kind. Ein Druckmittel gegen Wonnegast habe ich nicht, und Gewalt anzudrohen, fruchtet bei so jemandem nicht. Oder soll ich doch Bruckner anrufen und reinen Tisch machen? Dann würden er und die Kollegen allerdings erfahren, wie unprofessionell ich mich an einem Tatort verhalten habe. Und danach habe ich auch noch gelogen. Nein, solange zumindest die Chance besteht, dass sich die Sache anders regelt, schweige ich lieber und warte ab. Und versuche, Martha und Sonja Normalität vorzuspielen. Nicht sehr überzeugend, fürchte ich.

Gestern bin ich in meiner Verzweiflung nach Kreuzberg zum Las Vegas Berlin gefahren. Ohne zu wissen, was ich dort wollte. Mit Wonnegast reden? Oder mich nur versichern, dass es ihn wirklich gibt und das Ganze nicht bloß ein Albtraum ist, aus dem ich einfach nicht aufwachen kann? Als ich den Spielsalon vor mir sah, bremste ich ab. Er wirkte auf mich noch heruntergekommener als bei meinem ersten Besuch. Ich wusste nicht, ob ich reingehen oder vorbeifahren sollte. Fuhr dann weiter, bereute es, drehte eine Runde um den Block und hielt diesmal auf dem Park-platz an. War das jetzt ein Fehler, den ich bereuen würde? Beobachtete mich jemand? Ich stieg aus, das Herz schlug mir bis zum Hals. Obwohl Wonnegast wahrscheinlich gar nicht da war. Zumindest war sein Auto nirgends zu sehen. Und auch sonst keines. Ich guckte durch die mit Folie ver-hängten Fenster nach drinnen. Glaubte im schemenhaft erkennbaren Inneren Schatten huschen zu sehen. Sicher gab es die nur in meiner Einbildung. Jedenfalls, die Tür war abgeschlossen. Niemand da. Im ersten Moment war ich erleichtert, im nächsten enttäuscht.

14. Mai

Barbecue bei Bruckner. Auch ein paar seiner Kollegen wa-ren mit ihren Familien da. Winkler und Wackwitz und ein neuer, den ich nicht kenne und mit dem ich den ganzen Tag kaum ein Wort gesprochen habe. Rolfes oder so. Blas-ser Typ. Die alten Kollegen machten die üblichen Witze über mein Leben als Hausmann. Mir mangelte es heute an Schlagfertigkeit, ich lächelte nur müde und übernahm freiwillig den Posten am Grill. Von hier aus hatte ich alles im Blick: die Erwachsenen, die auf der Terrasse aßen und tranken und quatschten; die Kinder im Sandkasten und an den Schaukeln; das Fleisch auf dem Rost. Und ich selbst blieb außen vor. Eine Position, die mir gerade sehr behagt.

Als ich die letzte Lage eben auf den Rost gelegt hatte, kam Bruckner zu mir, brachte mir ein Bier und fragte, ob er mich ablösen solle, damit ich was essen könne. »Schon okay«, sagte ich, »ich reduziere gerade meinen Fleischkon-sum.«

»Degenerierst du jetzt komplett?«, erwiderte er.

»Solltest du auch machen«, sagte ich.

»Was? Degenerieren?«

»Weniger Fleisch essen. Sieh dich an.«

»Du meinst den hier?« Er trommelte sich auf den Wanst. »Seit wann bist du so oberflächlich? Auf die inneren Werte kommt es an.«

»Eben. Cholesterin, Blut- und Leberwerte.«

Bruckner lachte und hielt mir seine Bierflasche zum Anstoßen hin. Wir nahmen beide einen kräftigen Schluck und schauten dann eine Weile schweigend in die Glut unter dem mit Fleisch belegten Rost.

»Was ist eigentlich aus der Sache mit diesem Typ geworden, den ich für dich überprüft habe?«, fragte Bruckner. »Wonnegast hieß er, richtig? Noch mal was von ihm gehört?«

Ich sagte nichts, schob nur mit der Grillzange ein Stück Fleisch an den Rand. War es ein Wink des Schicksals, dass Bruckner Wonnegast von sich aus ansprach? Sollte ich alle Bedenken und Scham über Bord werfen und Bruckner endlich sagen, was los ist? Die Last, die auf mir liegt, teilen? Jedem anderen hätte ich geraten, sich an die Polizei zu wenden. Weil die Polizei am besten weiß, wie man mit so einer Situation umgeht. Sie haben die Mittel, dich und deine Familie zu schützen und Kriminelle in die Schranken zu weisen. Aber sie haben auch Vorschriften. Gesetze. Bestimmungen. Und auch Kriminelle haben Rechte. Wonnegast würde natürlich alles abstreiten. Würde mich als einen Verrückten hinstellen. Vielleicht hatte er sich dafür schon eine Geschichte zurechtgelegt, die der lederne Martin bezeugen würde. Es würde Aussage gegen Aussage stehen. Und wenn nicht Bruckner selbst, dann würde der neue Besen im LKA schnell darauf hinweisen, dass die Polizei ihre Zeit nicht mit so einer vagen Sache verschwenden könne, bei der gar nichts Konkretes passiert ist. Am Ende stünde ich doch wieder allein da. Nur dass Wonnegast mich meinen Verrat büßen lässt, indem er mir, Martha oder Sonja was antut. Dann erst könnte die Polizei wirklich aktiv werden.

»Hat sich im Sande verlaufen«, log ich. »Wonnegast hat sich nicht mehr bei mir gemeldet.«

»Tatsächlich?« Bruckner wirkte nicht überzeugt. Er nahm einen Schluck Bier, ließ mich dabei nicht aus den Augen. »Seltsam. Erst macht er sich an dich ran, und dann taucht er nicht mehr auf.«

»Was soll ich dazu sagen? So war's. Vielleicht hat er eingesehen, dass er den falschen Mann hatte.«

»Wahrscheinlich. Sag mir Bescheid, wenn er sich doch noch mal meldet. An der Sache ist vielleicht mehr dran, als ich anfangs dachte.«

Wie ich zu meiner Überraschung feststellen musste, hat Bruckner sich reingekniet und Wonnegasts Akte genauer angesehen. Und da ist ihm aufgefallen, dass Wonnegast in einem Verfahren gegen Denis Dragos auf der Zeugenliste der Verteidigung stand. Denis Dragos! Als ich den Namen hörte, musste ich schlucken. Anscheinend war Wonnegast Dragos' Mann gewesen. Bruckner schaute mich an und sagte: »Der Name Dragos sagt dir was, oder?«

Ich nickte bloß. In meinem Kopf ratterten die Zahnräder los. Und sie sind bis jetzt nicht zum Stillstand gekommen. Okay, Wonnegast gehörte zu Dragos' Dunstkreis. Ändert das irgendwas? Wenn Wonnegast Rache für Dragos nehmen wollte, hätte er es längst getan. Nein, er will mich – oder besser gesagt den Ausputzer – wirklich engagieren. Sein alter Chef ist Schnee von gestern. Ist ja auch lange her, und Krokodilstränen trocknen schnell.

Bruckner nahm mir das Versprechen ab, ihn sofort zu informieren, sollte sich Wonnegast wieder bei mir melden. »Keine eigenmächtigen Aktionen«, warnte er mich.

15. Mai

Bruckners Warnung hat nicht verfangen. Ich habe eigenmächtig gehandelt und Lukas Wolter einen spontanen Besuch abgestattet. Wenn jemand etwas über Wonnegast weiß, dann er. »Import / Export« steht wie in alten Zeiten auf Briefkasten und Klingelschild neben dem Eingang zu seinem Büro in Wilmersdorf. Die Güter, die er hinter der legalen Fassade importiert und exportiert, dürften dieselben sein wie vor knapp zehn Jahren, als er uns in einem verzwickten Fall helfen konnte: unversteuerte Zigaretten, gefälschte Markenware, Drogen. Dass er auf freiem Fuß ist, ließ mich darauf hoffen, dass er auch noch als Informant für die Kollegen von der Organisierten Kriminalität tätig ist. Obwohl wir vom Mord seine Dienste nur ein Mal in Anspruch nahmen, erkannte ich ihn trotz seines schütter gewordenen Haupthaares auf Anhieb wieder. Und er mich auch. Na ja, in seinen Kreisen bin ich wohl eine kleine Berühmtheit.

»Sie sind doch der, der Rokko Langhoff ausgeknipst hat«, begrüßte er mich.

»So würde ich es nicht nennen«, antwortete ich.

Wolter lachte. »Egal, wie Sie es nennen, das Ergebnis bleibt dasselbe. Haben Sie nicht den Dienst quittiert?«

Ich bejahte, und erst da wurde mein Besuch für ihn interessant. Ich blätterte dreihundert Euro auf seinen Schreibtisch: den ersten Hunderter dafür, dass er mich nicht fragt, wieso ich als Privatmann Informationen wolle, den zweiten für die Informationen und den dritten dafür, dass er niemandem, wirklich NIEMANDEM von meinem Besuch erzählte. Schon gar nicht einem meiner Ex-Kollegen.

»Klingt fair«, sagte er und strich die Scheine ein.

»Kurt Wonnegast«, sagte ich. »Was wissen Sie über den Mann und seine Geschäfte?«

Wolter überlegte lange, rieb sich theatralisch das stoppelige Kinn, dass es nur so knisterte, und meinte schließlich: »Ich fürchte, Sie haben Ihr Geld zum Fenster rausgeworfen. Bei dem Namen klingelt es bei mir nicht. Vielleicht ist der Mann ja im Kommen. Momentan sind die Libanesen bestimmend, eine Gruppe junger Albaner drängt auf den Markt, auch andere wollen ein Stück vom Kuchen abhaben. Es liegt was in der Luft. Elektrizität. Wie vor einem Gewitter. Aber das können Ihnen auch Ihre Ex-Kollegen erzählen. Umsonst.«

»Dieser Kurt Wonnegast war früher ein Mann von Denis Dragos«, legte ich nach. »Und jetzt sucht er für seine Geschäfte einen Killer.«

»Hört sich so an, als plane er was Größeres«, meinte Wolter. »Ich habe trotzdem noch nie von ihm gehört. Ich schwöre. Wenn er bei Dragos war, dann als ganz kleine Nummer. Jemand, von dem man sich weder Gesicht noch Namen merkt.«

»Und von einem sogenannten Ausputzer?«, fragte ich nun. »Haben Sie von so jemandem schon mal gehört?«

In Wolters Augen blitzte es kurz auf. So, als höre er diesen Decknamen nicht zum ersten Mal. Trotzdem schüttelte er den Kopf. »Sorry. Tut mir leid.«

»Wie viel müsste ich drauflegen, damit Sie sich erinnern?«, fragte ich.

Wolter sah mich mit einer Portion Mitleid im Blick an. »Sie haben schon zu viel Geld für nichts bezahlt«, sagte er. »Ich kenne niemanden, der Ausputzer genannt wird.« Mit gedämpfter Stimme fügte er hinzu: »Einen Rat gebe ich Ihnen, und der ist Ihre drei Scheine allemal wert: Fragen Sie nicht zu oft nach dem Ausputzer. Das bringt Sie in Situationen, in die Sie nicht hineingeraten wollen.«

16. Mai

Wonnegast ist wieder da. Im ersten Moment war ich fast erleichtert. Wenigstens war die Anspannung weg. Die Ungewissheit. Aber nach der Erleichterung kam der Schrecken. Diesmal hat Wonnegast mich in der Nähe der Kita abgepasst. Ich radelte gerade wie jeden Morgen mit Sonja hinter mir im Kindersitz heran, spürte ihre kleinen Hände auf meinen Rücken patschen, während sie sich selbst eine Geschichte erzählte, als ich den weinroten Mercedes SL ein gutes Stück vor mir erblickte. Wonnegast stieg aus und stellte sich breitbeinig und mit beiden Händen in den Taschen seiner maßgeschneiderten Hosen neben sein Auto. Dass er ausgerechnet hier auftauchte, war eine klare Botschaft. Eine, die mir Angst einjagte und mich gleichzeitig wütend machte. Er wartete, bis ich Sonja in der Kita abgeliefert hatte, und kam auf mich zu, als ich wieder auf die Straße trat.

»Steigen Sie ein«, befahl er, als sei er schon mein Chef. Die herablassende Art, mit der er mich behandelte, ärgerte mich, doch ich schluckte die Aggressionen, die hochkamen, wieder runter und stieg in den Wagen. In gewisser Weise war ich zu dem Zeitpunkt sogar noch neugierig, was Wonnegast diesmal vorhatte.

Äußerlich geschah nichts. Wir redeten nur. Doch auch Stunden danach habe ich Wonnegasts ruhigen und gerade dadurch bedrohlichen Ton noch im Ohr, als er sagte: »Mir ist klar, dass Tarnung Ihr oberstes Gebot ist. Sie schützen sich, das ist gut. Das schützt auch Ihre Auftraggeber. Aber ich dachte nicht, dass Sie so hartnäckig sind. Sie haben mich wirklich ins Grübeln gebracht. Deshalb habe ich mich vergewissert. Ich zeige Ihnen jetzt etwas, und danach lassen wir die Versteckspielchen, verstanden?«

Ich sagte nichts. Saß da wie das Kaninchen vor der Schlange.

Wonnegast holte ein Tablet aus dem Handschuhfach und zeigte mir ein Foto des toten Denis Dragos am Pool. Offensichtlich aufgenommen, bevor die Leiche ins Wasser geschoben wurde. »Dieses Foto haben Sie an den Auftraggeber geschickt«, sagte Wonnegast. Bevor ich protestieren konnte, wischte er das Foto weg und startete ein Video. Es zeigte eine Kamerafahrt: auf den Pool zu, dann auf Dragos' Leiche im Wasser, die zum Schluss herangezoomt wurde. An den Lichtverhältnissen war erkennbar, dass das Video deutlich später aufgenommen worden war als das Foto.

»Dieses Video hat der Typ gemacht, der Dragos' Leiche gefunden hat«, erklärte Wonnegast und empörte sich, dass der Mann nichts Eiligeres zu tun gehabt hatte, als das Video ins Internet zu stellen, bevor er den Fund der Leiche meldete. »In was für einer Welt leben wir?«, sagte Wonnegast.

Keine Ahnung, ob das ein Witz sein sollte oder ob die Aufregung echt war. Wieder setzte ich zu einer Antwort an, doch bevor ich ein Wort herausbekam, redete er schon weiter.

»Und nun ein kleiner Auszug aus Ihrem Podcast«, sagte er und spielte die Stelle ab, an der ich beschreibe, wie die Leiche aufgefunden wurde, und während ich mir selber zuhörte, erkannte ich meinen Fehler. Wonnegast bemerkte das wohl, vielleicht an meinem Blick oder einem Zucken in meinem Gesicht, denn er grinste, stoppte die Tonaufnahme und kehrte zum Foto zurück.

»Ausputzer-Foto«, sagte er, zeigte danach ein Standbild aus dem Video und sagte: »Späteres Video vom Tatort. – Finde den Fehler.«

Die Blutlache am Beckenrand, die ich weggespült hatte, um den Abdruck meiner Flipflops zu beseitigen. Auf dem früheren, unmittelbar nach der Tat aufgenommenen Foto des Ausputzers war sie klar zu sehen, auf dem Video fehlte sie. Und in meinem Podcast spreche ich ausdrücklich von einer Blutpfütze neben dem Becken. Obwohl ich die Bilder im Internet kannte (wie auch die aus der Polizeiakte), hatte ich das Bild in meinem Kopf beschrieben. Ein verhängnisvoller Lapsus.

»Hören Sie«, sagte ich, »das beweist gar nichts. Ich kann Ihnen das erklären.«

Ich erzählte Wonnegast, was in der Nacht wirklich geschehen war. Was ich gesehen und getan und vor allem, was ich nicht getan hatte. Er hörte mir zu, und als ich fertig war, meinte er: »Sie wollen mir ernsthaft weismachen, dass Sie – der Ex-Bulle, der Rokko Langhoff abgeknallt hat! – einen Tatort verändert haben, aus Angst vor peinlichen Fragen? Verarschen kann ich mich auch allein. Und jetzt Schluss mit den Ausflüchten!« Wonnegast packte mich am Handgelenk und drückte so fest zu, dass ich befürchtete, er würde es zerquetschen. »Ich will nichts mehr hören! Finden Sie sich damit ab, dass Sie aufgeflogen sind.«

Mir wurde klar, dass ich ihn durch Widerspruch nur noch weiter reizen würde. Ich war auch viel zu perplex, um mir neue Gegenargumente einfallen zu lassen. »Wie Sie meinen«, sagte ich nur. Er nahm es zumindest für ein halbes Eingeständnis und ließ mich los. Dann warf er mich aus dem Auto wie einen Handlanger oder Lakaien. Und mehr bin ich in seinen Augen wohl auch nicht. Ich konnte bloß zusehen, wie er wegfuhr.

Es dauerte eine Weile, bis mir in vollem Umfang klarwurde, wie tief ich in der Scheiße saß. Und alles nur wegen eines dummen Fehlers in meinem Podcast über Denis Dragos' Tod! Hätte ich doch nur die Finger von dieser alten Geschichte gelassen. Das habe ich jetzt davon: Mein bis vor kurzem so geordnetes und behagliches Leben hat sich in ein Desaster verwandelt. Für Wonnegast bin ich der Auftragsmörder, der sich der Ausputzer nennt, und nichts wird ihn vom Gegenteil überzeugen, weil ein Kurt Wonnegast sich nun einmal nicht irrt. Er will sich den Triumph, den Ausputzer aufgestöbert zu haben, auf keinen Fall nehmen lassen. Und hält sich außerdem für unfehlbar. Solche Leute müssen erst gewaltig auf die Schnauze fallen, um an sich zu zweifeln. Und dann werden sie richtig gefährlich.

Was als Nächstes kommt, ist klar: Wonnegast wird von mir verlangen, dass ich für ihn einen Menschen töte. Jemanden, der seine Kreise stört, den er hasst oder der ihn mal schief angesehen hat. Ich will und werde das nicht tun. Mir muss dringend etwas einfallen, wie ich Martha und Sonja schützen kann, ohne zum Mörder zu werden.

Nur wie?

Wonnegast schickt mir fast jeden Tag Nachrichten. Entschuldigt sich dafür, dass er bei unserer letzten Begegnung etwas ruppig war. Drückt seine Freude darüber aus, mich im Team zu haben. Beschwört unsere glanzvolle Zukunft. Ich habe keine seiner Nachrichten beantwortet. Natürlich ist Schweigen keine Lösung. Aber ich kriege bei jeder neuen SMS Herzrasen und bin dann innerlich wie gelähmt. Was soll ich ihm antworten? Es ist unerträglich, von diesem Mann als Komplize angesehen zu werden. Und doch muss ich zugeben ... Dieses Herzrasen kommt nicht nur von der Angst und der Wut. Es kommt auch von einer Erregung, wie ich sie schon lange nicht mehr gespürt habe. Das letzte Mal, als Bruckner und ich hinter Rokko Langhoff her waren und er uns immer einen Schritt voraus war. Die bittere Ironie ist: Als Bruckner und ich bei ihm anrückten, dachte Langhoff, wir hätten ihn im Sack und kämen, um ihn zu holen. In Wahrheit fehlten uns mehrere Puzzlestücke, wir hatten lediglich ein paar Fragen.

Noch habe ich keinen konkreten Plan, wie ich mich aus Wonnegasts Würgegriff befreien könnte, ohne Martha, Sonja und mich selbst in Gefahr zu bringen. Ich bin sicher, dass mir etwas einfallen wird. Etwas, das unser Leben wieder sicher macht. Das ist meine Aufgabe, und das werde ich tun. So wie ich es immer getan habe, seit es diese Familie gibt. Aber bis ich eine Idee habe, ist meine einzige Chance, Zeit zu gewinnen. Das heißt: Ich muss die Flucht nach vorn antreten. In die Rolle des Ausputzers schlüpfen. Natürlich ohne einen Mord zu begehen. Wonnegast muss mir vertrauen, nur so erfahre ich Dinge, die ich gegen ihn verwenden kann. Wann war er auf welche Weise in ein Verbrechen verwickelt? Wen hat er mal gelinkt, über den Tisch gezogen oder bei der Polizei verpfiffen? Es muss etwas geben, weil es bei Typen wie Wonnegast immer etwas gibt. Wenn ich seine schmutzigen Geheimnisse kenne, hat nicht mehr nur er mich, sondern ich habe ihn genauso in der Hand. Wir hätten Gleichstand. Oder ich spiele über Bande und lasse Bruckner anonym einen Tipp zukommen, durch den er Wonnegast ganz aus dem Verkehr ziehen kann, ohne dass der ahnt, wer ihn verraten hat.

Von jetzt an bin ich im Undercover-Einsatz in eigener Sache. Meine Legende: Ich bin der Ausputzer. Ein Auftragsmörder. Und nicht irgendeiner, nein, ich bin der beste! Bis ich diese Rolle halbwegs ausfülle, muss ich allerdings erst rausfinden, was es über den Ausputzer rauszufinden gibt. Zum Beispiel, welche Morde ihm zugeschrieben werden. Seinen Modus Operandi. Sein Markenzeichen. Wie wurde er kontaktiert, wie war das weitere Prozedere? Falls das mal zur Sprache kommt, darf ich nicht blank dastehen. Wonnegast hat erwähnt, dass der Ausputzer nach dem Mord an Dragos ein Foto an seinen Auftraggeber geschickt hat. Machte er das immer? Was war sonst bekannt? Dass der Typ selbst für seine Auftraggeber eine Blackbox war, hilft mir. Das heißt, ich darf bei der Rollengestaltung kreativ sein. Gleichzeitig wiegt jedes bekannte Detail umso schwerer. Ich kann mir keine Fehler erlauben.

Am besten beginne ich meine Recherche bei dem einzigen Mord, von dem ich bis jetzt sicher weiß, dass der Ausputzer ihn begangen hat. Das heißt dort, wo er angeblich seine Karriere beendet hat und wo sich unsere Wege gekreuzt haben, ohne dass wir voneinander wussten: im Seehotel Möwe, in der Nacht, in der Denis Dragos sein Schicksal ereilte.

Unter dem Vorwand, für eine Podcast-Reihe über Auftragsmorde in Deutschland zu recherchieren, habe ich bei den
Kollegen in Rostock angerufen. Wegen meines früheren
Podcasts zum Mordfall Dragos hat man mich dort auch
nach Jahren gut in Erinnerung. Was nicht bedeutet, dass
man mich in *guter* Erinnerung hat. Ich habe damals meine
neue Rolle noch gesucht und den Kollegen nicht nur un-
gebetene Ratschläge zu ihren Ermittlungen gegeben, sondern sie später in meinem Bericht offen kritisiert. Deshalb
fragte Frohmut, der inzwischen zum Hauptkommissar auf-
gestiegen ist, sofort schnippisch, ob ich ihm und seinen
Leuten schon wieder erklären wolle, wie sie ihre Arbeit zu
machen hätten. Ich versuchte, meine damalige Überheb-
lichkeit mit einem mühsamen Scherz zu überspielen, etwas in der Art: Hey, Leute, ich war jung, ich war dumm,
ich brauchte das Geld. Und außerdem habe mein Podcast
ohnehin kaum Hörer, das Ganze sei eher mein Privatver-
gnügen, was ja auch stimmt. Jedenfalls schleimte ich mich
kräftig ein und versprach, die Ermittlungsarbeit diesmal
ausgiebig und vor allem positiv zu würdigen.

»Also, geben Sie mir etwas, das ich würdigen kann«, bat
ich Frohmut.

Vor meinem Anruf hatte ich mir den Ordner mit meiner
damaligen Recherche noch einmal vorgenommen, hatte
alle Presseberichte, Verlautbarungen der Polizei sowie
meine Gesprächsaufzeichnungen und -protokolle der In-
terviews mit den ermittelnden Beamten gründlich durch-
gearbeitet. Die Ermittler waren von Anfang an von einem
Auftragsmord ausgegangen. Dragos hat nach der Maxime
gelebt: viel Feind', viel Ehr'. Was echte Freunde sind, hat

er wohl nie erfahren, alles, was er kannte, waren Speichellecker, die ihn in seiner Selbstüberschätzung bestätigten. Unter welchem Vorwand Dragos mitten in der Nacht an den Pool gelockt worden war, ist unbekannt. Vielleicht war es nur ein Zufall, dass er seinen Mörder ausgerechnet in dieser Nacht an diesem Ort traf, weil ihm der Ausputzer schon länger folgte wie der Wolf seiner Beute.

Viel Neues war von Frohmut nicht zu erfahren. Ja, es sei weiterhin von einem Auftragsmord auszugehen. Ja, es gebe zahlreiche Verdächtige, die den Mord bestellt haben könnten. Es gab, wie oft bei Verbrechen in solchen kriminellen Milieus, eher zu viele Verdächtige als zu wenige. »Zu viele Hasen«, sagte Frohmut halb scherzhaft, »sind bekanntlich des Jägers Tod.« Was von Anfang an gefehlt hat, war etwas Handfestes. Eine heiße Spur zum Täter und zu seinen Hintermännern. Oder zumindest ein roter Faden in dem Gewirr teils widersprüchlicher Aussagen. Nicht auszuschließen, dass jemand aus Denis Dragos' eigenem Umfeld die Tat ausgeführt habe, heißt es in den Akten, aber es dränge sich kein Tatverdächtiger auf. Dragos hat es seinem Mörder denkbar leicht gemacht. Weil er sich für unangreifbar hielt, hat er auf die unter seinesgleichen üblichen stiernackigen und bis an die Zähne bewaffneten Bodyguards verzichtet. Oder er ertrug es nicht, ständig Leute um sich zu haben, und sei es nur vor der Tür, was ihn ja irgendwie zu einem Gefangenen machte. Vielleicht hatte der Mann auch Angst vor Nähe. Tief in seinem Innern war er einsam. Die Einsamkeit hat ihn aggressiv gemacht. Okay, das ist Küchenpsychologie. Wahrscheinlich war er einfach nur ein narzisstisches Arschloch.

Das Ergebnis aus Rostock brachte mich nicht weiter. In den folgenden Tagen weitete ich meine Recherche aus, durchforstete Pressearchive und klapperte die Morddezernate aller deutschen Großstädte ab, auf der Suche nach offenen Tötungsdelikten, bei denen möglicherweise ein Auftragsmord vorlag. Zum Glück war die Fluktuation unter den Ex-Kollegen gering gewesen. Die meisten, die ich von Tagungen, Fortbildungen und gegenseitiger Amtshilfe kenne, wärmen mit ihren dicken Hintern noch immer dieselben Bürostühle. Hingsen in Hamburg, Frühmorgen in Dortmund, Kalz in München. Fühlte sich gut an, mal wieder einer von ihnen zu sein, auch wenn dieses Gefühl auf meiner Seite nur geliehen war. Die alten Kollegen gaben mir im Plauderton Informationen, die sie einem Journalisten nicht ohne weiteres gegeben hätten. Ich ließ in den Gesprächen auch den Tarnnamen »Ausputzer« fallen. Das Ergebnis war eher dürftig.

Nur eine mir unbekannte Hauptkommissarin aus Frankfurt, eine Frau Ewers, konnte mit dem Künstlernamen etwas anfangen. Er sei bei einer Vernehmung gefallen, vor ein paar Jahren schon, aber Kollegin Ewers hat ein beneidenswert gutes Gedächtnis. Es ging um Revierstreitigkeiten unter Drogendealern, die ein für alle Mal auf blutige Weise geklärt wurden. Sieben Jahre war das inzwischen her. Ein Zeuge aus Berlin habe diesen Tarnnamen verwendet und munter geplaudert. Angeblich sei der Ausputzer ein Profikiller, der seine Identität konsequent verschleiere. Alle Formalitäten – Auftragseingang, Bezahlung, Informationsaustausch – liefen im Darknet ab.

»Für uns klang das sehr nach der zeitgemäßen Version des großen Unbekannten«, meinte Kollegin Ewers.

Ich kann verstehen, dass sie nicht viel auf so eine Aussage gibt. Was man sich von Zeugen und Tatverdächtigen aus solchen Kreisen anhören muss, ist oft pure Verarsche.

»Sie glauben nicht, dass es diesen Ausputzer wirklich gibt?«, hakte ich nach.

»Vielleicht gibt es ihn, vielleicht auch nicht«, meinte sie lapidar. »Außer diesem einen Zeugen konnte niemand was mit dem Decknamen anfangen. Von belastbaren Spuren in diese Richtung ganz zu schweigen.«

Da wir wie Kollegen miteinander gesprochen haben, hat Frau Ewers den Zeugen aus der Vernehmung von damals zum Ende unseres Gesprächs hin mehrfach unbedacht beim vollen Namen genannt. Erhan Çelik. Als ihr das auffiel, ermahnte sie mich, dass ich den Klarnamen auf keinen Fall in meinem Podcast verwenden dürfe.

»Versteht sich von selbst«, sagte ich, »schon aus rechtlichen Gründen.«

Was ich ihr nicht sagte: Ich kenne Erhan Çelik schon sehr lange. Bin ihm mehrfach begegnet. Dienstlich. Und zwar hier in Berlin. Noch in meinem letzten Jahr habe ich ihn gesehen, anlässlich einer Messerstecherei in einer Shisha-Bar im Wedding. Gehörte sie nicht sogar jemandem aus seiner Familie? Çelik war nur Zeuge gewesen, allerdings einer von der Sorte, die bei einer Tat danebenstanden und einem trotzdem mit treudoofem Hundeblick erklären, dass sie nichts gehört und nichts gesehen haben. Ansonsten prahlt Çelik gern mit seinen Verbindungen und seinem Insiderwissen. Berührungsängste mit der Polizei hat er kaum. Wenn es ihm nützt, dient er den Kollegen von der Drogenfahndung als Informant. Allerdings weiß man bei Typen wie Çelik nie, was man glauben darf.

Na, mal sehen. Ich hoffe, die Shisha-Bar von damals gibt es noch.

24. Mai

Es gibt die Shisha-Bar im Wedding noch, und Çelik ist dort inzwischen der alleinige Chef. Sonst hat sich wenig verändert. Alles sieht aus wie früher, einschließlich der dubiosen Gestalten, die dort herumhängen. Heute waren es zum Glück nur zwei, die sich mit Çelik eine Wasserpfeife teilten. Es war ja auch erst Vormittag. Trotzdem war die Luft schon zum Schneiden dick. Ich gab Çelik den Tipp, mal ordentlich durchzulüften, aber er meinte, das sei nicht gut fürs Aroma, Teekenner spülten eine Teekanne ja auch nur ab und zu mit klarem Wasser aus. Immer noch der alte Scherzkeks. Immer noch dasselbe bekiffte Grinsen. Sein Gedächtnis war allerdings nicht vernebelt. Auch nach über sechs Jahren erkannte er mich auf Anhieb. Was mir sehr gelegen kam. Ohne einen Ausweis oder eine Dienstmarke zu verlangen, ging er davon aus, dass ich nach wie vor bei der Polizei war. Und als ich ihm mehrmals versichert hatte, dass mein Interesse weder ihm noch seiner Familie noch seiner Kundschaft galt, wurde er sogar richtig locker und umgänglich. Dass er ziemlich breit war, war kein Nachteil.

Um die Gunst dieser Stunde bestmöglich zu nützen, kam ich sofort zur Sache und fragte Çelik, was er über den Ausputzer wisse. Er stellte sich dumm, behauptete, in seinem ganzen Leben nicht von so jemandem gehört zu haben. Bis ich ihn auf seine Aussage bei den Frankfurter Kollegen hinwies. Da wurde er plötzlich ernst, und obwohl wir allein in dem Kabuff saßen, das er sein Büro nennt, dämpfte er sogar die Stimme, als er sagte: »Wenn Sie hinter dem her sind, vergessen Sie's. Über den weiß keiner was. Er ist ein fucking Geist.«

»Er hat Denis Dragos auf dem Gewissen«, sagte ich. »So viel steht fest.«

Çelik schwieg einen Moment. Dass ich mir so sicher war, brachte ihn ins Grübeln. Eigentlich hält man in so einer Lage die Klappe. So wie Lukas Wolter es getan hatte. Aber Typen wie Çelik wollen immer beweisen, dass keiner so schlau ist wie sie, und wenn sie besoffen oder breit sind, fällt es ihnen unendlich schwer, ihre Zunge im Zaum zu halten.

»Mag sein«, sagte er schließlich. »Ich könnte Ihnen aber mindestens drei andere plötzliche Todesfälle nennen, die angeblich auf das Konto des Ausputzers gehen. Und bei zweien habt ihr Bullen nicht den Hauch einer Ahnung, dass es sich um Morde handelt.« Mit Namen wollte er dann doch nicht dienen, er sagte nur: »Friede ihrer Asche.«

Dafür erzählte Çelik mir mehr zur Arbeitsweise des Ausputzers. Er erfüllt Kundenwünsche bis ins Detail. Unfall, Selbstmord, Attentat – was eben verlangt wird. »Wenn du willst, fackelt er ein Haus ab oder sprengt einen ganzen Wohnblock in die Luft«, behauptete Çelik, »und ihr Bullen merkt nicht mal, dass es kein Kurzschluss und kein leckes Gasrohr war.« (Das halte ich für einen Mythos, in der Kriminaltechnik und der Spurensicherung arbeiten keine Stümper. Mit etwas Geduld finden sie was. Immer.) Wenn es nach Çelik geht, ist der Ausputzer eine Art Superschurke. Bevor er zuschlägt, forscht er seine Opfer aus, bis er mehr über sie weiß als sie selbst – vor allem über ihre Schwachpunkte. Ein Umstand, der mir gelegen kommt, denn so kann ich Wonnegast im Ernstfall lange hinhalten. Çelik verriet mir außerdem, wie viel der Ausputzer nach seinen Informationen für einen Mord nimmt: Je nach Schwierigkeitsgrad dreißig- bis fünfzigtausend, plus Spesen. Çelik bestätigte, was Wonnegast schon gesagt hat: Der Ausputzer ist nach dem Mord an Dragos abgetaucht. »Oder er sitzt wegen anderer Sachen ein«, ergänzte er. »Oder er ist tot.«

Da sich Çelik und Wonnegast beide zumindest zeitweise im Dunstkreis von Denis Dragos aufgehalten haben, fragte ich Çelik, ob er einen Kurt Wonnegast kenne.

Çelik winkte ab. »Was wollen Sie von dem? Ganz kleine Nummer. Hält sich aber für groß. Labert dauernd von der Megasache, die er aufzieht. Dem Riesending, das er bald am Laufen hat. Ist nur nie was draus geworden. Darum will auch kaum einer was mit ihm zu tun haben. Das Letzte, was ich vom guten alten Kurti gehört hab: Als er doch mal wie durch ein Wunder zu ein bisschen Geld gekommen ist, hat er sich von einem windigen Anlagebetrüger über den Tisch ziehen lassen. Die gesamte Kohle – futsch! Klassischer Fall von Gier schlägt Verstand.«

»Ist Wonnegast gefährlich?«, fragte ich.

»Was meinen Sie mit gefährlich?«

»Würde er über Leichen gehen? Egal, wer es ist?«

Çelik zuckte mit den Schultern. »Was weiß man, wozu ein Mann fähig ist? Normalerweise würde ich sagen: Hunde, die bellen, beißen nicht. Aber wenn sie verzweifelt genug sind, beißen sie vielleicht doch. Skrupel kennt Wonnegast jedenfalls keine.«

Çelik kehrte an seine Wasserpfeife zurück, und ich machte mich auf den Heimweg. Wonnegast ist also nicht die hellste Kerze auf der Torte. Ist das nun eine gute oder eine schlechte Nachricht?

30. Mai

Wonnegast hat sich gemeldet. Gestern. Diesmal hat er mir nicht aufgelauert, sondern mich angerufen. Ich bin nicht rangegangen. Spiele auf Zeit. Jeder neue Tag kann etwas bringen, das mir hilft. Er hat mir auf die Mailbox gesprochen: »Kommen Sie morgen früh um zehn. Sie wissen, wohin.« Er ist vorsichtig. Er nennt keine Namen und keine Orte. Muss er auch nicht. Er meint seine Las-Vegas-Berlin-Bauruine. Und ich kann mir denken, was er mir dort sagen wird: den Namen der Person, die ich für ihn beseitigen soll.

Jetzt kriege ich doch Herzflattern. Atemnot. Kann fast nicht mehr tippen, so sehr zittern meine Finger. Es ist gleich halb zehn. Um pünktlich zu sein, müsste ich jetzt los. Ich bin wie gelähmt. Befürchte das Schlimmste, ohne mir genau vorzustellen, was das Schlimmste ist. Ich sehe mich in unserem alten VW Touran, mit dem Kindersitz hinten drin und Marthas zerknüllten Einkaufslisten in der Mittelkonsole. Sehe mich, wie ich unsere Straße entlangfahre, und das, was für einen echten Killer eine perfekte Tarnung wäre, ist in meinem Fall einfach nur erbärmlich und grotesk.

Wo ist das Loch, in das ich mich verkriechen kann? Der Flieger, der mich ans andere Ende der Welt bringt?

STOPP!

Wie habe ich mich früher auf gefährliche Polizeieinsätze vorbereitet?

Visualisieren.

Die Situation in Gedanken durchspielen.

Also:

Ich bin der Ausputzer.

Ich bin cool.

Ich bin beherrscht.

Ich bin immer Herr der Lage.

Ich töte, ohne eine Spur zu hinterlassen.

Ich täusche Unfälle und Selbstmorde vor.

Ich lege Brände und platziere Autobomben.

Ohne mit der Wimper zu zucken.

Ohne Skrupel.

Wer ist dagegen schon dieser Kurt Wonnegast?

Ein Versager.

Jemand, der mich braucht, um die Dinge auf die Reihe zu kriegen.

Okay, ich muss los.

Abend

Ich fuhr wie der Teufel. Bis mir einfiel, dass sich der Ausputzer nicht hetzen lässt. Er ist auf den Punkt genau da, aber nur, wenn er es will. Von einem wie Kurt Wonnegast lässt er sich nicht herumkommandieren. Nicht einmal, wenn der ihn in der Hand hat. Also ging ich runter vom Gaspedal und fuhr in gemächlichem Tempo weiter. Um zwei Minuten nach zehn eine SMS von Wonnegast: »Wo bleiben Sie, verdammt nochmal!? Wenn Sie nicht hier auftauchen, werden Sie es bereuen!!! Dann sind die Folgen allein Ihre Schuld!!!« Einen Mann, der so viele Ausrufezeichen braucht, kann ich nicht ernst nehmen.

Als ich schließlich ankam, hatte Wonnegast die erwartet

schlechte Laune. Ich dagegen war die Ruhe selbst. Meine Ängste, meine Sorgen, meine Unsicherheit waren wie weggesperrt. Ich begriff: Je weniger ich mir bewusst mache, was auf dem Spiel steht, desto besser werde ich meine Rolle spielen.

Wonnegast sah mich finster an. »Von jetzt an keine Spielchen mehr«, sagte er.

»Das gilt auch für Sie«, sagte ich. »Ich bin nicht Ihr Laufbursche, den Sie mal eben mit einem Fingerschnippen herzitieren. Glauben Sie, Sie können mit jemandem wie mir so umspringen?«

Wonnegast sagte erst mal nichts. Glotzte mich nur an. »Dann ist es jetzt offiziell? Sie geben es zu? Sie sind der Ausputzer?«

»Wenn Sie meinen.«

»Ich will, dass Sie es endlich aussprechen!«, schrie er mich an. »Ich bin der Ausputzer! Sagen Sie es!«

Obwohl ich mich entschlossen hatte, die Rolle zu spielen, fiel es mir schwer, diese Wörter laut zu sagen. Denn sie bedeuteten etwas. Wie ein Zauberspruch. Oder ein Fluch. Oder die Einwilligung in einen Teufelspakt. Oder einfach nur, dass ich nicht mehr dahinter zurückkonnte. Doch es ließ sich nicht vermeiden.

»Ich bin der Ausputzer«, sagte ich.

Damit war der Sack endgültig zu.

Die Worte aus meinem Mund zu hören verbesserte Wonnegasts Laune schlagartig. Was nur eines bedeuten konnte: Er hatte bis zuletzt einen winzigen Restzweifel gehabt. Der war nun beseitigt.

»Dann können wir endlich zum Geschäftlichen kommen«, sagte er.

Wir gingen wieder zu dem mit Plastikfolie verhängten

Tisch, doch ich blieb demonstrativ stehen. Also blieb auch Wonnegast stehen. Der wieder ganz in seine Lederkluft gekleidete Martin brachte zwei Gläser und eine Flasche Wodka und schenkte gleich ein, jedes Glas voll bis an den Rand. Wonnegast griff nach dem seinen, um mit mir zu trinken.

»Ohne mich«, sagte ich. »Ich muss noch fahren.«

»Stellen Sie sich nicht so an.«

»Denken Sie, ich will nachher bei der Kita mit einer Alkoholfahne ankommen? Mann, ich habe Verantwortung!«

Wonnegast schaute mich verdutzt an. Er beharrte nicht länger auf dem Drink. Ein erster kleiner Punktsieg für mich.

»Gefällt mir, Ihre Pflichtauffassung«, sagte er. »Setzen wir uns.«

»Ich stehe lieber.«

Wonnegast setzte sich.

»Hören Sie, Herr Wonnegast«, sagte ich, in einem letzten Anflug von Widerstand. »Sie wissen jetzt, wer ich bin. Das heißt nicht, dass ich Ihr Mann werde. Ich habe mich aus dem Geschäft zurückgezogen. Ich habe eine Familie. Ich habe ein beschauliches Leben. Das will ich nicht gefährden. Wieso suchen Sie sich nicht jemand anders für Ihren Job? Es gibt genügend Typen, die sich darum reißen würden. Und die genauso gut sind wie ich.«

»Nur nicht so bescheiden«, widersprach Wonnegast. »Ich dachte, ich hätte mich bei unserem letzten Gespräch klar ausgedrückt. Meine Entscheidung ist gefallen. Und damit auch die Ihre. Sie und Ihre Familie sind komplett in meiner Hand. Ich muss nur mit dem Finger schnippen, und Ihr ach so beschauliches Leben ist schon morgen vorbei. Es gibt genug Leute, die mit Ihnen ein Hühnchen zu rupfen haben. Angefangen bei Denis Dragos' Freunden. Die leiden sogar nach so vielen Jahren noch sehr unter dem Verlust und würden sich nur zu gern revanchieren. Ihr Ruhestand endet mit dem heutigen Tag.« Er kippte seinen Wodka runter wie Wasser und knallte das Glas auf den Tisch. Dann fragte er mit einem Fuchsgrinsen im Gesicht: »Wie finden Sie übrigens meinen neuen Look?«

Mir war aufgefallen, dass etwas an ihm anders war, und jetzt wusste ich, was: Er hatte sich die Haare schneiden lassen.

»Ihre Frau ist wirklich gut«, sagte Wonnegast. »Ach was, sie ist eine Künstlerin! Genau wie Sie auf Ihrem Feld.«

Jetzt, da ich das hinschreibe, gehen mir die Gedanken durch. Je weniger ich es mir vorstellen will, desto zwanghafter tue ich es: Martha, wie sie diesem Scheusal die Haare wäscht, schneidet, föhnt und Gel einmassiert. Und er, der die ganze Zeit wie ein Hund ihr Parfum schnüffelt. Penetranten Smalltalk betreibt. Mir zittern die Hände, während ich tippe. Jetzt dürfen sie das. Vorhin im Las Vegas Berlin mussten sie ruhig bleiben. Und das taten sie.

»Wirklich nicht nötig, meine Familie zu belästigen«, sagte ich kühl. »Ich bin doch hier und höre mir an, was Sie von mir wollen.«

»Dann setzen Sie sich endlich.« Wonnegast wies mit der Hand auf den leeren Stuhl vor mir.

Diesmal folgte ich der Aufforderung.

»Sie arbeiten von jetzt an für mich«, sagte er, »zu meinen Bedingungen. Auch was das Finanzielle angeht. Geld gibt es nur im Erfolgsfall.«

Wonnegast kippte einen zweiten Wodka, dann winkte er den ledernen Martin herbei, der heranrauschte und eine dicke Mappe vor uns auf den Tisch legte.

»Da steht alles drin, was Sie über Ihre Zielperson wissen müssen«, sagte Wonnegast.

Ich schlug die Mappe auf und sah Fotos in einer Klarsichthülle. Sie zeigten alle einen Mann. Kräftig gebaut. Trainiert. Alter schätzungsweise Mitte bis Ende dreißig.

»Wurden Sie schon mal von jemandem betrogen, der jahrelang Ihr bester Freund war?«, fragte Wonnegast. »Jemand, dem Sie bedingungslos vertraut haben?«

»Nicht, dass ich wüsste«, sagte ich.

»Beim Geld hört die Freundschaft bekanntlich auf«, fuhr Wonnegast mit Bitterkeit in der Stimme fort, »und das hätte ich beherzigen sollen. Aber Arnold war es, der sich mir aufdrängte, mein Geld anzulegen. Ich weiß etwas, das ist todsicher, hat er gesagt. Dein Geld vermehrt sich im Schlaf, hat er gesagt. Du wärst ein Idiot, wenn du die Gelegenheit nicht ergreifen würdest, hat er gesagt. Und dann ...« Wonnegast klatschte in die Hände. Ich zuckte zusammen. »Alles weg, angeblich. In Luft aufgelöst. Große Rendite kriegt nur, wer große Risiken eingeht, hieß es auf einmal, und manchmal geht eine Rechnung eben nicht auf.«

»Ich kenne die Geschichte«, sagte ich. »Und auch, was sonst so über Sie geredet wird.« Er sollte ruhig wissen, dass ich mich über ihn informiert hatte.

Wonnegast schlug mit der Faust auf den Tisch, dass die Gläser klirrten. »Gar nichts wissen Sie!«, schrie er. »Gar nichts!«

Danach herrschte Stille. Hasserfüllte Stille.

Ich wandte mich wieder dem Inhalt der Mappe zu. »Und für seinen Betrug soll Arnold jetzt büßen«, sagte ich, als wäre nichts gewesen.

»Unsinn!«, widersprach Wonnegast und stach mit dem

Zeigefinger auf das oberste Foto in der Klarsichthülle ein. »Das da ist nicht Arnold. Das ist sein bester Freund Henning. Und sein Mann für besondere Verwendung. Ich will, dass Sie ihn beseitigen. Nicht theatralisch hinrichten. Nichts, was große Wellen schlägt. Aber Arnold soll verstehen, dass er gemeint ist. Wie Sie das machen, überlasse ich Ihnen. Wenn Sie den Job erledigt haben, werden wir Arnold klarmachen, dass er der Nächste ist, sollte er mein Geld nicht wiederbeschaffen. Denn ohne mein Geld bleibt all das nur ein schöner Traum.«

Çelik hat nicht gelogen: Wonnegast ist pleite. Abgezockt von seinem ehemals besten Freund. Meine Erfahrung sagt mir, dass dieser Arnold das Geld nicht verspekuliert, sondern ohne Umweg in die eigene Tasche gesteckt hat. Und Wonnegast hat nichts bemerkt. Wie Çelik schon sagte: Gier schlägt Verstand.

»Alles Weitere liegt nun in Ihren Händen«, sagte Wonnegast. »Ich will nicht wissen, wie und wann Sie es tun. Je weniger ich weiß, desto besser.«

»Es wird seine Zeit brauchen«, sagte ich.

»Sicher. Jede gute Arbeit braucht ihre Zeit. Aber zu lange sollte es trotzdem nicht dauern.« Er zog ein Handy aus der Jacketttasche und legte es auf den Tisch. »Das hier ist für unsere Kommunikation. Tragen Sie es immer bei sich, aber lassen Sie es niemanden sehen.«

Er müsse dem Ausputzer nicht erklären, wie Geheimhaltung funktioniere, sagte ich und steckte das Handy ein. Durch einen Wink gab Wonnegast mir zu verstehen, dass wir für heute fertig waren.

Meine Knie zitterten, als ich das Las Vegas Berlin verließ. Und sie zittern noch.

JUNI

1. Juni

Henning Voss. So heißt meine Zielperson. Zweiundvierzig Jahre alt. Geboren in Flensburg, Mutter Prostituierte, Vater unbekannt. Eine Karriere als Türsteher, Zuhälter, Drogendealer, die ihn von Flensburg über Hamburg nach Berlin geführt hat. Bekannt und berüchtigt für seine äußerst kurze Zündschnur. Mehrere Verurteilungen wegen schwerer Körperverletzung. Weitere Anzeigen wegen häuslicher Gewalt, die wieder zurückgezogen wurden. Seit einigen Jahren Freund und Bodyguard von Arnold Bertini. Obwohl Voss meine Zielperson ist, enthält Wonnegasts Dossier auch ausführliche Informationen über Bertini, so dass ich einen guten Einblick in das Leben der beiden bekomme. Bertini hat es nur zu ein paar Anzeigen wegen Betrugs gebracht, die allesamt dank findiger Anwälte fallengelassen wurden. Er ist studierter Betriebswirt und firmiert seit ein paar Jahren als freiberuflicher Anlageberater, die Grenze zum Anlagebetrüger ist vermutlich fließend. Dabei hat er das überhaupt nicht nötig, sein familiärer Background stinkt nach Geld. Sein Vater führt eine mittelständische Werkzeugfabrik, die allerdings nicht Arnold Bertini übernehmen wird, sondern sein älterer Bruder. Arnold ist zum zweiten Mal verheiratet und hat aus erster Ehe zwei Kinder im Alter von sieben und neun Jahren und mit seiner neuen Frau eine zweijährige Tochter. Vermutlich erfüllt ihn das Familienleben so wenig wie die seriöse Ausübung seines Berufs. Er braucht diesen besonderen Kick, den er daraus zieht, andere Leute abzuzocken.

So verschieden Voss und Bertini sind, so nahe stehen sie sich. Ich habe unter Kriminellen oft solche Beziehungen erlebt, die auf den ersten Blick asymmetrisch scheinen. Der nach seinem Status Unterlegene – in diesem Fall Voss – fühlt sich durch das Interesse des über ihm Stehenden – also Bertini – aufgewertet. Bertini wiederum gefällt sich in der Aura des Halbseidenen, Verbrecherischen, Brutalen, die Voss auf ihn abstrahlt. Oberflächlich betrachtet dominiert Bertini die Beziehung. Er ist der Boss, der Mann mit Geld und Ansehen. Doch hinter den Kulissen herrscht nicht selten eine andere Dynamik. Nur weil Voss keinen Schulabschluss hat, heißt das nicht, dass er einem Schnösel wie Bertini nicht intellektuell überlegen sein kann. Ich muss zugeben: Ich bin gespannt auf die beiden.

Das Material in dem Dossier hat wohl ein Privatdetektiv zusammengetragen. Unzählige Protokolle von Überwachungen, Beschreibung von Tagesabläufen, Listen häufig besuchter Orte. Bei manchen Papieren handelt es sich um Kopien von polizeilichen Ermittlungsakten. Ob Wonnegast dieses amtliche Material über eigene Polizeikontakte beschafft hat oder der Detektiv die dafür nötigen Verbindungen mitbrachte, würde mich interessieren. In jedem Fall sind es korrupte Polizisten. Das beschmutzt den gesamten Berufsstand.

Die Fotos, die in großer Anzahl dem Dossier beigefügt

sind und Voss, aber auch Bertini in verschiedenen Alltagssituationen zeigen, wecken den alten Ermittlerinstinkt in mir. Vor allem die von Voss fesseln mich. Es gibt Fotos, auf denen er im Anzug zu sehen ist, etwa wenn er Familie Bertini zu einem festlichen Anlass begleitet. Ich kann mir vorstellen, wie die Leute verstohlen und mit leichtem Schaudern auf die Ausläufer seiner Tätowierungen geblickt haben, die über seinem Hemdkragen und aus den Ärmeln herauskriechen. Wie um jedes Klischee zu erfüllen, das es über Männer seines Typs gibt, ist Voss nicht nur ausgiebig tätowiert, er verbringt einen Großteil seiner Freizeit damit, seine Muskelpakete zu trainieren. Ich habe früher selbst viel trainiert, deshalb muss ich zugeben, dass mir die präzise definierten Muskeln auf den Fotos, die ihn beim Trainieren zeigen, eine gewisse Bewunderung abnötigen. Zumindest in den Momenten, in denen ich ausblenden kann, was mein Auftrag ist: diesen Koloss von einem Mann zu töten. Und warum ich so tun muss, als würde ich diesen Auftrag ausführen: um das Leben meiner Familie zu schützen.

4. Juni

Heute war Bruckner mit Familie zu Besuch. Weil das sonnige Wetter dazu einlud, saßen wir auf unserer neu gestalteten Terrasse, die bei allen gut ankam. Nur die Wespen, von den Kuchen angelockt, störten. Die Kinder bauten in seltener Eintracht Sandburgen oder hüpften kreischend auf dem Trampolin herum, während wir Erwachsene Gespräche über unser alltägliches Einerlei führten. Martha erzählte Anekdoten aus dem Friseursalon, Inga von ihren Schülern. Ich war sehr stolz, Sonjas neueste Eskapade schildern zu können: Sie hatte – ganz die Mama – Einhorn Sally eine Kurzhaarfrisur verpasst, und als ich sie darauf aufmerksam machte, dass die Haare von Plüschtieren nicht nachwachsen, sagte sie keck und ein bisschen beleidigt: »Das weiß ich selbst, Papa!« Sie würde die abgeschnittenen Haare aufheben und später, wenn Sally die kurzen Haare nicht mehr gefielen, Extensions daraus machen.

»Genießen wir die Zeit, in der unsere Kinder noch kleine Engel sind«, sagte Inga. »Pubertät ist Krieg.«

»Ob's danach so viel besser wird?«, warf Bruckner ein. »Die Kriminellen, mit denen wir es zu tun haben, waren auch alle mal süße Engel.«

»Du wieder mit deiner negativen Einstellung!«, fuhr Inga auf. »Nicht alle Menschen sind böse. Die meisten sogar anständig und gut.«

»Trotzdem tragen wir es alle in uns«, beharrte Bruckner. »Wie ein vererbtes Gen, das lange nichts macht und sich irgendwann einschaltet.«

»Quatsch!« Inga wurde laut. »Schlechte oder gar keine Erziehung. Fehlende Bildung. Prekäre soziale Verhältnisse. Das erzeugt Verbrechen.«

»Das und noch etwas.«

Bruckner schwieg. Genau wie Inga. Sie führten diese Diskussion offensichtlich nicht zum ersten Mal. Aber für den Moment ließen sie es gut sein.

Für seine Verhältnisse hat Bruckner heute viel gesprochen. Meistens ist er in solchen Runden eher schweigsam. Er lässt die Arbeit konsequent im Büro, und außer der Arbeit hat er kaum etwas, worüber er reden könnte. Als Martha später von ihrem mysteriösen Wasserschaden erzählte, war er wieder hellwach. Wie ein Spürhund, der eine Witterung aufgenommen hat. Die Sache wirke auf ihn nicht ganz koscher, sagte er.

»Du glaubst, da will jemand die Versicherung bescheißen?«, fragte ich ihn.

»Wäre möglich«, meinte er und fügte hinzu: »Kann auch ein Racheakt sein. Oder eine Warnung.«

»Hat der Mann von der Hausverwaltung auch gesagt«, warf ich ein.

Bruckner fragte, was wir über den Hausbesitzer wüssten. Er war in seinem Element.

Martha wollte nichts von solchen Spekulationen hören. Außerdem habe die Sache, wie sich nun zeige, für sie sogar etwas Gutes, denn die Chancen stünden nicht schlecht, dass sie eine Mietminderung verlangen könne oder sogar vorzeitig aus ihrem Mietvertrag herauskäme. »Ups«, scherzte sie, »habe ich mich gerade verdächtig gemacht?«

Bruckner sagte etwas wie: Ich beantrage sofort einen Haftbefehl. Martha streckte ihm die Hände hin. Alle lachten.

Ich lachte mit. Martha sah so hinreißend aus in diesem Moment, so entspannt und glücklich. Auf einmal dachte ich: Wird Bruckner eines Tages so vor mir stehen, mit dieser gewissen Geste und diesem Blick, der sagt: Das Spiel ist aus? Ich hörte schon das Klicken der Handschellen. Im nächsten Moment erschrak ich über mich selbst. Wie kam ich dazu, mir so etwas vorzustellen? Nichts dergleichen würde geschehen. Ganz einfach, weil ich niemanden ermorden würde. Und doch hatte ich es, wenn auch nur einen Augenblick lang, für möglich gehalten.

Als ich nach Kaffee und Kuchen im Haus verschwand, um Bruckner und mir zwei Bier aus dem Kühlschrank zu holen, folgte er mir in die Küche. Er wollte allein mit mir reden. »Ich habe mitgekriegt, dass du bei den Morddezernaten in ganz Deutschland nach Auftragsmördern gefragt hast«, sagte er. »Woher das Interesse?«

Der Polizeibuschfunk zwischen Flensburg und Berchtesgaden funktioniert also. Du kannst anscheinend nichts tun oder sagen, ohne dass es die Kollegen im ganzen Land erfahren. Ich erzählte Bruckner, was ich allen anderen erzählt hatte: dass ich an einem neuen Podcast arbeite.

»Und wieso hast du mich nicht gefragt?«, wollte er wissen. Er klang nicht beleidigt, sondern einfach nur verwundert. Und ein bisschen so, als fände er mein Verhalten verdächtig.

Ich sagte, dass ich im Großen und Ganzen selbst wüsste, was in Berlin los sei, und dass ich schon noch auf ihn zugekommen wäre. Keine Ahnung, was er vermutete. Und keine Ahnung, warum ich Bruckner nicht gefragt habe. Das heißt, eigentlich schon. Wir kennen uns so gut, und er ist einer, dem man nicht leicht etwas vormachen kann. Und dem ich auch nicht gern etwas vormache. Aber ich hätte mir denken können, dass er meine Umfrage mitkriegt. Bruckner sagte nur: »Du bist seit fast sieben Jahren raus aus dem aktiven Dienst. Da hat sich viel getan. Geht es um jemand Bestimmten?«

Ich verneinte. »Bin in der Vorrecherche. Vielleicht wird sowieso nichts daraus.«

Als wir schon wieder auf dem Weg in den Garten waren, fragte Bruckner beiläufig, ob Kurt Wonnegast sich inzwischen gemeldet habe.

»Zum Glück nicht«, log ich. »Und ich hoffe, das bleibt so.«

9. Juni

Henning Voss ist ein Mann mit festen Gewohnheiten. Er steht um sechs Uhr früh auf, läuft eine Runde, duscht und frühstückt. Dann macht er einen Kontrollgang um Bertinis Anwesen, wo er ein eigenes Apartment bewohnt. Jeden Tag derselbe Ablauf. Außer wenn er frei hat. Dann ist er bei seiner Freundin Lydia. So steht es in dem Dossier, in dem jeder Schritt von Voss über mehrere Wochen minutiös protokolliert ist. Und außerdem steht da: Die Zeit von halb zehn bis zwölf Uhr Mittag modelliert Voss seinen Körper beim Workout. Dazu geht er in ein Studio mit dem vielsagenden Namen KörperKult. Das ist ein schicker Laden voller ebenso schicker Menschen. Die neuesten Trainingsgeräte, Saunalandschaft, Schwimmbecken, Massageraum; Handtücher, Energydrinks, Milchsakes und Obst – alles inklusive. Der Cardio-Bereich ist mit Bildschirmen tapeziert. Riesige, tropisch anmutende Pflanzen runden das Ambiente ab und lassen einen vergessen, dass man eigentlich zum Schwitzen da ist und nicht zum lässigen Abhängen. Kein Vergleich zu der heruntergekommenen, alten Muckibude in einem schäbigen Neuköllner Hinterhof, wo ich mir als junger Kerl ein paar Kilo Muskeln antrainiert habe. Hatte der Laden überhaupt einen Namen? Kann mich nicht erinnern. Wenn ja, dann sicher keinen so bescheuerten wie KörperKult. Das Leder auf den Geräten war an manchen Stellen durchgescheuert, der gelbe Schaumstoff lugte heraus, die Gewichte und Seilzüge knirschten und klapperten, wenn man sie bewegte. Und im Stockwerk darüber waren die Boxer, bei denen ich auch ein paar Tricks lernen durfte. Unter Schmerzen. Ich stelle mir vor, dass Henning Voss in seinen Anfängen eher in einem Laden wie meinem alten

Studio trainiert hat, und frage mich, wie er sich unter all den Reichen und Schönen fühlt, unter denen er sich jetzt bewegt. Glaubt er, er sei angekommen? Dort, wo er hingehört? Oder fühlt er sich wie Falschgeld in einem Banktresor? Auf den Fotos wirkt er wie einer dieser Rapper, die es von ganz unten nach ganz oben geschafft haben. Sie bemühen sich, immer noch hungrig und gefährlich wie die Raubtiere zu wirken, die sie nie waren. In der Regel sind es ja nur Kleinkriminelle, die auf dicke Hose machen. Auf Voss trifft das allerdings nicht zu. Nach allem, was ich inzwischen über ihn weiß, war er wirklich ein Raubtier – und ist es bis zum heutigen Tag geblieben. Und das strahlt er aus. Der Glamour ist nur Goldstaub auf seiner Haut, der schnell verfliegt, wenn ihm etwas gegen den Strich geht. Nein, tief in ihrem Innern ändern Menschen sich nur im Millimeterbereich. Du bleibst, wer du immer warst. Oder du wirst erst dazu, wenn das Leben dich lässt.

Ich schweife ab. Es gibt Dinge zu tun. Zum Beispiel, meine alten Trainingssachen rauszusuchen. Und dann melde ich mich online zu einer vierwöchigen Probemitgliedschaft im KörperKult an. Martha wird nichts dagegen haben, wenn ich ein paar Pfunde Fett verliere, im Tausch gegen Muskelmasse.

12. Juni

Erster Tag Probe-Training im KörperKult – und ich spüre die Wirkung bereits. Allerdings auf die unangenehme Art. Morgen habe ich bestimmt Muskelkater. Obwohl ich, wie mir die engagierte Trainerin Sandy nach eingehender Beratung empfohlen hat, mit einem leichten Training eingestiegen bin. Sandy meinte es gut mit mir. Meine schlechte Kondition nannte sie »okay, aber ausbaubar«, mein Bäuchlein »sympathisch, aber suboptimal«. »Bauchfett ist das gefährlichste Fett von allen«, sagte sie und guckte mich aus ihren großen blauen Augen an wie eine strenge Lehrerin einen Schüler. Martha lachte mich aus, während sie meine Muskeln mit irgendeiner Spezialsalbe massierte, die angeblich gegen Muskelkater vorbeugt. Sie findet es süß, dass ich mir für sie diese Folter antue. Überlegt sogar, ob sie sich auch im KörperKult anmelden soll. Dann könnten wir gemeinsam unsere Bodys modellieren. »Das machen wir«, redete ich ihr zu, wohl wissend, dass daraus nichts wird, weil sie für so was gar keine Zeit hat. Sie kann froh sein, wenn sie zweimal die Woche ihr Lauftraining hinkriegt.

Voss war heute wieder da. Pünktlich wie eine Stechuhr kam er um halb zehn herein, mit diesem breitbeinigen Gang, der Dominanz ausstrahlen soll und das auch tut. Keine Plauderei mit irgendjemandem, nicht mal ein Grüßen in die eine oder andere Richtung, nein, er fing sofort mit dem Aufwärmen an. In echt ist er noch beeindruckender als auf den Fotos. Mindestens einen Meter neunzig groß, kein Gramm Fett unter der Haut, dafür jede Menge stahlharter Muskeln. Wie viel er wohl auf die Waage bringt? Neunzig Kilo? Hundert? Wahrscheinlich ist er es gewöhnt, dass die Leute ihn so anstarren, wie ich es getan habe. Ob er es genießt, ist schwer einzuschätzen. Er tut so, als würde er es nicht bemerken. Zu der schieren Größe kommen die opulenten Tätowierungen. In der Umkleidekabine konnte ich sie in ihrer vollen Pracht bewundern. Es ist eigentlich ein Monumentalgemälde, das er auf der Haut trägt, voller Symbole und Figuren, die alle einer martialischen Fantasy-Welt entnommen sind. Starke Krieger, vollbusige Frauen und im Zentrum ein feuerspeiender Drache. Phantastik-Kitsch in seiner reinsten Form. Ich musste an die Nibelungensage denken, die ich als Junge in einer kindgerechten Fassung verschlungen habe, mit Drachentöter Siegfried, den das Bad im Drachenblut unverwundbar macht. So kommt mir Voss vor: unverwundbar. Allerdings hat sogar Siegfried eine verwundbare Stelle. Wo ist die verwundbare Stelle von »Siegfried« Henning Voss?

Nicht, dass ich vorhätte, ihn wirklich umzubringen. Aber irgendwas muss ich Wonnegast präsentieren. Etwas, das zumindest nach einem Plan aussieht und mir Zeit verschafft.

16. Juni

Ich gewöhne mich langsam ans Training, und der Muskelkater lässt nach. Marthas Salbe hilft anscheinend. Zumindest ein wenig. Habe in den letzten Tagen nur mit geringer Belastung trainiert. Anders als Voss, der immer alles gibt. Er wirkt extrem fokussiert. Nur manchmal wechselt er mit jemandem, der neben ihm trainiert, ein paar belanglose Worte. Oder er sieht Frauen hinterher. Solche Ablenkungen erlaubt er sich jedoch nur selten. Er arbeitet sich ab, als ginge es um sein Leben. Sein Körper glänzt vor Schweiß. Wenn er auf der Hantelbank liegt, sind seine Atemstöße weithin zu hören wie das Pumpen eines Blasebalgs, und er stößt jedes Mal einen Schrei aus, wenn er seinem Körper die letzte Wiederholung eines Übungssatzes abgerungen hat. Danach tippt er auf seinem iPhone herum (bestimmt eine App, mit der er sein Training steuert und überwacht), und wenn er das erledigt hat, stellt er sich vor die Spiegelwand und betrachtet sein Ebenbild kritisch wie ein

Bildhauer sein Werk. Er wirkt bei allem stets ein wenig unzufrieden, so wie diese Leute, die das Erreichte nur als Zwischenstation auf dem Weg zum Unerreichten, vielleicht Unerreichbaren sehen.

Ich vermeide es, beim Training in den Spiegel zu schauen. Nicht, weil ich mit meinem Äußeren unzufrieden wäre. Ich bin, was das angeht, mit mir im Reinen. Mit knapp ein Meter achtzig Körpergröße bin ich zwar kein Hühne, aber für meine zweiundvierzig Jahre noch immer gut in Schuss. Ohne den kleinen Wohlstandsbauch und mit ein paar Muskeln mehr sehe ich fast bald wieder wie damals aus, als ich noch Polizeisport gemacht habe. Trotzdem. Wenn ich Voss ansehe und dann mich, bete ich, dass es niemals zu einer direkten Konfrontation zwischen uns beiden kommt. Er würde mich zerquetschen wie eine Ameise.

19. Juni

Während ich seit Tagen auf eine Gelegenheit hoffe, mit Voss ins Gespräch zu kommen, ergab sich heute zwanglos ein kurzer Kontakt, der der Anfang von etwas sein könnte. Ich muss eine Aussage revidieren. Dass Voss nur auf sich bezogen ist und seine Umgebung komplett ausblendet, erwies sich als Fehleinschätzung. Er scheint seine Antennen vielmehr immer ausgefahren zu haben und alles um ihn herum zu scannen, und als Bertinis Aufpasser gehört das ja zu seiner Qualifikation. Jedenfalls musste nicht ich auf ihn zugehen, nein, er kam heute von sich aus zu mir.

Ich saß am Latissimus-Zug und machte meine Übungen, da stand er plötzlich vor mir, sah auf mich herab und schüttelte den Kopf. »So ruinierst du dir auf Dauer die Wirbelsäule, Alter«, sagte er und korrigierte meine Haltung. Auf diese kumpelhafte Tour, die sich schnell ergibt, wenn Leute dasselbe tun. Eine Leidenschaft für etwas teilen. Man ist sofort per du und versteht sich. Zumindest, was diese eine Sache angeht.

Unter Voss' Anweisung machte ich die Übung noch ein paarmal falsch, damit er länger blieb und wir vielleicht in ein richtiges Gespräch kämen. Diese Hoffnung erfüllte sich vorerst nicht. Er beschwerte sich nur, dass weit und breit kein Trainer da war, der das hätte sehen müssen, und wollte schon jemanden rufen, doch ich wiegelte ab. »Muss nicht sein«, sagte ich. »Jetzt weiß ich es ja. Und solange du mich im Auge hast, kann nichts schiefgehen.«

Der letzte Satz war vielleicht einer zu viel. Denn er sah mich misstrauisch an. Ich lachte über meinen vermeintlichen Scherz. Voss lachte nicht. Er ging zurück zu seinen Hanteln und gönnte mir keinen weiteren Blick.

21. Juni

Es geht voran mit Voss. Seit unserem ersten Kontakt grüßen wir einander, zwar ohne Worte, nur durch ein Nicken, aber immerhin. Und heute hatten wir sogar ein richtiges Gespräch. Das kam so: In einer Trainingspause ging Voss an die Bar, um sich einen Milchshake machen zu lassen. Ich stellte mich dazu und fragte ihn, welchen von den Shakes er mir empfehlen könne. Er nannte Banane-Mandel, der enthalte am meisten Protein. Ich bestellte Banane-Mandel.

»Ich versuche immer noch rauszufinden, ob es motiviert

oder demotiviert, neben dir zu trainieren«, sagte ich. »In deinem Body steckt sicher eine Menge Arbeit.«

Voss wandte abrupt den Kopf, sah mich ernst an und fragte mich, ob ich schwul sei und ihn anmachen wolle. Ich wies das entschieden von mir. Dann sagte er, dass er nichts gegen Schwule habe, er wolle nur eben nicht angemacht werden.

»Kein Problem«, sagte ich. »Ich habe Frau und Kind.«

»Das heißt gar nichts«, erwiderte er.

Wir schwiegen einen Moment, doch bevor das Schweigen unbehaglich wurde, meinte Voss: »Du bist nicht fokussiert genug, Alter. Nur wenn du fokussiert bist, erreichst du was. Nicht bloß beim Training. Überhaupt. Im Leben. Meditierst du?«

Ich verneinte.

»Machst du Yoga?«

Ich verneinte.

»Tai Chi?«

Ich verneinte.

Er schüttelte den Kopf. »Du musst auch was für den Geist tun, Alter, sonst bist du bloß ein Würstchen, das sich in ein Steak verwandeln will. Auf dem Grill landen sie beide.«

Das hatte er überraschend treffend formuliert. Ich konnte mir ein Lächeln nicht verkneifen und bemerkte auch in seinen Mundwinkeln ein Lächeln. Ich fand, es sei an der Zeit, dass wir uns einander vorstellten. Deshalb sagte ich: »Ich bin übrigens Alex.«

Er antwortete nur: »Ich weiß.«

Ich sagte erst mal nichts.

Misstrauisch zu sein gehört ebenso zu seinem Job, wie allen stets einen Schritt voraus zu sein, und solche Eigenschaften lässt man nicht im Spind zurück. Da taucht plötzlich aus dem Nichts ein Typ in deinem Fitnessstudio auf, jeden Tag trainiert er in der Zeit, in der du trainierst – das kann einem schon seltsam vorkommen.

Als ich Voss schließlich fragte, woher er meinen Namen wisse, behauptete er, einer der Trainer habe ihn mal gerufen, doch das kann nicht sein. Niemand hier hat mich jemals beim Namen gerufen, wenn Voss in der Nähe war. (Und auch sonst nicht. Unter all den schönen Leuten in ihren teuren Sportoutfits bin ich praktisch unsichtbar. Selbst Sandy hat kaum mehr als ein flüchtiges Lächeln für mich übrig.) Voss weiß genau, dass ich das weiß. Und das ist Teil seiner Strategie, die ganz klar auf Dominanz durch Einschüchterung zielt: Ich durchschaue dich wie eine Glaswand, also mach mir nichts vor! Vermutlich hat er sich bei Sandy oder jemand anderem aus dem Trainerteam nach mir erkundigt. Wahrscheinlich hat er mich sogar gegoogelt. Was weiß er also über mich? Dass ich Polizist war, heute Hausmann bin und einen True-Crime-Podcast betreibe? Wenn er das alles weiß, macht mich das in seinen Augen verdächtig? Womit sich die letzte und entscheidende Frage stellt: Wer checkt eigentlich gerade wen ab?

24. Juni

Wie schon bei Wonnegast habe ich bei Voss die Flucht nach vorn angetreten. Hab ihm vorgestern zwischen zwei Saunagängen alles über mich erzählt. Na ja, nicht wirklich alles. Wenn die Geschichte, die ich Voss aufgetischt habe, ein Film wäre, würde im Vorspann stehen: »Basiert auf wahren Begebenheiten«. Ich habe ihm erzählt, dass ich ein

Ex-Bulle bin und dass ich jemanden im Dienst erschossen habe. Er fragte mich, wie das gewesen sei: jemanden umzulegen. Und ich bemerkte, dass ihn das wirklich interessierte. »Nicht so toll, wie du es dir vielleicht vorstellst«, sagte ich cool. »Aber auch nicht so übel. Kommt eben vor, und man muss damit leben.« Trotzdem sei ich wegen des Schusses rausgeflogen, log ich, weil ich weniger drastische Möglichkeiten, die Situation zu bereinigen, ignoriert hätte.

»Und warum hast du geschossen, wenn es andere Möglichkeiten gab?«, fragte Voss.

Ich überlegte kurz und sagte: »Der Typ war ein Drecksack. Es fühlte sich richtig an.«

Voss nickte anerkennend.

Offiziell, so fuhr ich fort, hätte ich selbst gekündigt, um meine Abteilung zu schützen. Niemand sei scharf auf schlechte Presse gewesen. Übertriebene Polizeigewalt und so. Das hören Kleinkriminelle wie Voss immer gern: dass die Polizei ihr eigenes krummes Ding macht, Tatsachen verdreht und nur daran interessiert ist, nach außen gut dazustehen. Das glauben sie sofort, weil sie natürlich von sich auf andere schließen und darin bestätigt werden, dass man sie unfair behandelt.

Weil ich schon mal im Redefluss war, habe ich Voss gleich noch aufgetischt, dass ich der glückliche Ehemann einer erfolgreichen Frau sei, und ich habe es so klingen lassen, als stünde das »glücklich« in Gänsefüßchen. Ich weiß nicht, was genau es war, das mir sagte, dass ich mit diesem Spin in meiner Story bei ihm ankäme. Auf keinen Fall darf es die Looser-Geschichte vom armen Würstchen sein, das war von Anfang an klar, denn für so jemanden hätte Voss nur Verachtung übrig. Nein, es sollte sich eher die heutzutage vermeintlich typische Tragik eines Mannes mit Potenzial zeigen, der wegen einer Frau weit unter seinen Möglichkeiten bleibt. Ich ließ mich von meiner Intuition leiten, wie schon in so manchem Kriminalfall; von einem Gefühl, das mir sagt, dass Voss zwar ein brutaler Schläger ist, in ihm aber auch ein Kümmerer steckt. Jemand, der glaubt, es aus eigener Kraft auf die Sonnenseite des Lebens geschafft zu haben, und der aus einem diffusen Wir-Männer-müssen-zusammenhalten-Gefühl heraus einen fehlgeleiteten Typen, der ihm menschlich nicht ganz unsympathisch ist, an die Hand nehmen würde, um ihm zu zeigen, wo es langgeht. Ich bin mir ziemlich sicher, dass das funktionieren wird. Woher nehme ich diese mich selbst überraschende Gewissheit bloß? Vielleicht liegt ihr Ursprung in diesem Moment von letzter Woche, als ich am Latissimus-Zug saß und er von sich aus auf mich zukam, streng auf mich herabschaute und sagte: »So ruinierst du dir auf Dauer deine Wirbelsäule, Alter.«

Um meinerseits Interesse an ihm zu zeigen, fragte ich ihn, was er so mache, wenn er nicht gerade trainiere. »Ich bin in der Security-Branche«, sagte er. Sonst nichts. Und da ich nicht das Gefühl hatte, dass er weiter gefragt werden wollte, fragte ich auch nicht.

27. Juni

Heute hat Voss mich nach dem Training eingeladen, mit ihm in seinem bevorzugten Steakhouse zu Mittag zu essen. Es ist gleich um die Ecke vom KörperKult. Wir aßen argentinische Steaks, halb so dick wie ein Telefonbuch und nur zart von der Flamme geküsst, als Beilage gab es eine Kartoffel von der Größe von Voss' Faust. Irgendwann beim

Essen sagte Voss: »Du warst also mal ein Bulle. Und hast Rokko Langhoff umgelegt.« Den Namen hatte ich nie erwähnt. Offenbar hat Voss weitere Erkundigungen eingezogen. »Hast du noch Kontakte?«, wollte er wissen. »Zu den Kollegen, meine ich.«

»Ein paar«, gab ich zu. »Aber nur privat. Ansonsten bin ich seit ungefähr sieben Jahren komplett raus.«

»Erzähl mir, wie du Rokko Langhoff erschossen hast. Wie war das? Wie hat er ausgesehen, als er merkte, dass er erledigt ist?«

»Kanntest du ihn?«, fragte ich.

»Flüchtig.«

Aus seinem Tonfall und dem Anflug eines Grinsens schließe ich, dass Rokko Langhoff und Voss keine Freunde waren, was für mich sicher ein Glück ist. Die Szene kriegte ab hier etwas Bizarres: Während ich zusah, wie Voss sein blutiges Steak in Stücke schnitt und verzehrte, erzählte ich ihm haargenau, wie ich einen Mann erschossen hatte. Wie Rokko seine Waffe zog, wie er mich anschaute, mit diesem grenzenlosen Hass in den Augen, der kein Abwägen möglicher Folgen seines Handelns erkennen ließ, wie er die Waffe auf mich richtete und ich die meine auf ihn; wie alle Gedanken in mir schlagartig verstummten und ich mich einem einstudierten Reaktionsmuster überließ: vergewissern, dass die Waffe entsichert ist, zielen, abdrücken, den Rückstoß abfedern, um nicht zu verreißen. Checken, ob der Angreifer außer Gefecht gesetzt ist, dabei bereit bleiben, notfalls einen zweiten Schuss abzufeuern. Ich sah keine Angst in Langhoffs Augen. Eher ungläubiges Staunen. Man denkt ja nie ernsthaft, dass es einen selbst erwischen könnte. Bis zuletzt nicht. Als er es begriff, war er schon tot.

»Cool«, sagte Voss. Er tunkte mit einem Stück Brot das Blut von seinem Teller auf. Dann trieb er mich an, auch zu essen. »Du brauchst das Protein für deinen Muskelaufbau«, meinte er. Nachdem er mir eine Weile zugesehen hatte, fragte er: »Hast du eine Waffe?«

Ich erklärte ihm, dass ich meine Dienstwaffe abgegeben hätte und seither keine mehr besäße.

»Willst du eine?«

Das war jetzt wirklich bizarr. Der Mann, den ich umbringen soll, bietet mir eine Waffe an. Im Ernst? Oder war das ein Test? Wie sollte ich reagieren? Ja sagen, obwohl sich geradezu körperlich alles in mir dagegen auflehnte? Nein sagen und vor Voss wie ein Schlappschwanz dastehen? Ich bin schließlich sein Projekt, und das soll so bleiben. Deshalb hielt ich mich bedeckt und murmelte nur so was wie: Wäre schon cool, mal wieder eine Knarre in der Hand zu halten. Voss grinste zufrieden, wurde zum Glück aber nicht konkret. Er schaute auf die Uhr, und obwohl ich noch aß, rief er nach der Rechnung. Er zahlte alles, und als ich mich bedankte, winkte er ab.

Auf dem Weg nach draußen sagte er plötzlich: »Jemand möchte dich kennenlernen.«

»Wer?«, fragte ich ihn.

»Ein Freund.« Mehr sagte er nicht.

Zweifellos Arnold Bertini. Alles klar. Voss hat mit ihm über mich gesprochen, und nun will er mich wohl abklopfen, ob ich als Ex-Bulle einen Mehrwert für ihn bringe. Aber – und das macht diese neue Wendung sehr aufregend – vielleicht bringt Bertini ja auch einen Mehrwert für mich. Irgendeine Info oder sonst etwas, das ich gegen Wonnegast als Druckmittel verwenden kann. Keine Ahnung, was das sein könnte. Ich bin für alles dankbar, was mir hilft, diesen Albtraum zu beenden, damit Martha und Sonja endlich wieder sicher sind und ich mein altes Leben zurückhabe. Natürlich ließ ich mir nichts anmerken von der freudigen Erwartung, in die mich Voss' Worte versetzten. Völlig cool antwortete ich: »Wieso nicht?« Da wir vorher schon unsere Handynummern getauscht hatten, sagte er nur: »Ich ruf dich an, dann machen wir was klar.«

JULI

1. Juli

Heute ist unser neunter Hochzeitstag. Wie an jedem anderen davor stand ich vor Martha und Sonja auf, legte meiner Liebsten eine Karte mit einem besonderen Morgengruß auf den Nachttisch und bereitete danach ein opulentes Frühstück zu. Obst, Müsli, Rühreier mit Speck, Pancakes. Das ganze Programm. Ich hatte beim Bäcker frische Brötchen geholt und Butter, Honig und verschiedene Marmeladen in Glasschälchen hingestellt. Während Martha schlief (oder vielleicht nur so tat, um mich in Ruhe machen zu lassen, denn eigentlich ist sie eine Frühaufsteherin), gesellte sich Sonja, noch im Schlafanzug und mit verwuschelten Haaren, zu mir, um mir zur Hand zu gehen. Sie fragte mich, ob heute ein besonderer Tag sei, weil es so viel Frühstück gebe.

»Heute vor neun Jahren haben deine Mama und dein Papa geheiratet«, antwortete ich.

»Wie lange ist neun Jahre?«, fragte sie.

»Fast doppelt so lange, wie es dich gibt«, erklärte ich.

In Sonjas Zeitrechnung also eine Ewigkeit.

Und in meiner auch. Weil die Jahre mit Martha die einzige Zeit in meinem Leben ist, die zählt. Alles andere ist nur Vorspiel.

Ich erinnere mich gut an jenen Vormittag, an dem ich ihren Salon betrat. Ich brauchte eigentlich keinen neuen Haarschnitt. Ich war nur wegen Martha hier. Hatte sie durch das Schaufenster gesehen und war schockverliebt. Ihre langen dunkelblonden Haare, die großen braunen Augen. Ihre aufrechte Haltung. Man sah sofort, dass sie die Chefin war. Ich musste diese Frau unbedingt kennenlernen, oder ich würde es ein Leben lang bereuen. Zuerst wollte mich eine ihrer Angestellten bedienen, aber Martha trat dazwischen und sagte in ihrer bestimmenden Art: »Das übernehme ich.« Wir hatten sofort eine starke Verbindung zueinander. So, als würden wir uns schon ewig kennen. Deshalb duzten wir uns auch gleich. Als ich bezahlt hatte, sagte ich nur: »Und wann sehen wir uns heute Abend?« Und sie sagte: »Um acht.« Es wurde die Nacht der Nächte. Wir aßen und tranken, wir tanzten bis zum Morgengrauen, wir schliefen miteinander. Drei Monate später waren wir verheiratet.

Und doch, bei aller Vertrautheit, hat Martha mir bis heute wenig über ihre Kindheit und frühe Jugend in der westdeutschen Provinz erzählt. Ihre Eltern waren schon lange tot, als wir uns kennenlernten. Der Vater starb durch einen Unfall, die Mutter ein paar Jahre später an einem angeborenen Herzfehler. Andere Verwandte gibt es nicht, und falls doch, so hat Martha alle Verbindungen gekappt. Sie ist an ihrem achtzehnten Geburtstag mit nur einem Koffer in den Zug nach Berlin gestiegen, und seitdem steht sie auf eigenen Beinen. Die starke und unabhängige Frau. So will sie gesehen werden. Nur mir zeigt sie ihre andere Seite. Das Zerbrechliche an ihr. Das Verletzte. Das Sanfte und

Schwache. Sie hat ihre Schwankungen, ihre depressiven Phasen. Sie will dann nicht reden. Nur aufgefangen und gehalten werden. Und das tue ich. Ohne sie zu bedrängen. So, wie sie mich auffängt und hält, wenn ich strauchle. Ich habe unglaubliches Glück gehabt, sie zu finden. Und ich werde immer alles tun, damit sie sicher und geborgen ist.

Als der Kaffeeduft bis in den letzten Winkel des Hauses gedrungen war, betrat Martha die Küche. Geduscht, geschminkt und ausgehfertig angezogen. Sie lobte mein überdimensioniertes Frühstück, wir gratulierten einander zum Hochzeitstag und besiegelten es mit einem Kuss.

»Ich habe übrigens eine Überraschung für dich«, sagte sie. »Nach dem Frühstück.«

Während wir wie die Könige tafelten, läutete es an der Tür. Martha sah mich mit großen Augen an und fragte: »Wer das wohl ist?«

»Hast du für mich eine Stripperin bestellt?«, scherzte ich.

»Was ist eine Stripperin?«, fragte Sonja.

Ich überließ es Martha, unserer wissbegierigen Tochter das zu erklären, und ging an die Tür. Dort stand keine Stripperin, sondern Papa, mit einem riesigen Blumenstrauß in der einen und seinem abgewetzten alten Koffer in der anderen Hand. Ich fragte ihn, ob er bei uns einziehen wolle.

»Du und ich unter einem Dach – das wäre ein Spaß«, antwortete er sarkastisch.

Ich war ein wenig genervt, weil ich dachte, er verdirbt uns den Tag mit seinem unangekündigten Besuch. Er konnte ja unmöglich die versprochene Überraschung sein. Glaubte ich.

Papa überreichte Martha die Blumen und gratulierte

uns übertrieben feierlich zu unserem Ehrentag. Langsam begriff ich, dass er nicht aus eigenem Antrieb hier war, und auch nicht zum Spaß. Denn auf einmal stand Martha mit unserem großen Koffer im Flur.

»Äh… verreist du?«, fragte ich verdutzt.

»Wir beide«, sagte sie. »In dem Koffer ist alles drin, was wir brauchen.«

Und schon lief sie zum Auto. Sie hatte ihre Überraschung perfekt vorbereitet, und ich war gerührt, wie viel Mühe sie sich gemacht hatte. Wohin die Reise ging, blieb zunächst ein großes Geheimnis. Wir verließen Berlin Richtung Norden. Je weiter wir kamen, desto mehr schwante mir, wo sie mich hinbrachte: an die Ostsee, ins Seehotel Möwe. Und hier sind wir nun. Martha hat sogar dasselbe Zimmer gebucht wie bei unserem Aufenthalt vor sechs Jahren. Nummer 316. Überall stehen Blumen, die Hotelleitung hat uns eine Flasche Schampus zum Hochzeitstag spendiert. Keine teure Marke, aber immerhin. Martha ist aufgekratzt und übersprudelnd, das macht mir Sorgen. Es könnten die Vorboten einer ihrer depressiven Verstimmungen sein.

Als sie sich im Bad für unser großes Hochzeitstags-Dinner fertig machte (sie hat einen Tisch mit Meerblick reserviert, und das Menü war vom Feinsten), erhielt ich eine SMS von Wonnegast auf dem Zweithandy. »Schwelgen Sie da oben an der Ostsee etwa in Erinnerungen?«, schrieb er. Durch die Ortungsfunktion im Handy weiß er immer, wo ich bin. Hinter »Erinnerungen« hatte er ein Zwinkersmiley gesetzt, damit klar war, dass er nicht meinen Hochzeitstag meinte, sondern die Sache mit Denis Dragos. Trotzdem endete er mit: »Alles Gute zum Hochzeitstag!«

Ich schaltete meine beiden Handys aus.

2. Juli

Bin mitten in der Nacht aufgewacht, wie vor sechs Jahren. Auf die Minute genau zur selben Zeit, würde ich wetten. Nur ohne den Brummschädel, den ich damals hatte. Ich stand leise und vorsichtig auf, um Martha nicht zu wecken, ging auf den Balkon und schaute runter auf den Pool. Auf die Wege und Liegebereiche, die Rasenflächen und die exotischen Pflanzen in ihren verkleideten Betontöpfen. Alles so ruhig, wie man es um kurz vor vier Uhr morgens erwarten würde. Als ich mit Martha tagsüber dort war, war es ein Hotelpool wie jeder andere. Grelles Sonnenlicht, Leute in Liegestühlen und kreischende, planschende Kinder im Wasser, dazu der Geruch nach Sonnenmilch und Chlor. Erst in der Dunkelheit und Einsamkeit der Nacht wird dieser Ort wieder zu dem, was er seit jener Nacht vor sechs Jahren für alle Zeiten bleibt: der Schauplatz eines Mordes.

Auf einmal war dieser Gedanke in meinem Kopf. Diese Stimme. Keine Ahnung, woher sie kam. Sie sagte: Du bist der Ausputzer. Auftrag: Töte Denis Dragos. Was tust du?

Ich zog mich an und verließ das Zimmer. Die Flure, der Aufzug, die Lobby – gespenstisch leer. Der Pool lag vor mir, die Wasseroberfläche ungetrübt wie kristallklares Glas. Im Hintergrund das Rauschen des Meeres.

Ich bleibe im Schatten einer Palme und warte auf mein Opfer.

Ich weiß, Dragos wird hier vorbeikommen.

Woher ich das weiß?

Keine Ahnung.

Vielleicht folge ich ihm schon seit Tagen und kenne seine Wege. Die am Tag und die in der Nacht. Die bekannten und die geheimen.

Und dann ist er da, steht am Pool, raucht vielleicht eine Zigarette. Ich gönne ihm diese letzte Zigarette, warte, bis er die Kippe wegschnippt. Dann trete ich von hinten an ihn heran, geräuschlos, das Messer in der Hand. Es ist ein Springmesser. So eines, wie ich es bei Wonnegast gesehen habe. Dragos bemerkt mich und dreht sich um. Bevor er einen Mucks machen kann, schießt meine Hand vor, die Klinge fährt ihm zielsicher ins Herz. Er fällt wie ein Sack Zement. Kein Laut, keine Regung. Er war tot, noch ehe er kapierte, was los ist. Und da liegt er nun vor mir, und ich fühle nichts dabei.

Ich mache Fotos und schicke sie an meinen Auftraggeber. Dann ziehe ich Dragos' Leiche zum Pool und schiebe sie ins Wasser. Warum tue ich das? Um Spuren zu verwischen? Oder weil ich einfach finde, dass es so besser aussieht? Immerhin gehe ich ein Risiko ein, jederzeit könnte jemand kommen oder aus einem der vielen Fenster schauen. Doch ich habe keine Angst. Ich fühle mich sicher. Unangreifbar. Unsichtbar. Ich bin der Ausputzer. Und während ich zusehe, wie Blut und Wasser sich mischen, überlagern und vermischen sich die Bilder in meinem Kopf. Vor mir liegt nicht mehr Denis Dragos, sondern Rokko Langhoff, und ich bin nicht mehr der Ausputzer, sondern der Polizeibeamte, der, beißenden Pulvergeruch in der Nase, zusieht, wie ein Mensch, auf den er geschossen hat, röchelnd sein Leben aushaucht. Und ich erschrecke wieder vor mir selbst, so wie damals, als ich den Schuss abgegeben habe.

Ich bin nicht der Ausputzer, und wie könnte ich es jemals werden?

Eilig, fast ein wenig panisch, kehrte ich ins Zimmer zurück.

Dort brannte Licht. Martha war wach. Saß aufrecht im Bett und erwartete mich. Fragte mich, wo ich gewesen sei.

»Ich konnte nicht schlafen und habe mir die Beine vertreten«, sagte ich.

Dann kehrte ich zu ihr ins Bett zurück.

»Du machst in letzter Zeit einen bedrückten Eindruck auf mich«, sagte sie, »so, als würde dich etwas beschäftigen.«

»Es gibt nichts«, log ich. »Alles bestens.«

»Egal, was es ist«, beharrte sie, »du kannst über alles mit mir reden.«

»Ich weiß«, sagte ich. »Umarm mich einfach.«

Das tat sie. Und das vertrieb alle Schrecken. Zumindest für den Moment.

Der letzte Gedanke vor dem Einschlafen, an den ich mich erinnern kann: Ich muss mir ein Springmesser beschaffen.

4. Juli

Wir sind seit gestern Abend wieder zu Hause, und prompt rief heute Voss an. Er ist kein Mann langer Vorreden und kam gleich zur Sache. Der Freund, von dem er mir erzählt habe – den Namen Arnold Bertini hat er auch diesmal nicht erwähnt –, wolle mich kennenlernen. »Er hat morgen Besuch von auswärts«, erklärte Voss, »und schippert mit denen ein bisschen auf der Spree rum. Damit sie was von Berlin sehen. Gibt Lachshäppchen, Kaviar, Schampus, auch was, um die Nase zu pudern. Du sollst dazustoßen.«

Das klang nicht wie eine Bitte. Und irgendwie hatte ich

das Gefühl, dass es um mehr ging als nur ums Kennenlernen.

»Was ist das für eine Party?«, wollte ich wissen.

»Eine Party eben. Wenn du nicht willst, lass es. Findet
sich eine andere Gelegenheit.«

»Nee«, sagte ich, »ist okay.«

»Morgen, Punkt zwölf Uhr Mittag, Anlegestelle Oberbaumbrücke in Friedrichshain«, teilte er mit. »Weitere Instruktionen folgen.«

Damit legte er auf.

Wozu brauche ich weitere Instruktionen? Und welche
Art von Infos meint Voss? Sehr verdächtig, das Ganze.
Habe ich zu schnell und zu leichtfertig zugesagt? Was,
wenn es morgen gar keinen Schampus, keine Lachshäppchen und keinen Kaviar gibt? Keine breit grinsenden Männer, die mich mit großem Hallo begrüßen? Nein, ich bin
ganz allein mit Arnold Bertini und Henning Voss. Und der
Törn geht nicht um die Museumsinsel herum, sondern in
die andere Richtung. Irgendwann bringt man mich unter
Deck, wo man mir eröffnet, dass ich durchschaut bin als
ein von Kurt Wonnegast gedungener Mörder. Und was passiert dann? Werden sie mich durch die Mangel drehen?
Oder gleich umbringen und meine Leiche Wonnegast als
Warnung vor die Füße werfen? Oder verschwinde ich einfach auf Nimmerwiedersehen, und das ist die Botschaft an
Wonnegast?

Man muss nicht gleich den Teufel an die Wand malen.
Trotzdem sollte ich auf alles vorbereitet sein. Auch auf das
Unwahrscheinliche.

5. Juli

Bevor ich mich heute Morgen auf den Weg nach Friedrichshain machte, rief Voss an, um mir die angekündigten Instruktionen zu geben. Ich hatte mich kurz davor mit Pfefferspray und meinem nagelneuen, nicht ganz legal erworbenen Springmesser bewaffnet, das mir im Ernstfall zwar kaum was nützen würde, mir aber trotzdem ein gutes Gefühl gab, als der Anruf kam. Zuerst teilte er mir ein paar Infos zu seinem Boss mit, die mir nicht neu waren, aber das konnte er ja nicht wissen: Arnold Bertini, Anlageberater, vermögend, kultiviert, ein smarter Typ. Ich sollte so tun, als würden wir uns schon lange kennen. Nicht zu kumpelhaft, aber per du usw. Es würden ein paar Leute mit von der Partie sein, mit denen Bertini Geschäfte machen wolle. »Nichts Illegales«, versicherte Voss sofort. »Du sollst nur ausstrahlen, dass du ein zufriedener Geschäftspartner bist und ein Vermögen verdienst. Kriegst du das hin?«

»Sollte ich nicht zumindest wissen, um welche Geschäfte es geht?«, fragte ich zurück. »Falls ich was erklären soll oder so.«

»Keine Sorge, das passiert nicht. Das Reden übernimmt Bertini. Du stehst nur da und grinst dir den Arsch ab, so glücklich bist du mit all der Kohle, die du einsackst. Und wenn doch jemand mehr von dir wissen will, sagst du bloß, dass du dich voll und ganz meinem Boss anvertraut hast und ausschließlich damit beschäftigt bist, dein Luxusleben zu genießen.«

Es widerte mich an, mich für so eine Schmierenkomödie hergeben zu müssen, und ich hasse Wonnegast noch ein bisschen mehr, weil ich durch ihn in so eine Situation geraten bin. Auch dafür wird er hoffentlich eines Tages bezahlen.

»Und warum nehmt ihr keinen echten zufriedenen Kunden?«, traute ich mich zu fragen, bemüht, dabei nicht sarkastisch zu klingen.

»Weil von denen gerade keiner verfügbar ist. Und wenn du es nicht verkackst, kann das für dich der Einstieg bei einer großen Sache werden.«

Das ist also Bertinis Plan, dachte ich. Er will mich in seine Betrügereien reinziehen. Mich, den Ex-Polizisten. Vielleicht, um mich hinterher in der Hand zu haben. Vielleicht ist es auch nur ein Test. Zumindest war ich die Sorge los, dass die beiden meinen Tod planten. Pfefferspray und Klappmesser behielt ich trotzdem in der Hosentasche.

Das Boot, das Bertini gemietet hatte, war eines dieser Partyboote, über die ich mich immer beschwere, wenn wir an der Spree spazieren gehen, während Martha meint: »Gönn den Leuten doch ihren Spaß.« Die Anlegestelle unterhalb der Oberbaumbrücke war leicht zu finden. Leute von einem Cateringdienst brachten gerade die Verpflegung an Bord. Voss empfing mich und führte mich zu Bertini aufs Boot. Er sieht ziemlich genauso aus wie auf den Fotos, die ich von ihm kenne. Auf Anhieb ein sympathischer Typ. Beste Manieren. Zuvorkommend. Empathisch. Entschuldigte sich sofort für die Zumutung, dass er mich für sein Geschäft einspanne. »Eine Notlage«, erklärte er. »Der echte Kunde, der eingeplant war, hat abgesagt. Notfall in der Familie.« Das ganze Gerede war total durchschaubar und sollte es wohl auch sein. Er wollte sehen, ob ich mitspiele, nachbohre oder Einwände habe.

Der Typ weiß, wie man Leute um den Finger wickelt. Das muss man ihm lassen. Er fragte gleich nach meiner

Familie, lud uns zu einem Barbecue mit Frauen und Kindern bei ihm zu Hause ein. Schwärmte von irgendwelchen ganz besonderen Steaks aus Japan, die er für uns auf den Grill werfen würde und die so zart sind, dass sie wie Butter auf der Zunge schmelzen. Nach zehn Minuten denkt man, man kennt ihn seit Jahren.

Nach und nach trafen die anderen Gäste ein. Drei Männer von auswärts, Juniorchefs mittelständischer Unternehmen, vermutlich mit reichlich Schwarzgeld, das gewaschen und wenn möglich vermehrt werden sollte. Ich wurde mit allen bekannt gemacht, Bertini versäumte es nicht, jedem auf die Nase zu binden, dass ich ein ehemaliger Polizist bin, der dank kluger Investitionen seine Knochen nicht länger für das Allgemeinwohl hinhalten muss. Alle sollten denken: Wenn selbst ein Ex-Polizist investiert, muss das doch ein seriöses Geschäft sein. Herrgott, ich kam mir vor wie bei einer Kaffeefahrt, bei der Rentnern überteuerte Heizdecken angedreht werden. Das Buffet war deutlich besser als das Gerede: Kaviar, Lachs, Sushi – alles vom Feinsten. Dazu Champagner. Wir schipperten die Spree rauf, einmal um die Museumsinsel herum, für die sich kein Mensch auf dem Boot interessierte (schon gar nicht die Gäste von auswärts), weil inzwischen das Koks gereicht worden war. Ich lehnte dankend ab, und das war kein Problem. Niemand versuchte, mir irgendwas aufzudrängen. Die ganze Zeit wurde kaum über die Geldanlage geredet, es ging lediglich um teure Autos, Rolex-Uhren, Flugreisen in die Karibik usw. Voss redete wenig. Er beobachtete nur und passte auf, dass alles nach Plan lief.

Ich sagte kaum was, bis Bertini mit meinem tödlichen Schuss auf Rokko Langhoff anfing. Wir waren schon auf der Rückfahrt zum Anlegeplatz, da sagte er unvermittelt:

»Dieser unscheinbare Typ hier hat dem Tod ins Auge geblickt. Mann gegen Mann. Knarre gegen Knarre. Und er hat nicht gezögert und die Welt zu einem besseren Ort gemacht.« Ich spielte die ganze Sache runter und murmelte nur etwas wie: »Das ist nichts, worauf man stolz sein sollte. Ich wünschte, es wäre anders ausgegangen.«

Bertini wollte das nicht gelten lassen. »Falsche Bescheidenheit« nannte er es, fand aber trotzdem, dass es mich ehre, meine Heldentat nicht an die große Glocke zu hängen. Die ganze Runde trank auf mich, sogar Voss.

Ich war froh, als wir an der Oberbaumbrücke wieder anlegten. Die anderen Gäste waren in Hochstimmung und wollten später in der Stadt Party machen. Sie luden mich ein, mit ihnen um die Häuser zu ziehen, doch ich lehnte ab. Genau wie Bertini. Er empfahl ihnen ein paar Stripclubs und Puffs. Danach waren wir unter uns.

Während Voss die Übergabe des Bootes regelte, verabschiedete Bertini sich von mir. »War schön, dich kennenzulernen«, sagte er. »Wenn ich mal was zu tun hab, ruf ich dich an. Und das mit dem Barbecue machen wir irgendwann. Bin schon gespannt auf deine Familie. Ich melde mich.«

10. Juli

Als ich heute Vormittag im KörperKult einlief, schwitzte Voss schon mächtig an den Geräten. Der Anblick dieses Muskelbergs macht mich jedes Mal aufs Neue nervös. Als er seinen Übungssatz abgeschlossen und die Eintragungen in seine App gemacht hatte, kam er zu mir rüber und meinte, Bertini sei angetan von mir gewesen. Drei der

Gäste auf dem Boot seien, kaum dass sie ihren Rausch am nächsten Morgen ausgeschlafen hatten, bei ihm eingestiegen. Das sei auch mein Verdienst.

»Super«, sagte ich. »Und wo ist meine Provision?«

Voss guckte erst unschlüssig, dann lachte er.

»Das war kein Witz«, gab ich provokant zurück und legte sogar noch nach: »Ich bin nicht blöd. Ich weiß genau, was ihr abzieht.«

Überrascht von meiner Direktheit, fehlten Voss zum ersten Mal die Worte. Ich war kaum weniger von mir überrascht. Das war nicht geplant gewesen. Und wo es hinführen sollte, wusste ich auch nicht. Voss ließ sich nicht aus der Reserve locken. Wortlos ging er an die Geräte und nahm sein Training wieder auf. Dass die Sache damit nicht erledigt war, war indes klar. Immer wieder schaute er zu mir rüber. Prüfend. Abwägend. Als er fertig war, kam er zurück und sagte: »Gehen wir woanders hin.« Ich folgte ihm auf die Dachterrasse. Dort hat das KörperKult eine Art Rooftop-Bar zum Chillen eingerichtet, mit Saftbar, Korbsesseln und Liegestühlen unter Sonnenschirmen. Wir verzogen uns mit zwei Milchsakes in eine Ecke, wo wir ungestört reden konnten.

»Was glaubst du denn zu wissen über das, was wir abziehen?«, fragte Voss.

Ich zählte auf, was offensichtlich war: Dass Bertini die Leute in betrügerischer Absicht um ihr auf die eine oder andere Weise illegal erworbenes oder zumindest unversteuertes Geld brachte, was für ihn den Vorteil hatte, dass die Geschädigten sehr wahrscheinlich keine Anzeige erstatten würden, wenn sie bemerkten, dass sie auf eine Abzocke reingefallen waren.

»Wenn du Bertini erpressen willst, brauchst du schon

mehr als vage Vermutungen«, sagte Voss gelassen. Die Mühe, den Betrug zu leugnen, machte er sich nicht.

»Wer redet von Erpressung?«, widersprach ich. »Ich will mitspielen! Bertini hat es mir schließlich angeboten. Oder war das nur leeres Gerede?« Ich rückte näher und dämpfte meine Stimme. »Bertini hat bestimmt für jemanden wie mich Verwendung. Irgendwo. Mir geht es gar nicht ums Geld. Eher um die Action. Das Leben als Hausmann bietet nun mal nicht so viele Höhepunkte. Als Mann fühle ich mich irgendwie unterfordert. Nicht, dass ich unzufrieden wäre, aber ein bisschen Abwechslung könnte nicht schaden.«

Voss' Augen leuchteten regelrecht, als er das hörte, bestätigte ich doch all seine Macho-Vorurteile über Hausmänner. Die Knöpfe, die man bei ihm drücken muss, sind leicht zu finden.

»Bei Bertinis Geschäften wirst du keine Action finden«, sagte er. »Das ist hauptsächlich Gelaber und Papierkram.«

»Wenn das so ist«, erwiderte ich, »wozu braucht er dann jemanden wie dich?«

Voss überging meinen Einwand, meinte nur: »Im Moment brauchen wir niemanden. Sollte sich das ändern, bist du der Erste, der es erfährt. Und noch was.« Er machte eine bedeutungsvolle Pause, ehe er fortfuhr: »Sag niemals, dass es dir nicht ums Geld geht. Es geht immer ums Geld. Alles andere wäre krank.« Dann griff er nach seinem Shake, um einen Schluck zu nehmen. Doch bevor er ihn an die Lippen setzte, bemerkte ich an der Innenseite seines Bechers eine Wespe.

»Pass auf!«, warnte ich ihn. »Wespe!«

Voss schoss in Panik hoch. Polternd fiel sein Barhocker um. Ebenso der Tisch mit allem, was darauf stand. Voss sprang herum, als hätte er einen Skorpion in der Hose. »Ist sie weg? Ist sie weg?«, schrie er und fuchtelte mit den Händen herum. Da ich die Wespe nirgends sah, gab ich Entwarnung. Es dauerte trotzdem eine Weile, bis er sich wieder unter Kontrolle hatte. Während er schnaufte wie ein Walross, stellte ich Tisch und Barhocker auf. Die Leute an den anderen Tischen und in den Liegestühlen starrten uns an. Ein paar junge Typen kicherten und machten wohl Witze. Oder vielleicht bildete Voss sich das nur ein. Mit einem Satz war er bei ihnen, packte einen am Kragen, zog ihn vom Barhocker und schrie ihn an. Nur mit Mühe konnten die anderen Leute und ich verhindern, dass er ihn verprügelte.

Ohne dass ich danach gefragt hätte, erklärte mir Voss später in der Umkleidekabine, dass er auf Wespenstiche extrem allergisch reagiere. »Ein einziger Stich«, sagte er ernst, »und ich bin tot.« Er holte ein rotes Ledermäppchen heraus, und ich ließ mir den Inhalt erklären, obwohl ich so was schon gelegentlich bei Bruckners Ältestem gesehen habe, der auch Allergiker ist: eine Adrenalinspritze zur Stabilisierung von Blutdruck und Kreislauf, ein Kortisonpräparat und Tropfen zum Einnehmen, um die Schwellungen und die allergische Reaktion zum Abklingen zu bringen. »Du hast mir das Leben gerettet, Alter«, sagte Voss. »Wenn du mich nicht gewarnt hättest ...« Er legte mir die Hand auf die Schulter. Sie wog schwer wie Blei.

»Ein einziger Stich und ich bin tot.« – Dieser Satz von Voss lässt mich nicht mehr los. Ein Wespenstich kann ihn umbringen. Damit muss man doch etwas anfangen können. Es muss ja kein Plan daraus werden, der wirklich funktioniert. Ich habe nicht vor, Voss umzubringen. Aber ein Mord mit einer Wespe als Tatwaffe – das ist wahrlich eine Idee, die des Ausputzers würdig ist. Und die ich Wonnegast zumindest als großartigen Plan verkaufen kann.

Nacht

Ich fürchte, ich krieg heute kein Auge mehr zu. Die Idee, dass man Voss mit einer Wespe töten könnte, ist einfach genial! Den ganzen Tag feile ich schon an meinem Plan. Es ist schrecklich, über so etwas auch nur nachzudenken. Und gleichzeitig ist es so aufregend, dass es mich nicht loslässt. Ich muss es wie eine Art Strategiespiel ansehen. Es findet alles nur im Kopf statt, und dort bleibt es.

Stand jetzt sehe ich folgende Probleme und mögliche Lösungen:

In welcher Umgebung ist Voss dem Angriff einer oder besser mehrerer Wespen so ausgeliefert, dass er nicht entkommen kann? Es müsste in einem geschlossenen Raum passieren, der möglichst klein sein sollte. Das Innere eines Autos fällt mir dazu ein. Ein weiterer Vorteil dieser Ortswahl: Attackieren die Wespen Voss während der Fahrt, kann er nicht sofort reagieren. Wenn er wie heute Morgen ausrastet, baut er wahrscheinlich einen Unfall. Nachteil: Andere Verkehrsteilnehmer könnten verletzt oder sogar getötet werden. Das muss unter allen Umständen vermieden werden. Und um Voss' BMW Roadster wäre es schade. Welcher Ort käme noch in Frage? Bad? Toilette? Man müsste Voss' Wohnung auskundschaften. Die Wespen dazu zu bekommen, auf Voss loszugehen, sollte dagegen leicht sein. Er rastet aus, sobald er nur eines von diesen Viechern sieht, und je panischer er sie verscheuchen will, umso angriffslustiger macht er sie. Jedenfalls muss sein Allergiker-Notfall-set unerreichbar sein.

Allmählich fallen mir doch die Augen zu. Ich gehe schlafen.

12. Juli

Diesmal hat nicht Wonnegast mich, diesmal habe ich ihn einbestellt. Habe ihm eine SMS geschrieben, wann er mich treffen soll. Ohne Angabe eines Ortes. Auch nicht auf Nachfrage. Ich habe nur geantwortet: »Wozu tracken Sie mich? Sie wissen doch sonst auch immer, wo ich bin.« Sollte er ruhig ein wenig suchen. Es fühlt sich gut an, Stärke zu demonstrieren, und es ist höchste Zeit, dass Wonnegast endlich ein bisschen Respekt lernt. (Mein Gott, ich klinge fast schon wie Voss!)

Ich habe Wonnegast in einem Café am Potsdamer Platz erwartet, er war schlecht gelaunt. Es gefällt ihm nicht, herumkommandiert zu werden. »Was bilden Sie sich ein!«, maulte er mich an. »Noch so eine Nummer, und Sie bereuen es.« Die Hitze machte ihm außerdem zu schaffen. Er schwitzte wie ein Schwein und trank zur Abkühlung einen Eistee.

»Ich habe einen Plan, wie ich Voss beseitigen kann«, sagte ich nüchtern.

»Da bin ich ja gespannt«, erwiderte er.

Dann erzählte ich ihm von Voss' Allergie. Und wie sich das benützen lässt. Er hörte zu, ohne mich zu unterbrechen. Als ich fertig war, meinte er: »Klingt gut, Ihr Plan. Nur eines verstehe ich nicht ganz: Wie soll Bertini die Botschaft darin erkennen? Er weiß bestimmt von der Allergie seines Kumpels und wird glauben, der arme Kerl habe eben Pech gehabt.«

Auch dafür hatte ich eine Lösung parat: »Sie werden Bertini ein Foto seines toten Kumpels schicken. Und zwar, bevor irgendjemand überhaupt weiß, was passiert ist. Ich denke, das wird er verstehen.«

Wonnegast sah mich eine Weile schweigend an. Ich bemerkte eine gewisse Hochachtung in seinem Blick, und im Nachhinein schäme ich mich dafür, zuzugeben, dass ich auf meinen Plan und die Würdigung, die er erfuhr, stolz war. »Nicht schlecht«, sagte Wonnegast schließlich. »Sie werden Ihrem Ruf gerecht. Jetzt müssen Sie die Sache nur gut über die Bühne kriegen.«

»Das lassen Sie mal meine Sorge sein«, hörte ich mich selbst mit innerem Befremden sagen. »Es wird aber seine Zeit brauchen. Kein Drängeln. Haben wir uns verstanden?«

Wonnegast nickte widerwillig. Er wollte gleich verschwinden, doch ich hielt ihn zurück. »Wir sind nicht fertig«, sagte ich.

Unschlüssig sah er mich an. »Was ist denn noch?«

»So, wie die Dinge jetzt stehen, trage ich das gesamte Risiko«, erklärte ich ihm. »Ohne was dafür zu kriegen. Nicht mal einen Vorschuss.«

Wonnegasts Augen blitzten böse. Er packte mich am Arm und musste sich beherrschen, um nicht loszubrüllen. »Sie kriegen sehr wohl was«, sagte er. »Zum Beispiel, dass Ihrer Familie nichts passiert. Oder dass ich Ihr kleines Ausputzer-Geheimnis wahre. Das sollten Sie nicht geringschätzen.«

Ich stellte Gelassenheit zur Schau, während ich unter dem Tisch die Faust ballte, und sagte: »Dieser Trumpf sticht nicht ewig. Sie brauchen mich und schießen sich selbst ins Knie, wenn Sie mich auffliegen lassen. Und was denken Sie wohl, was Ihnen passiert, wenn Sie meiner Frau oder meiner Tochter etwas antun? Glauben Sie ernsthaft, Sie würden das überleben? Es wäre mir egal, was danach mit mir geschieht.«

Das war keine leere Drohung. Ich würde ihn töten. Ohne zu zögern. Ohne Reue.

Zähneknirschend erkannte Wonnegast, dass die Gewichte sich gerade verschoben. Vermutlich grübelt er, während ich das schreibe, darüber nach, wie er das wieder zu seinen Gunsten verändern kann, und verschlagen, wie er ist, fällt ihm sicher etwas ein. Aber in jenem Moment blieb ihm nichts anderes übrig, als sich anzuhören, was ich von ihm verlangte. Und das fühlte sich gut an.

»Ich will einsteigen«, sagte ich. »In Ihre Geschäfte. Erzählen Sie mir nicht, dass es bloß um einen Spielsalon geht. Sie haben Größeres vor. Und da will ich dabei sein.«

Wonnegast biss die Zähne zusammen, und es dauerte, bis er versprach, es sich zu überlegen. Er war mit einer miesen Laune gekommen, und als er ging, war sie noch ein bisschen mieser. Ich dagegen spürte, dass ich endlich mal selbst am Drücker war. Auch wenn es nur ein Punktsieg war, den ich errungen hatte. Aber wenn er mir ein bisschen mehr über seine Geschäfte verrät, kriege ich hoffentlich endlich etwas in die Hand, das ich gegen ihn benützen kann.

16. Juli

Heute Barbecue bei Bertini.

Wir fuhren pünktlich um elf Uhr vor, gleich mehrere Kameras überwachen die Einfahrt und den gesamten Bereich davor. Wie schäbig unsere Karre ist, wurde mir erst bewusst, als ich sie neben dem auf Hochglanz polierten Aston Martin des Hausherrn stehen sah. Bertini empfing uns lässig in Shorts, Hawaii-Hemd und Flipflops. Er schmeichelte Martha, ohne dabei zu dick aufzutragen. Martha wirkte beeindruckt. Weniger von den Komplimenten, mehr von der stilvollen Villa. Auf dem Weg in den rückwärtig gelegenen, weitläufigen Garten erhaschten wir ein paar Einblicke. Große, lichtdurchflutete Räume, edle Parkettböden, stilvolle Möbel. In der Küche lernten wir Bertinis Frau Sandra kennen. Sehr sympathisch, ohne jeden Dünkel. Ob sie von den Betrügereien ihres Mannes weiß? Sie ist jedenfalls zu intelligent, um völlig ahnungslos zu sein. Sonja hat sich sofort mit der kleinen Tochter der beiden angefreundet, die auf den klangvollen Namen Luna hört. Unsere Kleine ist ja kein schüchternes Kind und immer offen für neue Kontakte, vor allem, wenn diese neuen Kontakte so viele aufregende Spielsachen mit in die Beziehung bringen.

Im Garten erwartete uns schon Voss, ebenfalls in Shorts, Shirt und Flipflops und in bester Laune. Er hatte seine Freundin Lydia an seiner Seite, eine zarte junge Blondine. Neben diesem Ungetüm von Mann wirkt sie noch zerbrechlicher, als sie ist. Als ich Voss bei der Begrüßung scherzhaft fragte, wo er seine hübsche Freundin bisher versteckt habe, lächelte er angestrengt, legte den Arm um ihre Schultern und erklärte: »Man kann nicht genug aufpassen.« Es klang etwas Bedrohliches mit, das mir und Lydia gleichermaßen galt.

Wo andere einen Grill haben, hat Bertini eine Hightech-Barbecue-Station. Und darauf grillte er die sündhaft teuren japanischen Steaks vom Wagyu-Rind, von denen er nach unserer Bootstour geschwärmt hatte. »Du musst auf die feine Marmorierung achten«, erklärte er mir.

Was soll ich sagen? Es schmeckte köstlich. Bei einem Kilo-Preis von vier- bis sechshundert Euro darf man das auch erwarten.

»Daran könnte ich mich glatt gewöhnen«, meinte Martha, während sie sich das Fleisch auf der Zunge zergehen ließ.

»Falsch!«, widersprach Bertini mit erhobenem Steakmesser. »Daran gewöhnst du dich nie. Der Geschmack ist jedes Mal wieder ein Erlebnis!«

Nach dem zweiten Bier entschuldigte ich mich und suchte die Gästetoilette auf. Während ich an der Schüssel stand, bemerkte ich hinter mir ein Summen. Eine Wespe. Sie war durch das gekippte Fenster hereingekommen. Ich kriegte eine Gänsehaut, mein Herz schlug einen schnelleren Takt. Nicht aus Angst vor der Wespe. Bertinis Gästeklo ist mindestens so groß wie Sonjas Kinderzimmer, es war also ausreichend Platz für uns beide. Aber dieses Summen ... und aus dem Garten drang von Zeit zu Zeit Voss' bellendes Lachen herein ...

Als ich fertig war, hörte ich Schritte auf der Treppe. Ich wartete, und wenig später tauchte Lydia vor mir auf. Sie erschrak, als sie mich erblickte, und wollte rasch weiter, doch ich sprach sie an, sagte irgendetwas Belangloses wie »nettes Barbecue« oder so. Sie errötete leicht. Nicht schüchtern. Eher eingeschüchtert. Und sicher nicht von mir. Ich versuchte, ein Gespräch in Gang zu bringen, doch sie blieb einsilbig und verlegen.

»Na, was habt ihr beiden Turteltäubchen denn Geheimes zu besprechen«, erklang da hinter uns Voss' kräftige Stimme.

Lydia zuckte zusammen, und ich bekam auch gleich ein schlechtes Gewissen, angesichts des massigen Mannes, der auf einmal vor mir stand und mich von oben herab ansah.

»Gar nichts«, sagte ich, und Lydia sagte: »Ich wollte gerade zu dir«, und schmiegte ihre Schulter unter seine Achselhöhle.

»Klar, Baby«, sagte Voss und küsste sie auf die Stirn. Aber die Härte seines Blickes sagte etwas anderes: Lydia würde diese völlig belanglose, zufällige Begegnung später auf die eine oder andere Art büßen. Eine ruhige Nacht dürfte sie jedenfalls nicht gehabt haben.

Wieder bei den anderen im Garten, ließ Voss sich nichts anmerken. Aber wie er mich manchmal ansah. Und wie Lydia nun regelrecht an ihm klebte, um die Wogen zu glätten, das weckte meinen Zorn.

Es war schon spät, als wir aufbrachen. Eigentlich zu spät für Sonja, sie schlief in ihrem Kindersitz sofort ein. Mir gingen Voss und Lydia nicht aus dem Kopf. Ich erzählte Martha von der kleinen Szene vor Bertinis Gästeklo. »Mir tut Lydia leid«, sagte ich.

»Mir nicht«, entgegnete Martha. »Wieso lässt sie sich das gefallen? Wieso geht sie nicht einfach?«

»Weil das nicht so einfach ist«, sagte ich.

»Natürlich ist es nicht einfach!« Martha wurde emotional. »Ihre jetzige Situation ist es aber auch nicht. Sie ist entweder zu bequem oder zu dumm oder beides, und, sorry, da hört mein Mitgefühl auf.«

Es fiel mir schwer, Martha zuzustimmen, aber auch, ihr zu widersprechen. Ich habe im Laufe meiner Polizeikarriere vielfach von Gewalt und Machtmissbrauch geprägte Beziehungen erlebt. Sie sind komplex. Aus diesem Grund halte ich nichts davon, den Opfern die Schuld zuzuschieben, nicht zuletzt, weil es die Täter entlastet. Aber natürlich hat Martha auch recht: Es gehören immer zwei dazu. Weil ich nicht mit ihr diskutieren wollte, schwieg ich und dachte an den Moment auf Bertinis Gästeklo, als ich das Summen der Wespe hinter mir hörte. Und das erfüllte mich mit großer Zufriedenheit.

18. Juli

Wonnegast ist ein verdammter Scheißkerl! Und nicht zu unterschätzen. Eben rief er an, und er klang schon wieder so überheblich. Er habe, wie er sagte, über meine Forderung nachgedacht. Dann machte er seinerseits einen Vorschlag. Einen, der uns, wie er meint, beide glücklich machen dürfte. »Sie kriegen fünf Prozent von dem, was Bertini mir auszahlt«, bot er an, »mit der Option, das Geld in mein Geschäft zu investieren und noch reicher zu werden.«

Das ist nicht das, was ich mir erhofft hatte. Ich gab mich trotzdem interessiert. »Von welchem Betrag reden wir?«, fragte ich. »Und von was für Geschäften?«

»Zur ersten Frage«, antwortete Wonnegast, »ich will von Bertini nicht nur das, was ich investiert habe, sondern auch den Gewinn, den er mir versprochen hat. Das wären rund 1,2 Millionen. Für Sie also beachtliche sechzigtausend.«

Ich zeigte mich wenig begeistert, meinte nur großspurig: »Da habe ich schon besser verdient.«

»Mag sein«, grummelte Wonnegast, »aber die Voraussetzungen haben sich geändert. Wenn Sie miteinrechnen, dass außerdem Ihr Leben und das Ihrer Familie in der Waagschale liegt, ist das Gesamtpaket doch gar nicht so schlecht.«

»Und die Geschäfte?«, bohrte ich nach. »Worum geht es dabei?«

Wonnegast hielt sich bedeckt. »Die Details erfahren Sie, wenn es so weit ist. Es wird sich in jedem Fall lohnen, so viel kann ich Ihnen versprechen.«

Mehr ließ er sich nicht entlocken. Was aus seiner Sicht vernünftig ist. Nur bringt es mich leider kein Stück weiter. Ich versprach ihm, mir sein Angebot zu überlegen und mich zu melden.

»Hören Sie mir mal zu«, brauste er auf. »Ich bin wirklich sehr nachsichtig mit Ihnen, aber meine Geduld währt nicht ewig. Es gibt für Sie nichts zu überlegen, klar? Kommen Sie in die Gänge, sonst kann es passieren, dass jemand Ihrer Frau die zarten Hände bricht. Und es wäre doch schade, wenn sie nie wieder Schere und Kamm anfassen könnte.«

»Fick dich«, sagte ich und legte auf.

Was soll ich tun? Ich kann doch keinen Mord begehen! Sollte ich doch mit Bruckner reden? Mich ihm offenbaren? Nein, die Polizei kann uns nicht schützen. Sie kann Wonnegast nicht einmal aus dem Verkehr ziehen. Das weiß ich aus Erfahrung. Ich habe nichts anzubieten, was so ein Vorgehen rechtfertigen würde. Die Wahrheit ist: Ich bin komplett auf mich allein gestellt.

20. Juli

Heute Morgen rief mich Voss an. Er war total aufgelöst, wirkte regelrecht hysterisch. Etwas war passiert. Etwas Übles. Ständig wiederholte er, wie leid es ihm täte. Dass er das nicht gewollt habe. Dass es eigentlich Lydias Schuld sei. Ich ging vom Schlimmsten aus. Wie ich seinem wirren Gerede nach und nach entnahm, hatte er die Nacht bei Lydia verbracht, und nach dem Aufstehen war er mit ihr in einen Streit geraten, der eskaliert war. Sicher nicht zum ersten Mal, aber um einiges schlimmer als üblich. »Was hast du getan?«, fragte ich immer wieder. Das ließ er offen. Irgendwann fand ich zumindest heraus, dass Lydia lebte. Sein Problem war jedoch weniger, dass sie schwer verletzt sein könnte, sondern, dass sie vorhatte, zur Polizei zu gehen und ihn anzuzeigen. Gut so, dachte ich. Doch so einfach war es leider nicht. Voss hatte ihr das Handy weggenommen und sie in der Wohnung eingeschlossen, und nun verlangte er von mir, dass ich ihr die Anzeige ausredete. »Du musst ihr klarmachen«, sagte er, »dass das nichts bringt. Dass ihr keiner helfen wird. Und dass es alles nur schlimmer macht. Dir als Ex-Bulle wird sie glauben. Komm sofort her, Mann, ich brauche dich hier.« Es war keine Bitte, es war ein Befehl. Er gab mir die Adresse der Wohnung.

Schon von weitem sah ich ihn vor der Haustür auf und ab tigern. Er konnte es nicht abwarten, bis ich den Wagen geparkt hatte. »Wieso dauert das so lange!«, rief er mir zu, kaum dass ich ausgestiegen war, obwohl ich keine Sekunde gezögert hatte. So nervös hatte ich ihn nie gesehen. Ich glaube, er hat sogar geweint. Zumindest waren seine Augen gerötet. Das Unglaubliche und auch Unerträgliche an diesen Schlägertypen ist ja, dass sie davon überzeugt sind, sie würden aus Liebe prügeln. Dass sie es eigentlich gut meinen. Dass sie die wahren Opfer sind.

Voss wollte gleich ins Haus stürmen, doch ich hielt ihn zurück. »Gib mir den Wohnungsschlüssel und Lydias Handy«, verlangte ich. »Ich rede allein mit ihr. Du bleibst hier unten. Auf der Straße.«

Er zögerte. Das gefiel ihm nicht. Kontrollverlust drohte. Und konnte er mir überhaupt trauen? Kurz blitzte wieder das Misstrauen in seinen Augen auf, wie bei dem Bertini-Barbecue, als er Lydia und mich überrascht hatte. Am Ende überwand er es, weil ich ihm keine andere Wahl ließ. Er ließ den Schlüssel in meine ausgestreckte Hand fallen und reichte mir das Handy. »Dritter Stock«, sagte er, »auf der linken Seite.«

Im Treppenhaus begegnete mir eine Nachbarin. Sie fragte mich, ob ich zu Lydia wolle und ob ich von der Polizei sei. Ich fragte zurück, ob sie die Polizei gerufen habe. »Nein«, sagte sie sofort ängstlich. »Niemand hier ruft die Polizei.« Sie musste mir nicht erklären, wieso. Bestimmt hatte es mal jemand getan und war daraufhin von Voss in die Mangel genommen worden.

An der Wohnungstür im dritten Stock stand nur Voss' Name. Ich klingelte nicht, sondern klopfte sachte und gab mich zu erkennen. Von drinnen kam kein Mucks. Doch ich spürte, dass Lydia hinter der Tür stand. Nach einer kleinen Weile erklärte ich ihr, warum ich hier war: dass Voss mich gerufen habe, dass ich aber allein sei, einen Schlüssel hätte und reinkommen würde, wenn es ihr recht sei. Nachdem ich ihr noch einmal versichert hatte, dass Voss wirklich nicht bei mir war, stimmte sie zu.

Ich trat ein. Lydia stand im Flur, mit einem Fleischmesser in der Hand. Sie hatte Platzwunden und blaue Flecken im Gesicht, ein Auge war halb zugeschwollen. Bestimmt hatte sie weitere Verletzungen am ganzen Körper. Als sie sah, dass ich wirklich allein war, ließ sie das Messer sinken und legte es schließlich auf einer Kommode ab. Ich fragte sie, ob ich sie ins Krankenhaus bringen solle. Sie schüttelte den Kopf und ging voraus ins Wohnzimmer. Dort fiel sie aufs Sofa und vergrub ihr Gesicht in den Händen. Sie weinte nicht. Sie hatte keine Tränen mehr.

Das Wohnzimmer war ein Schlachtfeld. Zerbrochene Gläser und Vasen, ein umgestürzter Tisch, die Glasfront einer Vitrine lag in Scherben. Ich setzte mich zu Lydia, fragte sie jedoch nicht, was geschehen war, das war mehr als offensichtlich. Auch nicht, wie es zu dem Streit gekommen war, denn das war völlig unerheblich. Stattdessen sagte ich: »Henning hat mich gerufen, damit ich dich davon abhalte, zur Polizei zu gehen und ihn anzuzeigen. Willst du das noch immer tun?«

Lydia sah mich an. »Ich weiß nicht«, sagte sie müde. »Es bringt doch nichts.«

»Es bring nur was, wenn du vorhast, ihn zu verlassen«, sagte ich. »Die Polizei kann dir helfen, aber sie wird dein Problem nicht lösen. Niemand kann das. Nur du selbst.«

Ich sah ihr an, dass ihr Entschluss schon nicht mehr so sicher feststand wie während des Streits. »Er liebt mich ja«, sagte sie. »Wenn er sich ändern würde ...«

»Das wird er nicht. Solche Typen ändern sich nicht. Und das weißt du so gut wie ich. Du bist zu klug, um dir was anderes vorzumachen.«

Lydia sah mich verwundert an. Sie hatte erwartet, vielleicht sogar gehofft, dass ich sie, ganz so, wie Voss es von mir verlangte, von ihrem Entschluss abbringen würde. Einem Entschluss, der Konsequenzen hat, die sie fürchtet.

Ganz banale, ihren Lebensstandard betreffende, denn Voss zahlt alles für sie. Aber auch emotionale. Nach jedem Gewaltausbruch folgt ja stets eine Art neuer Honeymoon, bei dem Voss sie auf Händen trägt, ihr jeden Wunsch von den Augen abliest und so weiter. Bis er wieder ausrastet. Und beim nächsten oder übernächsten Mal wird es vielleicht keinen Honeymoon mehr geben, weil sie nicht mehr lebt. Doch das verdrängt sie.

In meiner Hosentasche klingelte ein Handy. Nicht meines, wie ich am Klingelton erkannte. Das von Lydia. Ich nahm es heraus, las Hennings Namen im Display und hielt es ihr hin. Sie sah es ratlos an. »Was soll ich tun?«, fragte sie.

Ich nahm ab. »Was ist denn da los?«, bellte Voss mir ins Ohr, ehe ich etwas sagen konnte. »Was treibt ihr da oben?« Das Warten zerrte hörbar an seinen Nerven. Als ich mich anstelle von Lydia meldete, rastete er beinahe aus. »Was machst du mit meiner Alten klar?«, rief er. »Hätte ich dich bloß nicht geholt. Ich komme jetzt rauf.«

Ich ließ das alles an mir abprallen. »Du bleibst, wo du bist, und hältst jetzt mal die Klappe«, fuhr ich ihn an. »Wir wollen hier in Ruhe reden. Keine Anrufe mehr, klar? Verschwinde am besten ganz. Ich regle das schon.« Damit legte ich auf. Lydia sah mich mit großen Augen an. Sie rechnete wohl damit, dass Voss Sturm laufen würde. Doch es blieb ruhig.

Der allergrößte Druck wich von ihr. Das führte leider nicht dazu, dass sie ihre Situation klarer sah, ganz im Gegenteil. Sie fing an, alles zu verharmlosen, Entschuldigungen für Voss zu finden, sich selbst eine Mitschuld zu geben, denn sie hätte ja wissen müssen, dass sie dies oder das nicht sagen oder tun dürfe. Ich griff nach ihren beiden Händen, sah ihr in die verweinten, verquollenen Augen und fragte sie, was nun geschehen solle. Ob sie Anzeige erstatten würde? Ob sie bei einer Freundin oder in einem Frauenhaus untertauchen wolle? Welche Möglichkeiten sie sonst habe, um sich wenigstens zeitweise von Voss zu trennen? All dies lehnte sie ab, wollte es nicht hören. Ein Frauenhaus käme für sie nicht in Frage, Freundinnen habe sie keine, ihre Eltern würden sie nicht bei sich aufnehmen, mit denen sei sie fertig, und die mit ihr. Und eigentlich sei ihr Leben mit Voss ja gut. Eine Anzeige sei ziemlich übertrieben und würde ohnehin nichts bringen außer neuen Ärger. Sie habe Voss nur damit gedroht, um ihm Angst zu machen, usw. usw. Ich habe gar nicht mehr hingehört. Natürlich hätte ich ihr Geschichten aus meiner Zeit bei der Polizei erzählen können, von Frauen, die sich ihre Situation auch schöngeredet hatten, bis sie verkrüppelt oder tot waren. Doch ich ließ es bleiben, denn ich erkannte, dass ich sie nicht mehr erreichte. Ich schärfte ihr ein, dass sie mich sofort anrufen solle, wenn Voss mal wieder ausrastete, wohl wissend, dass sie das nicht tun wird.

Und nun sitze ich hier, und mir will der Gedanke nicht aus dem Kopf, dass es vielleicht gar nicht so schlecht wäre, wenn Voss von einer Wespe gestochen würde und elend krepierte. Denn genau das hat dieser Scheißkerl verdient. Wenn ich in diesem Moment die Gelegenheit hätte, ihn umzubringen, würde ich es tun. Und ein Teil von mir hofft, dass ich diese Entschlossenheit morgen und übermorgen und an allen folgenden Tagen auch noch in mir habe. Ein anderer Teil fürchtet genau das ...

21. Juli

Voss ist wie vom Erdboden verschluckt. Habe mehrfach versucht, ihn anzurufen, aber immer nur die Mailbox erreicht. War vorhin im KörperKult, in der Hoffnung, ihn zu treffen. Vergebens. Dass er sein Training ausfallen lässt, ist ungewöhnlich. Ich mache mir keine Sorgen um ihn, nur um Lydia. Ihre Nummer habe ich nicht, aber sie hat beim Barbecue einen Immobilienmakler erwähnt, bei dem sie im Büro arbeitet. Zum Glück habe ich ein gutes Namensgedächtnis und konnte mir merken, wie er heißt. Ich habe dort angerufen. Lydia hat sich krankgemeldet. Danach habe ich Bertini kontaktiert. Er war bestens gelaunt und sagte, Voss habe sich ein paar Tage freigenommen. Um etwas Privates zu regeln. Näheres wisse er nicht. Voss hat Bertini anscheinend nichts von seinen »Problemen« mit Lydia erzählt. Damit will er seinen Boss wohl nicht behelligen, nicht zuletzt, weil es seinem Image schaden würde, wenn er seine Freundin nicht im Griff hat. Typen wie Voss geht es nur um ihr Ansehen. Ihr Image. Oder es interessiert Bertini einfach nicht. Der Typ kreist hauptsächlich um sich selbst. Seine Betrügereien macht er ja auch nicht des Geldes wegen, sondern nur für den Kick, den es ihm gibt, andere Leute über den Tisch zu ziehen. Ich frage mich, ob er Voss vermissen würde, wenn der plötzlich nicht mehr da wäre. Wahrscheinlich würde er sich einfach jemand anderen für den Job suchen.

Ich sitze mit meinem Laptop auf der Terrasse und sehe zu, wie Wespen von einem Klecks Himbeermarmelade auf einem Teller angelockt werden. Erst eine, dann zwei, dann drei und vier. Schon ist es ein halber Schwarm. So fängt man Wespen: etwas Süßes in ein leeres Glas, zehn oder zwanzig Minuten warten und Deckel drauf. Fertig ist die Mordwaffe ...

Abend

Ich wollte gerade los, um Sonja aus der Kita abzuholen, da klingelte es an der Tür. Und wer steht vor mir? Henning Voss! Woher kennt er meine Adresse? Dumme Frage. Eine Adresse herauszufinden, das dürfte für diese Voss, Bertinis, Wonnegasts die leichteste Übung sein. Ich machte wohl keinen allzu erfreuten Eindruck, und ich bemühte mich auch nicht darum.

»Was willst du hier?«, fragte ich ihn. »Kannst du nicht einfach nur zurückrufen?«

Voss ignorierte meinen unfreundlichen Ton. Er grinste wie ein Honigkuchenpferd, klopfte mir auf die Schulter. Als ich ihm sagte, dass ich nicht viel Zeit hätte, meinte er: »Dauert nicht lange. Ich wollte dir nur danken. Wie du Lydia hingekriegt hast. Jetzt frisst sie mir wieder aus der Hand. Wir haben den ganzen Tag gevögelt, als gäbe es kein Morgen. Darum konnte ich nicht ans Telefon gehen.« Dreckiges Grinsen. »Ich schulde dir was, Alter. Hier, eine kleine Anzahlung.« Erst da bemerkte ich, dass er etwas in der Hand hielt: eine Flasche Whisky. Ich bin eigentlich kein großer Whiskytrinker. Trotzdem nahm ich das Geschenk entgegen, ohne ein Wort des Dankes, wiederholte nur, dass ich gleich losmüsse.

»Den trinken wir gemeinsam in meiner Datsche«, sagte Voss in seinem Überschwang.

»Du hast eine Datsche?«, fragte ich zurück. Er hatte

bisher nie ein Wort davon erzählt. Ich kann ihn mir auch schwer in einem einfachen Häuschen auf dem Land, zwischen Gemüse- und Blumenbeeten vorstellen.

»Hab sie mir erst vor kurzem zugelegt«, erklärte er. »Eine knappe Stunde von Berlin entfernt. Im Moment ist sie eine ziemliche Bruchbude. Ich renoviere gerade. Du kannst mir ja mal zur Hand gehen. Aber kein Wort zu niemandem, klar? Du bist der Einzige, dem ich davon erzähle. Nicht mal Lydia oder Arnold wissen was. Ein Mann braucht einen Ort für sich, wo ihn keiner stört.«

Voss lachte und schlug mir zum Abschied kräftig auf die Schulter. Dann stieg er in seinen Wagen und fuhr davon. Ich stand noch eine Weile da und schaute ihm nach.

Die Wut kam mit Verzögerung. Ich radelte längst zur Kita, als mich die erste Welle erfasste. Mir wurde plötzlich heiß. Mein Herz schlug so heftig, dass ich fürchtete, ich würde gleich einen Infarkt kriegen. In regelmäßigen Abständen kamen und gingen die Wellen. Jedes Mal, wenn ich daran dachte, wie er grinsend vor mir stand und mir die Flasche Whisky in die Hand drückte und mich in seine streng geheime Datsche einlud. Als seien wir Kumpels und das die Rollenverteilung: Er ist derjenige, der sagte, wo's langgeht, ich derjenige, der mitläuft. Du kannst mir ja zur Hand gehen – wie er das gesagt hatte, so von oben herab. Während ich das schreibe, geht mein Puls erneut hoch. Dieser verdammte Mistkerl! Für ihn ist die Welt wieder in Ordnung. Lydia spurt wie gehabt, er kann wieder mit ihr machen, was er will. Sie sogar totschlagen, wenn ihm danach ist. Und ich habe ihm dabei geholfen, die Sache hinzubiegen. Er hat mich benutzt. Missbraucht. Und er glaubt, dass er das auch weiterhin tun kann. Was bildet er sich ein! Was glaubt er, mit wem er es zu tun hat?

114

Stellt sich genau diese Frage: Mit wem hat er es bei mir zu tun?

24. Juli

Die Entscheidung ist gefallen. Letzte Nacht. Nach unserem Familien-Spiele-Abend. Sonja durfte das Spiel aussuchen, sie wählte Lotti Karotti, und wir hatten alle einen Riesenspaß. Martha und ich verloren fast jede Runde, aber am Ende gewannen wir alle, denn die Siegesprämie war: Kuscheln mit Mama und Papa. Als Sonja endlich schlief, sagte Martha zu mir und sah mich dabei ganz verliebt an, einen Vater wie mich könne sich jedes Kind nur wünschen. Das hat mich tief berührt. Und mir wurde bewusst, dass ich den ganzen Abend kein einziges Mal an Wonnegast, Voss und Bertini gedacht hatte. Dafür dachte ich später mehr an diese schrecklichen Menschen. Ich lag lange wach, wälzte mich hin und her. Setzte mich auf und betrachtete Martha, die friedlich schlief. Ich ging ins Kinderzimmer und schaute Sonja im schwachen Schein des Nachtlichts an. Und beim Anblick dieses unschuldigsten aller unschuldigen Wesen traf ich meine Entscheidung: Ich werde Henning Voss töten. Ich werde der Ausputzer sein. Es ist die einzige Möglichkeit, um das zu schützen, was ich am meisten liebe.

Das so niederzuschreiben, in diesen einfachen, schnörkellosen Sätzen, macht mir Angst. Die Klarheit hinter dem Entschluss ist so scharf wie eine Rasierklinge und schneidet sich mir tief ins Fleisch. Doch das, was mir Angst macht, macht mir gleichzeitig Mut. Diese Angst ist anders als die zuvor. Die Angst, die mich in den letzten Wochen quälte, war die Angst vor dem Ungewissen. Sie ist wie ein Nebel, in dem du herumirrst, ohne Ausweg. Sie lässt dich verzweifeln. Die neue Angst ist die Angst vor dem Handeln. Sie ist wie eine Tür, durch die du hindurchgehen musst. Doch sie führt in die Freiheit. (Gott, wie pathetisch das klingt.)

Die Zeit des Grübelns ist jedenfalls vorbei. Was bisher nur ein Gedankenspiel war, ist jetzt ein Plan. Und es ist ein guter Plan. Wenn ich es geschickt anstelle, wird niemand einen Mord vermuten. Die ermittelnden Kollegen werden froh sein, wenn sie den Fall zügig abhaken können. Wonnegast kriegt das Geld, das Bertini ihm schuldet, und ich bin raus. Martha und Sonja sind sicher, unser Leben kann in die alten Bahnen zurückkehren. Lydia wird frei sein, und hoffentlich macht sie etwas daraus. Es gibt nur Gewinner, wenn Voss weg ist. Niemand wird ihn vermissen. Außer vielleicht Bertini. Aber der findet schnell Ersatz.

Kann sein, dass ich es mir gerade ein bisschen leichtmache. Denn natürlich wird nicht alles so sein wie zuvor. Ich werde ein anderer sein: jemand, der einen Menschen getötet hat, und nicht aus Notwehr, sondern mit Vorsatz. Ich mache mir keine Sorgen, dass ich geschnappt werden könnte. Dafür ist mein Plan zu gut. Vielleicht aber holt mich mein Gewissen ein. Quält mich. So wie damals, nachdem ich Rokko Langhoff erschossen habe. Im Moment kann ich mir das zwar kaum vorstellen, denn ich habe keine Skrupel mehr. Ein Mensch wird tot sein, durch mein Handeln. Na und? So viele Menschen sterben durch das Handeln so vieler anderer Menschen, und es kümmert kein Schwein. Zuallerletzt die Täter. Setzt deren schlechtes Gewissen nicht immer erst dann ein, wenn sie erwischt wurden?

Ich werde tun, was ich tun muss, und beschäftige mich mit dem, was danach kommt, wenn es so weit ist. Ich weiß schließlich, für wen ich das tue.

Eben unterbrach mich ein Anruf von Bruckner. Er will heute Abend mit mir was trinken gehen. Angeblich, weil wir uns schon eine Weile nicht mehr gesehen haben und mal wieder ausgiebig quatschen sollten. Ich kenne Bruckner lange genug, um zu spüren, dass das nicht der einzige Grund ist. Es geht wohl wieder um Wonnegast. Vielleicht hat er ja etwas über ihn herausgefunden, das mir hilft. Ich habe zugesagt und bin gespannt, was er zu bieten hat.

Nacht

Bruckner und ich haben uns im Dubliners getroffen. Bis vor Sonjas Geburt war das unsere Stammkneipe, danach verbrachte ich die Abende zu Hause. Es ist immer noch dasselbe etwas schmuddelige Irish Pub, hinter dem Tresen steht immer noch Patrick (heißt er eigentlich wirklich so, oder wird er bloß so gerufen, weil der Wirt in einem Irish Pub eben Patrick heißen muss?), nur die Bierpreise haben angezogen. Beim ersten Guinness hörte sich Bruckner mit mäßigem Interesse die harmlosen Anekdoten aus dem Leben eines Hausmanns an, danach erzählte er ein bisschen von dem, was sich bei ihm beruflich und privat in letzter Zeit getan hat (nichts Großes), und je länger dieses Geplänkel dauerte, desto deutlicher spürte ich, dass Bruckner auf etwas anderes aus war. Beim zweiten Guinness rückte er endlich damit heraus.

»Die Kollegen vom Betrug haben mir heute ein paar interessante Fotos gezeigt«, sagte er.

Noch bevor ich wusste, was auf diesen Fotos zu sehen war, schrillten bei mir die Alarmglocken. Natürlich hatte Bruckner die Fotos dabei, und er legte sie auch gleich auf dem Tisch aus. Sie zeigten eine Runde gut gelaunter Männer auf einem Boot. Unter ihnen Bertini, Voss – und ich. Die Fotos stammten von unser Bootstour auf der Spree, sie waren offenbar von einer Drohne aus aufgenommen.

»Was hast du mit diesen Leuten zu tun?«, fragte Bruckner.

Ich deutete auf Voss und erklärte: »Den hier kenne ich aus dem Fitnessstudio, in dem ich seit einer Weile trainiere. Wir haben uns angefreundet. Er hat mich eingeladen.«

Bruckner legte den Finger auf Bertini. »Und den hier? Wie gut kennst du den?«

»Eigentlich gar nicht. Ich habe ihn, genau wie alle anderen, erst auf dem Boot kennengelernt. Ein reicher Schnösel. Die Kollegen ermitteln gegen ihn?«

»Schon eine Weile. Wegen Anlagebetrug. Der Typ ist schwer zu greifen. Aber einer der alten Kollegen vom Betrug hat dich erkannt und mir die Fotos weitergereicht. Hat dich irgendjemand nach deinem früheren Job gefragt? Oder dich um was gebeten?«

Mir war klar, worauf er hinauswollte. Polizeikontakte sind in solchen Kreisen begehrt. Und während Polizisten sich für unbestechlich halten, ist es für die Kriminellen nur eine Frage des Preises. Ich verneinte entschieden und tat ein bisschen beleidigt, fragte, für wie naiv er mich hielte. Er ließ nicht locker, setzte sogar noch einen drauf, indem er fragte: »Bist du in etwas verwickelt? Muss ich mir Sorgen machen?«

Ich lachte, und ich hoffe, es klang echt.

»Ach was«, sagte ich. »Wie gesagt, ich kenne Henning Voss vom Training. Einen Freund würde ich ihn nicht nennen, eher einen guten Bekannten. Und das da war nur eine Spaßfahrt. Mit ein paar Geschäftsfreunden von auswärts, hieß es. Ich bin aber kein Geschäftsfreund von Bertini. Wirklich nicht. Es wurde auch nicht übers Geschäft geredet. Die Typen wollten es einfach krachen lassen.«

Damit gab Bruckner sich zufrieden. Vollends beruhigt wirkte er jedoch nicht. Ich fragte mich, ob er auch von dem Barbecue bei Bertini weiß, und entschied, dass es besser sei, wenn ich von mir aus darauf zu sprechen kam. Ich erzählte also von Bertinis Einladung, betonte das Familiäre daran. Bruckner hörte zu, meinte schließlich: »Halt dich von diesen Leuten fern, damit du nicht in was reingezogen wirst. Du bist zwar kein Polizist mehr, aber wenn irgendwas sein sollte, fällt das trotzdem auf uns zurück.«

Ich ärgerte mich über die Herablassung, die in dieser Ermahnung mitschwang. Doch ich ging darüber hinweg und sagte nur, dass Bertini nicht meine Liga und die Einladung in sein Haus sicher eine einmalige Sache gewesen sei. Nach Wonnegast fragte Bruckner diesmal nicht. Ob die Kollegen vom Betrug die Verbindung zwischen Bertini und Wonnegast auf dem Schirm haben? Es würde mich wundern, wenn es nicht so wäre. Bis zu Bruckner ist es wohl vorerst nicht durchgedrungen, denn er hätte es bestimmt erwähnt. Aber Bertini ist ja auch nicht sein Fall.

Wir tranken ein drittes Guinness, dann brachen wir auf. Bruckner nahm ein Taxi, ich ging zur S-Bahn. Während der Fahrt ließ ich mir alles, was Bruckner gesagt hatte, durch den Kopf gehen. Was wird er denken, wenn Voss in nächster Zeit zu Tode kommt? Bruckner wird mich sicher nicht des Mordes verdächtigen. Doch wer weiß, was er herausfindet, wenn er erst einmal zu ermitteln beginnt. Wenn er dann zum Beispiel auf die Verbindung zwischen Bertini, Voss und Wonnegast stößt.

25. Juli

Ich traf Voss heute im KörperKult. War schon ein krasses Gefühl, dem Menschen gegenüberzutreten, den man ermorden wird. Kein ausschließlich schlechtes Gefühl, wie ich zugeben muss. Und ein umso besseres, wenn ich sehe, wie Voss sich aufplustert. So, als könne ihm nichts und niemand was anhaben. Alles läuft ja wie geschmiert. Seine Freundin spurt, Bertinis Geschäfte florieren, was auch für ihn gut ist. Und er denkt, es bleibt so. Obwohl es das nie tut. Irgendwas kommt immer dazwischen. Diesmal werde ich es sein.

Nach dem Training waren wir im Steakhouse in der Nähe vom KörperKult und führten uns Proteine in Form von blutigem Fleisch zu. Während die rosa Pfütze auf Voss' Teller größer und größer wurde, schwärmte er die ganze Zeit von seiner Datsche, er kriegte sich gar nicht mehr ein. Vor allem, dass alles so rustikal sei. So schlicht und einfach. So ursprünglich. Es gebe nur das Nötigste. Einen Holzofen zum Heizen und Kochen. Drinnen bloß eine Waschgelegenheit, dafür eine Außendusche und hinter dem Haus ein Plumpsklo. Es wird weder Internet noch Fernsehen geben, das Handy wird ausgemacht. »Back to the roots«, sagt er. »So müssen Männer leben. Zumindest von Zeit zu Zeit. Damit wir uns daran erinnern, was wir wirklich sind: Jäger. Raubtiere.« Apropos Raubtiere: Er hofft, dass es in der

Gegend Wölfe gibt, denn er hätte Lust, einen zu schießen. »Gäbe doch einen prima Bettvorleger, so ein Wolfsfell«, rief er und lachte. Keine Ahnung, was davon ernst gemeint ist.

Als ich nach dem Zustand der Datsche fragte, versicherte er, die Substanz sei tipptopp, es sei jedoch einiges an Renovierung nötig. »Nichts, was zwei kräftige Männer nicht stemmen«, sagte er und klopfte mir auf die Schulter. Er wolle so viel wie möglich selbst machen. Was er über den aktuellen Zustand seines künftigen Refugiums sagte, klang für mich so, als sei es eine ziemliche Bruchbude. Dass er mir als einzigem Menschen davon erzählt hat, ist mitnichten ein Zeichen seines Vertrauens, wie er mir weiszumachen versucht. Er braucht jemanden, der ihm bei der Arbeit hilft. Jemanden, der seinem eigentlichen Umfeld fernsteht, so dass sein Geheimnis gewahrt bleibt.

»Du hast mich neugierig gemacht«, sagte ich, und das war nicht mal gelogen. »Wann darf ich dein Idyll mal sehen? Wir haben ja auch noch den Whisky.«

»Wie wär's gleich morgen?«, fragte er.

Das war früher als gedacht. Andererseits: Je eher ich das hinter mich bringe, desto besser. Also sagte ich zu. Ich werde mir also morgen Voss' Datsche ansehen. Und wenn sie halbwegs meinen Vorstellungen entspricht, wird das der Ort sein, an dem er stirbt. Nicht morgen, aber an einem nicht allzu weit entfernten Tag.

26. Juli

Voss' Datsche ist genau das, was ich erwartet habe: eine Bruchbude. Aber er hat recht: Mit ein wenig Arbeit (na ja, sehr viel Arbeit) lässt sich etwas daraus machen. Die

Lage mitten im Nirgendwo ist jedenfalls herrlich. Direkt an einem kleinen Weiher, in dem Enten schwimmen und an dessen Ufern Schilf wächst. Weitab von jeder Ortschaft und Schnellstraße. Trotzdem offenbar nicht weit genug für Vandalen, die Fensterscheiben einschlagen und Wände beschmieren. Das Haus selbst ist klein, hat nur eine Wohnküche mit Vorratskammer, ein Schlafzimmer und einen fensterlosen Lagerraum. Der Putz bröckelt von den Wänden, von der Holzdecke sind nur noch die Balken übrig, aber die Substanz scheint, ganz wie Voss gesagt hat, in Ordnung zu sein. Die Außendusche ist eine gefliese Stelle vor dem Haus mit einem Duschkopf, und wer auf warmes Wasser hofft, hofft vergebens. Das Plumpsklo – ein schlichter Holzverschlag, kaum größer als ein Kleiderschrank – liegt auf der anderen Seite, weit genug vom Haus entfernt, um dort auch bei ungünstigem Wind von keinen unangenehmen Gerüchen belästigt zu werden. Vor dem Haus sind die Einfassungen der Gemüsebeete zu erkennen, auch wenn auf den Flächen jetzt Unkraut wuchert. Voss hat das alles, wie er selbstzufrieden sagt, für einen »Appel und ein Ei« gekriegt, und ich muss zugeben, dass es ein guter Kauf war.

Wir fuhren gemeinsam in Voss' Wagen hin. Zum Glück habe ich einen hervorragenden Orientierungssinn und kann mir Routen auf Anhieb merken. Ich würde den Weg jederzeit wiederfinden. Nachdem Voss mir voller Besitzerstolz alles gezeigt hatte, setzten wir uns auf Klappstühlen ans Wasser, gossen uns von dem teuren Whisky hinter die Binde und ließen die ländliche Ruhe auf uns wirken. Bis Voss nach dem dritten oder vierten Glas meinte: »Das ist schon was anderes als das laute, dreckige Berlin, oder?«

Ich konnte nur zustimmen. Außer dem Zirpen der Grillen war nichts zu hören. »Man ist verdammt allein hier«, sagte ich.

»Wann ist man das nicht?«, kam es von ihm zurück. »Man kann auch unter tausend Leuten allein sein. Oder bei seinem Schätzchen. Hier steht wenigstens nichts zwischen dir und der Einsamkeit. Hier bist du gezwungen, dich ihr zu stellen. Existenziell, wenn du verstehst, was ich meine.«

Auch wenn das Ganze in seinem Pathos wieder sehr nach Macho klang, hörte ich dahinter einen anderen Ton heraus. Ich wollte etwas erwidern, schwieg aber, weil mir nichts einfiel.

»Ich hatte nie Freunde«, beantwortete Voss mein Schweigen. »Das lag vor allem an mir. Ist mir klar. Ich kann ein ziemliches Arschloch sein. Und ich habe mich nicht unter Kontrolle. Ich weiß das. Ich habe sogar mal eine Anti-Aggressionstherapie begonnen. Und weißt du, was ich dabei rausgefunden habe? Scheiße, so bin ich eben. Was soll ich mich verbiegen? So machst du dir natürlich keine Freunde. Meinetwegen. Scheiß auf Freunde. Scheiß auf die Weiber. Am Ende ist man sowieso immer allein.«

Als ich pissen musste und das irgendwo neben dem Haus erledigen wollte, fuhr Voss mich an, ich solle gefälligst ins Klo gehen. Er habe keine Lust, in vollgepisster Erde zu wühlen. Ich machte mich auf zum Plumpsklo. Während ich in ein kreisrundes Loch in einer primitiv zusammengenagelten Holzbank pisste, schaute ich mich um. An der Rückwand fiel mir eine Luke auf, die der Belüftung dient. Groß genug, um ein ganzes Wespennest durchzuschieben. Ich war sofort elektrisiert, denn ich begriff, dass dieses Scheißhaus der perfekte Ort für meinen Plan ist. Man kann die Tür von innen und von außen mit einem eisernen Haken verschließen. Wenn Voss sein Allergie-Notfallset nicht bei sich hat (und ich werde dafür sorgen, dass er es nicht bei sich hat), ist er geliefert. Natürlich kann er das morsche Häuschen mit seiner Kraft, ja, seinem bloßen Gewicht zerlegen. Doch sogar er braucht dafür ein wenig Zeit. Und je mehr er tobt, desto mehr werden die Wespen zustechen.

Wenn ich mir beim Niederschreiben dieser Zeilen selbst über die Schulter schaue, befremdet es mich ein wenig, wie sehr es mich euphorisiert, dass sich die Löcher in meinem Plan nach und nach füllen. Schließlich geht es um den Tod eines Menschen. Nicht abstrakt, in der bloßen Vorstellung, sondern ganz konkret in der Wirklichkeit. Aber ich sage mir: Was mich in Euphorie versetzt, ist nicht das Töten, sondern die Erlösung, die es mir bringt. Die Anspannung, die Sorge, die Angst – all das wird nach Voss' Tod hinter mir liegen – und vor mir eine neue Freiheit.

Als ich zu Voss zurückkehrte, saß der wie zuvor auf dem Klappstuhl und starrte ins Wasser. Anscheinend gehört er zu denen, die melancholisch werden, wenn sie einen sitzen haben. Weil ich keine Lust hatte, mich wieder neben ihm niederzulassen, mir seine gedankenschweren Reden anzuhören und weiterzutrinken, bis keiner von uns beiden mehr fähig war, das Auto heimwärts zu steuern, zog ich mich aus und sprang in den Weiher.

Voss schaute mir eine Weile zu, dann folgte er meinem Beispiel. »Wer zuerst auf der anderen Seite ist!«, rief er.

Ich nahm die Herausforderung an, hatte aber keine Chance gegen ihn. Er empfing mich lachend am anderen Ufer. In diesem ausgelassenen Lachen ließ sich das Kind erahnen, das er einmal gewesen war, und das machte mich traurig. Haben uns die Wege des Lebens zwangsläufig hierhergeführt? Oder ist das Leben nur eine Abfolge beschissener Zufälle? Und macht das einen Unterschied?

Da es schon spät war, mahnte Voss zum Aufbruch. Auf der gesamten Rückfahrt redeten wir kaum ein Wort. Jeder hing seinen Gedanken nach. Die meinen drehten sich um den Mord, den ich zu begehen habe.

27. Juli

Ich wünschte, alles läge schon hinter mir. Ich habe letzte Nacht kaum geschlafen, und wenn ich kurz eingenickt bin, hatte ich wilde Träume. Rokko Langhoff kam darin vor. Sein hässliches Grinsen. Sein hasserfüllter Blick. Martha hat meine Unruhe natürlich bemerkt. Sie macht sich Sorgen. Ich behaupte, es sei nichts, aber sie glaubt mir nicht. Sie kennt mich zu gut. Selbst Sonja spürt, dass etwas mit mir nicht stimmt. Als ich sie heute Morgen für die Kita fertig machte, hat sie mich ernst angesehen und gefragt, ob ich krank sei. Weil ich sonst so viel mit ihr rede und heute nicht.

Am Nachmittag habe ich Wespen gefangen. In einem Pappbecher. Habe zuvor etwas Himbeermarmelade hineingetropft. Es hat keine halbe Stunde gedauert, bis sich die Biester in dem engen Becher gegenseitig auf die Füße traten. Wenn doch schon alles vorbei wäre. Später habe ich die Wespen wieder freigelassen und von der Terrasse verscheucht. Eines von den verdammten Viechern hat mich zum Dank in die Hand gestochen. War nicht schlimm und mit etwas Eis leicht zu behandeln. Aber vielleicht war das ein Zeichen? Wenn ich an so was glauben würde, würde ich mich fragen, was die Botschaft war: Soll ich die ganze Sache bleiben lassen? Oder, im Gegenteil, endlich loslegen?

Als ob ich eine Wahl hätte ...

31. Juli

Es ist passiert.

Ich habe es getan.

Heute.

Der Reihe nach.

Voss sagte mir schon am Freitag, dass er heute in seiner Datsche sein werde, um eine Liste der Baumaterialien zu erstellen, die wir besorgen müssen. (Wir!) Noch diese Woche solle die Renovierung losgehen. Nachdem ich Sonja in der Kita abgeliefert habe, bin ich nach Hause und habe auf der Terrasse mit der bewährten Methode Wespen gefangen. Es dauerte wie bei meinem letzten Versuch keine halbe Stunde, bis ich ein Dutzend und mehr im Kaffeebecher hatte. Ich erinnere mich nicht mehr, wie ich damit ins Auto stieg und losfuhr. Die Erinnerung setzt erst wieder ein, als ich schon auf der Landstraße war. Der Kaffeebecher stand gut verschlossen im Getränkehalter. Ich fand den Weg zur Datsche auf Anhieb. Als ich das kleine Kiefernwäldchen umfahren und freien Blick auf die Datsche hatte, sah ich Voss' Geländewagen davorstehen. Und ein zweites Auto daneben. Ich fluchte. War aber auch erleichtert darüber, dass ich Voss heute anscheinend doch nicht töten sollte. Kurz überlegte ich, ob ich gleich wieder umkehren sollte. Doch ich fuhr weiter.

Als ich bei der Datsche ankam, sah ich Voss mit einem

Mann in Arbeitsklamotten vor dem Haus stehen. Voss war überrascht über mein Kommen. »Ich wollte nur sehen, was du treibst«, sagte ich. Der Mann in Arbeitsklamotten war ein Maurer, der Voss beriet, was an der Datsche alles zu machen sei. Das meiste hatten sie schon besprochen, deshalb blieb er nicht mehr lange, und so waren Voss und ich bald allein. Ich wunderte mich, dass er nun doch einen Fachmann geholt hatte. »Ich dachte, du wolltest alles selbst machen«, sagte ich.

»Ja, schon«, meinte er, »aber es ist doch mehr Arbeit, als ich mir vorgestellt habe. Es reicht nicht, alles bloß zu streichen, die Wände müssen neu verputzt werden, und ich habe keine Ahnung, wie man Wände verputzt. Du etwa?«

Habe ich nicht. Voss hatte mit dem Maurer vereinbart, dass er selbst (und das bedeutete: wir) den losen Putz abschlug und der Fachmann den neuen Putz auftrug. Ich wurde sofort dienstverpflichtet, und nicht nur für diesen Tag, sondern auch gleich für den nächsten, den Voss sich für die Arbeit freigenommen hatte. Allzu lange hielten wir allerdings nicht durch. Die Hitze nahm schnell zu, der Schweiß lief in Strömen an uns herab, und obwohl der Putz sich leicht von der Mauer löste, erschöpfte sich der Elan, mit dem wir begonnen hatten, rasch. Irgendwann verabschiedete sich Voss aufs Klo. »Kann eine Weile dauern«, sagte er grinsend, warf Hammer und Meißel hin und verschwand Richtung Klohäuschen.

»Du willst dich bloß von der Arbeit drücken«, rief ich ihm hinterher. »Ich mache Pause, bis du zurück bist.«

»Mach, was du willst«, schallte es zurück.

Die Klotür ging knarrend auf und wieder zu.

Im gleichen Moment fing mein Herz an zu rasen. Das war die Gelegenheit, auf die ich gewartet hatte. Meine Gedanken überschlugen sich. Ich musste schnell handeln. Voss hatte sein Allergie-Notfallset nicht bei sich, es lag wie immer griffbereit im Handschuhfach seines Autos. Eine bessere Chance würde ich nicht kriegen. Allerdings hatte mich der Maurer hier gesehen. Wenn die Polizei später nachforschte, würde sie erfahren, dass ich heute hier gewesen war. Das war ein Risiko. Ein vertretbares Risiko? Würde die Polizei überhaupt nachforschen? Nur wenn die Todesursache unklar war. Und das würde sie nicht sein. Ein Allergiker, der an Wespenstichen stirbt – so was passiert.

Auf einmal verstummten alle Gedanken in meinem Kopf. Die letzten waren: Eine bessere Gelegenheit wirst du nicht kriegen. Tu es! Jetzt! Egal, was danach ist. Von da an übernahm eine Art Autopilot. Ich ging zügig, aber ohne Hast zu meinem Wagen und holte den Kaffeebecher mit den Wespen. Als Nächstes sehe ich, wie meine Hand den Riegel an der Außenseite der Klotür schließt. Ich höre, wie Voss drinnen furzt, und fast entkommt mir ein Lachen. Ich gehe auf die Rückseite des Klohäuschens, halte den Becher an die Lüftungsluke, nehme den Deckel ab und kippe ihn so, dass die Wespen nur nach drinnen entweichen können. Sie sind wütend, weil sie so lange eingesperrt waren. Dann höre ich Voss auf einmal brüllen. »Was ist das denn? Wo kommen die Viecher her! Au, verdammt! Scheiße!« Dann ruft er meinen Namen. Will die Tür öffnen, kann aber nicht, weil ich sie von außen verriegelt habe. Es rumpelt in dem Häuschen. Voss drischt gegen die Wände. Er fällt. Röchelt.

Ich gehe weg. An den Weiher. Schaue aufs Wasser. In mir ist eine selten empfundene Klarheit, die aus einer völligen Leere erwächst. Keine Gefühle. Keine Gedanken. Nichts. Ich stehe nur da und schaue über das Wasser.

Ich weiß nicht, wie lange ich so am Ufer stand. Irgendwann fiel mir ein, dass es noch etwas zu erledigen gab. Deshalb kehrte ich zum Plumpsklo zurück. Ich wollte sehen, was ich angerichtet hatte, und wollte es zugleich nicht. Obwohl sich drinnen nichts regte, näherte ich mich nur vorsichtig. Ich schob den Riegel hoch. Voss' regungsloser Körper fiel mir direkt vor die Füße. Seine Hose hing in den Knien, er streckte mir gewissermaßen den nackten Hintern entgegen. Der Anblick entbehrte nicht einer gewissen Komik. Zum Lachen war mir trotzdem nicht. Ich beugte mich hinunter und fühlte den Puls. Nichts. Voss war tot.

BÄMM!

Ich trat ein paar Schritte zurück, schoss mit Wonnegasts Handy mehrere Fotos und schickte sie ihm kommentarlos. Auftrag erledigt. Voss' Leiche ließ ich liegen, wie sie war. Den Becher, in dem ich die Wespen gefangen hatte, nahm ich mit. Ohne jede Eile stieg ich ins Auto und machte mich auf den Rückweg nach Berlin. Ich erinnere mich an nicht viel auf dieser Fahrt. Nur daran, dass ich einen Lachanfall kriegte: Als ich plötzlich wieder daran dachte, wie Voss dagelegen hatte, die Hose in den Knien und den nackten Arsch herausgereckt. Ich konnte kaum mehr aufhören zu lachen. Der Anblick war zu komisch. Aber natürlich wusste ich, dass nichts daran zum Lachen war, und ich lachte auch nicht aus Heiterkeit. Ich hätte ebenso gut heulen können.

Der Rest des Tages lief wie ein Film vor mir ab. Ich war am frühen Nachmittag zu Hause und sah mir selbst zu, wie ich alle meine Pflichten erfüllte. Ich machte die Wäsche, räumte auf, befüllte die Spülmaschine und schaltete sie ein. Dazwischen telefonierte ich mit Martha, plauderte ein wenig mit ihr. Sie fragte mich, wieso ich so gut drauf sei. »Bin ich gar nicht«, sagte ich. »Alles ist wie immer.« Später holte ich Sonja von der Kita ab und spielte mit ihr, bis es Zeit war, das Abendessen zuzubereiten. Es war wie jeden Tag fertig, als Martha die Haustür aufschloss. Ich küsste sie, fragte sie, wie ihr Tag gewesen sei. Sie fragte mich nach meinem, und ich antwortete: »Ganz okay.«

Es ist schon nach Mitternacht. Martha schläft tief und fest. Ich kriege kein Auge zu. Zu viele Fragen gehen mir durch den Kopf. Wie lange wird es dauern, bis Voss in seiner Datsche gefunden wird? Keiner außer mir weiß, dass es diesen Ort gibt. Außer dem Maurer, der heute bei Voss war. Es wird nicht lange dauern, bis Voss vermisst wird. Vielleicht tut Lydia es heute schon. Bertini spätestens morgen früh. Wird man mich fragen, wo er steckt? Wie gut kann ich Betroffenheit vorspielen?

Noch eine Frage geht mir gerade durch den Kopf: Auch wenn mein Tagebuch mit einem Passwort geschützt ist – ist es klug, all diese Dinge aufzuschreiben? Wenn jemand (d.h. Martha) liest, was hier steht, weiß sie, was ich getan habe. Dieser Eintrag ist praktisch ein Geständnis. Was würde sie dazu sagen? Zum Glück ist sie keine von den Frauen, die in den Sachen ihres Mannes herumschnüffeln. Die Handys checken, Browserverläufe nachverfolgen und immer wissen wollen, wo man wann gewesen ist. Trotzdem wäre es wohl klüger, nichts aufzuschreiben. Doch das Schreiben hilft mir, Distanz zu bekommen. Ich habe das früher auch bei Vernehmungen erlebt, wenn Täter endlich gestanden haben. Es war für sie eine Erleichterung, jemandem erzählen zu können, was passiert war. Das Unaussprechliche wird ausgesprochen, erhält eine Form und rückt einem dadurch vom Leib. So als hätte ein anderer den Mord begangen. Einer, der nicht mit der Person, die das hier schreibt, identisch ist. Zumindest nicht ganz.

AUGUST

1. August

Der erste Tag meines Lebens als Killer begann wie jeder davor. Aufstehen. Für Martha Frühstück machen. Mit ihr essen und kurz den Tag besprechen. Sie an der Tür mit einem Kuss verabschieden. Danach Sonja wecken und für die Kita fertig machen. Ihre Sachen packen, während sie widerwillig ihr Käsebrot runterwürgt. Zehn Minuten spielen. Mit Sonja im Kindersitz zur Kita radeln. Smalltalk mit der Erzieherin und anderen Eltern. Auf dem Rückweg der übliche Cappuccino mit Tiramisu im Leonardo. Und hier bin ich nun und sitze zufällig an demselben Tisch, an dem ich saß, als Wonnegast mich ansprach. Als all das begann, das zu einem Mord führte. Das mich zum Mörder machte.

Ich sitze hier und warte.

Darauf, dass Wonnegast sich meldet.

Darauf, dass Lydia anruft und mich fragt, ob ich wisse, wo Voss steckt.

Darauf, dass Bertini anruft und mich fragte, ob ich wisse, wo Voss steckt.

Worauf ich aber am meisten warte: dass mich ein schlechtes Gewissen plagt und dass ich vor mir selbst erschrecke, so wie ich es damals tat, als ich Rokko Langhoff erschossen habe. Doch nichts dergleichen passiert. Meine innere Ruhe ist mir unheimlich. Ich tippe diese Zeilen in meinen Laptop, schlürfe nebenher meinen Cappuccino und genieße mein Tiramisu, als wäre nichts gewesen. Später werde ich nach Hause radeln, das Bad putzen und im ganzen Haus staubsaugen. Ein Tag wie jeder andere.

Ist es eine Art Schockstarre, die mich so gefühllos macht? Irgendwie scheint die Botschaft, dass ich einen Menschen getötet habe, in meinem Kopf noch nicht angekommen zu sein. Stattdessen beschäftigen mich Gedanken wie dieser: Ich sollte mich nachher zur üblichen Zeit im KörperKult blicken lassen und beim Rausgehen am Empfang fragen, ob Voss heute zu einer anderen Zeit als der üblichen trainiert hat. So wie ich es getan hätte, wenn er noch am Leben wäre. Befremdlich. Statt mich mit meiner Tat auseinanderzusetzen, beschäftige ich mich mit ihrer bestmöglichen Vertuschung. Ich kenne diese Haltung aus vielen Vernehmungen. Mörder, Zuhälter, Drogendealer, die ihre Verbrechen dadurch rechtfertigen, dass sie nur einen Job erledigt, eine Nachfrage befriedigt hätten. Ich hielt das immer für Ausreden. Für Anzeichen von Verrohung und seelischer Verwahrlosung. Aber ich – ich bin doch nicht so. Ich bin doch einer von den Guten.

Nachmittag

Habe trainiert wie ein Tier. Ich legte mir hundertzehn Kilo beim Bankdrücken auf. Ein Gewicht, das ich höchstens annähernd stemmen könnte. Als ich die Langhantel aus der Halterung drückte, wurde mir plötzlich schwarz vor Augen, und zwischen den Schatten, die sich über mich beugten, sah ich den Drachen aus Voss' Tätowierung, er riss sein Maul auf und wollte mich verschlingen. Fast hätte mich die Langhantel erschlagen, weil ich sie aus eigener Kraft nicht mehr in die Halterung brachte. Zum Glück war einer von den Trainern nicht weit. Er wusch mir auch gleich den Kopf. Niemals so viel Gewicht ohne Hilfestellung usw. Beim Rausgehen kam es mir so vor, als riefe Voss nach mir, für einen winzigen Moment vergaß ich, dass er tot ist, und drehte mich um. Aber da war nur mein eigenes Abbild in der Spiegelwand.

Auf der Heimfahrt ein Anruf von Bertini. Er klang mehr oder weniger wie immer. Lydia habe ihn angerufen, sagte er, Voss sei nicht zu erreichen, und obwohl sie ihm unendlich viele Nachrichten auf der Mailbox hinterlassen habe, melde er sich nicht. Das sei völlig unüblich. »Hast du eine Ahnung, wo er steckt?«, fragte Bertini.

Ich verneinte. Es war noch zu früh, ihm schon von der Datsche zu erzählen. Je länger Voss da liegt, desto besser. Und sein Refugium war ja unser kleines Geheimnis.

»Lydia soll froh sein, wenn sie Ruhe vor ihm hat«, sagte ich.

Bertini stimmte mir zu. »Hauptsache, er ist wieder da, wenn ich ihn brauche«, sagte er.

Damit war unser Gespräch beendet. So wie es aussieht, hat Wonnegast das Foto noch nicht an Bertini geschickt. Falls doch, ist er ein Meister der Verstellung, denn man hat ihm nichts angemerkt.

Es dauerte nicht lange, bis sich Lydia selbst bei mir meldete, um nach Voss zu fragen. Sie war außer sich. »Wenn es eine andere gibt, bring ich ihn um«, keifte sie. »Ihn und seine Schlampe – beide bring ich sie um!« Ich versicherte ihr, dass sie sich umsonst Sorgen mache. Dass sie die einzige Frau sei, die Voss liebe. Das beruhigte sie, und erst da meinte sie: »Hoffentlich ist ihm nichts passiert. Es gibt so viele Leute, die was gegen ihn haben.«

Ich schwieg. Ob sie sich schon mal gefragt hat, warum all diese Leute was gegen ihren Henning haben? Vermutlich nicht. Sie ist nicht die Frau, die sich über irgendwas groß Gedanken macht. Das ist ja genau ihr Problem. Wenn es so weit ist, wird sie die Wahrheit verkraften. Und wenn sie klug ist, wird sie sogar die Chance erkennen, die sich ihr damit bietet.

Während ich das schreibe, erreicht mich endlich eine SMS von Wonnegast. Er schreibt: »Morgen 10 Uhr Las Vegas Berlin.«

2. August

Wonnegast ist rundum zufrieden mit mir. Mehr als das. Er strahlte geradezu vor Glück. Empfing mich mit ausgebreiteten Armen und ließ uns vom ledernen Martin Champagner hinstellen. Diesmal lehnte ich es nicht ab, mit ihm zu trinken. Ansonsten blieb ich so kühl und reserviert wie immer. Das trübte Wonnegasts Euphorie nicht im Geringsten. Er lobte meine saubere Arbeit und ließ sich erzählen, wie genau ich »das Biest« erlegt habe (seine Worte). Stürzte sich gierig auf jedes Detail. Dass Voss dem Betrachter der Fotos den nackten Hintern zeigt, belustigte Wonnegast am meisten. »Äußerst passend für dieses Riesenarschloch«, sagte er. Wonnegasts Häme ärgerte mich. Sicher, Voss war ein Schläger, und sein Tod ist kein Verlust. Aber dass Wonnegast ihn auf diese Weise verspottete, war entwürdigend und roh. So bin ich nicht. Hätte ich die Lage der Leiche verändern können, hätte ich es getan. Es ging nur eben nicht, ohne Spuren zu hinterlassen.

Wonnegast verlangte das Handy, das er mir gegeben hatte. Ich hielt das für einen Hinweis, dass unsere »Geschäftsbeziehung« endete, und reichte es ihm mit dem größten Vergnügen. Doch er brauchte es nur, um die Fotos von »meinem« Handy aus an Bertini zu schicken. Das in seinen Augen beste Arsch-Foto versah er mit dem Kommentar: »Das ist der tote Hintern von deinem toten Kumpel Henning. Und deiner kann der nächste sein.« Mehr schrieb er nicht. Keine Forderung. Keinen Namen. Bertini solle ruhig ein wenig schmoren, erklärte er. Das würde ihn gefügig machen. Dann reichte er mir das Handy zurück. Ich wollte es nicht nehmen, meinte, dass ich es jetzt ja wohl nicht mehr bräuchte. »Ich habe getan, was Sie verlangten«, sagte ich, »und das war's. Eine einmalige Sache. Ich arbeite nicht weiter für Sie.«

»Aber Sie wollen doch in meine Geschäfte investieren«, antwortete er verblüfft. »Damit sind wir Partner. Auf Augenhöhe, wie das heutzutage heißt.«

»Ich hab's mir anders überlegt«, erwiderte ich. »Ich investiere lieber in eine Zukunft, in der ich Sie nicht wiedersehen muss. Wenn Sie mich nicht mehr belästigen, können Sie das Geld behalten.«

Wonnegast tat empört. »Ich will nichts, was mir nicht zusteht! Sie kriegen Ihr Geld. Und bis Sie es haben, sollten wir nicht über Ihr Handy kommunizieren. Zu unser beider Schutz. Also nehmen Sie schon. Sie müssen es ja nicht mehr ständig bei sich tragen. Checken Sie es ein Mal am Tag.«

Mir war klar, worauf das hinauslief, und das gefiel mir gar nicht. Trotzdem nahm ich das Handy und schob es in die Hosentasche. So klein es ist, ich spürte es so deutlich, als hätte ich einen Ziegelstein am Bein kleben. Bevor ich ging, erzählte ich Wonnegast von meinem Gespräch mit Bruckner. »Die Polizei ist Bertini auf den Fersen«, sagte ich. »Beeilen Sie sich also, wenn Sie an Ihr Geld wollen.«

Mit einem unguten Gefühl verließ ich das Las Vegas Berlin. Wonnegast wird mich nicht in Ruhe lassen. Weil der Job einfach zu gut geklappt hat. Dadurch bin ich für ihn noch wertvoller geworden. Es wird immer jemanden geben, der seine Geschäfte stört und beseitigt werden muss.

Auf dem Weg nach Hause rief mich Bertini an. Ich überlegte zuerst, ob ich den Anruf annehmen sollte, denn es war klar, worum es ging. Er hatte die Fotos seines toten Kumpels gesehen. Vielleicht war er in Panik. Vielleicht hegte er einen Verdacht gegen mich. Ich bin der Neue in seinem Umfeld. Keine zwei Monate nachdem ich aufgetaucht bin, ist Voss tot. Offenbar ermordet. Das warf Fragen auf. Fragen, denen ich nicht ausweichen konnte. Also brachte ich es hinter mich und nahm ab.

Diesmal klang Bertini nicht mehr so abgeklärt wie bei unserem letzten Kontakt. Er sprach die Fotos nicht an, aber er war spürbar nervös. Wenn er einen Verdacht gegen mich hegte, ließ er es sich nicht anmerken. Er fragte mich, ob ich nicht doch eine Idee hätte, wo sich Voss rumtreibe. Nachdem ich, wie schon gestern, verneinte, wurde er laut. »Herrgott«, rief er, »wenn du etwas weißt, dann raus damit! Egal, was es ist! Und egal, was du Henning versprochen hast!« Bertini rechnete wohl genau wie Lydia damit, dass eine andere Frau im Spiel war. Umso überraschter war er, als ich ihm von Voss' Datsche erzählte und seinem Wunsch, einen Platz für sich allein zu haben, wo niemand ihn erreicht. Bertini schwieg eine kleine Weile. Vielleicht hätte es ihn unter anderen Umständen gekränkt, dass Voss mich, sozusagen den Fremden, in sein Geheimnis eingeweiht hat, nicht aber ihn, den langjährigen Freund. Doch in dieser Situation hatte er für solche Empfindlichkeiten wohl keinen Nerv.

»Wann hast du Henning das letzte Mal gesehen?«, wollte er wissen.

Ich erzählte von unserem letzten Treffen bei der Datsche und dass wir dort gearbeitet hatten. Das konnte ich ohne Risiko tun. Weil Voss nun schon zwei Tage in der prallen Sonne liegt, wird der Todeszeitpunkt kaum auf wenige Stunden eingegrenzt werden können. Es ist also plausibel, dass ich längst weg war, als die Wespen ihn erwischten. Bertini verlangte eine Wegbeschreibung zu der Datsche, und ich gab sie ihm. Grußlos legte er auf. Keine zwei Minuten später klingelte das Handy erneut. Wieder Bertini.

»Wir fahren zusammen hin«, befahl er mir regelrecht. »Und zwar sofort. Ich hab kein gutes Gefühl.«

Das ging mir genauso. Allerdings aus anderen Gründen. Der zu erwartende Anblick von Voss' Leiche macht mir keine Bauchschmerzen. Ich habe schon viele Leichen gesehen. Auf Fotos, an Tatorten und auf dem Seziertisch. Von schlimmen Wunden entstellt und in allen Stadien der Verwesung. Ich weiß, was mich erwartet. So was haut mich nicht um. Allerdings war keine dieser Leichen durch meine Hand gestorben. Was würde dieser kleine Unterschied mit mir machen? Ich hätte mich natürlich drücken können, mit einer Ausrede. Wahlweise irgendwas Familiäres. Aber das kam mir nicht in den Sinn. Im Gegenteil. Etwas in mir wollte Voss' Leiche sehen. Mein Werk. Anscheinend ist an dem Mythos, dass es den Mörder zurück an den Tatort zieht, doch etwas dran.

Ein Auto fährt vor. Das ist Bertini. Ich muss los.

Nachmittag

War kein schöner Anblick. Und der Gestank erbärmlich. Klar, die Hitze wirkt wie ein Turbobooster für die Verwesungsprozesse. Ich muss das hier nicht weiter ausführen, das Bild werde ich sicher nicht vergessen. Bertini hat sich die Seele aus dem Leib gekotzt. In mir dagegen regte sich nicht viel. Kein schlechtes Gewissen. Nicht mal Mitleid für Voss. Er war kein guter Mensch. Ach was, er war ein Scheusal. Eine Plage. Nachdem ich genug gesehen hatte, ging ich runter ans Wasser und genoss die Stille, die nicht einmal Bertinis Würgegeräusche trüben konnten. Hier hatte ich mit Voss gesessen und Whisky getrunken. Wir waren zusammen auf die andere Seite geschwommen. Voss' jungenhaftes Lachen fiel mir ein. Doch dieses Lachen hatte nichts bedeutet. Es war lediglich eine Reminiszenz an jemanden, den es schon lange nicht mehr gab. Der Junge, der so gelacht hatte, war längst von dem Berg erdrückt worden, in den er sich als Mann verwandelt hatte. In einen Mann, dem andere Menschen nur Mittel zum Zweck gewesen waren. Bertini. Selbst Lydia. Ich sowieso. Er hätte jeden von uns über die Klinge springen lassen, wenn es ihm genützt hätte. Nun war er tot, und ich war immer noch hier. Und meine Familie war sicher. Ist das kein Grund, sich gut zu fühlen?

Nachdem Bertini seine Eingeweide wieder einigermaßen unter Kontrolle hatte, wollte er vor allem eins: so

139

schnell und so weit wie möglich weg von diesem Ort des Schreckens. Er rannte zum Auto und startete den Motor. Ich lief ihm nach und hielt ihn davon ab, einfach zu verschwinden.

»Wir können Henning hier nicht liegen lassen«, sagte ich.»Er ist schließlich ein Freund.«

Widerwillig stellte Bertini den Motor ab. »Was ist wohl mit ihm passiert?«, fragte er.

»Woher soll ich das wissen?«, antwortete ich. »Es ist Sache der Polizei, das zu ermitteln.«

»Du hast ihn dir doch genauer angesehen. Ist dir irgendwas aufgefallen?«

Ich wusste natürlich, was er meinte. Einschusslöcher, Würgemale, Platzwunden am Kopf. Nach Wonnegasts Fotos und der Drohnachricht muss er von einem Mord ausgehen. Ich verneinte. Von der Wespenallergie sagte ich nichts. Keine Ahnung, ob Bertini davon weiß. Erwähnt hat er es nicht. Und mir ist es lieber, wenn die Polizei von sich aus darauf kommt (zum Beispiel durch das Notfallset in Voss' Auto). Dann kann mir dieses Detail immer noch »einfallen«.

Ich griff nach meinem Handy, um den Leichenfund zu melden, aber Bertini bat mich zu warten. Da ich mal bei der Polizei war, wollte er wissen, wie es nun weitergehe. Ich erklärte ihm, dass bei unklarer Todesursache eine Obduktion zwingend nötig sei. Bertini interessierte vor allem, welche Nachforschungen angestellt würden, wenn sich herausstellen sollte, dass Voss keines natürlichen Todes gestorben sei. Er befürchtet, nicht zu Unrecht, dass bei den Nachforschungen seine krummen Geschäfte auffliegen könnten. Offenbar hat er keine Ahnung, dass längst Ermittlungen gegen ihn laufen.

»Denkst du, jemand hat Henning umgebracht?«, fragte

ich und spielte den Überraschten. »Hast du einen Verdacht?«

Bertini wiegelt ab. »Nur so ein Gedanke. Henning war keiner, der sich beliebt macht.«

»Wohl wahr«, sagte ich kühl. »Wenn es da was gab, wird es die Polizei schon ermitteln. Sie wird sein gesamtes Umfeld durchchecken. Mit wem hatte er zu tun? War er in illegale Geschäfte verwickelt? Wer waren seine Freunde und seine Feinde?«

Bertini verharrte in langem Schweigen.

Ich kann mir gut vorstellen, was in ihm gerade vorgeht, und habe wenig Mitgefühl mit ihm. Wer weiß, wie viele Menschen der Typ ins Unglück gestürzt und wie viele Existenzen er zum Scheitern gebracht hat, nur um sein Ego aufzupolieren. Er hat das ergaunerte Geld ja nicht mal nötig.

»Ich muss dir was zeigen«, sagte er auf einmal. »Etwas, das mich heute erreicht hat.« Er tippte auf seinem Handy herum und hielt es mir dann hin. »Hier«, sagte er, »das hab ich gekriegt. Anonym.« Ich betrachtete die Fotos, die ich gemacht habe, als würde ich sie zum ersten Mal sehen. »Und diese Nachricht kam danach«, sagte er und zeigte mir die Drohnachricht von Wonnegast. »Was hältst du davon?«, fragte er.

Ich schaltete in die Ermittlerroutine, stellte all die Fragen, die ein Kripobeamter stellen würde: Wann hatte er die Fotos erhalten? Hatte er eine Ahnung, wer sie geschickt haben könnte? Und so weiter.

»Bei Geschäften wie den meinen«, erklärte er, »macht man sich immer Feinde. Neider. Enttäuschte Anleger. Um so was hat sich in der Regel Henning gekümmert. Auf seine Art. Du verstehst.«

»Du denkst an einen Racheakt?«, hakte ich nach. »Hast du jemand Bestimmten im Verdacht?«

Er schüttelte den Kopf. Auch wenn ich mir nicht sicher bin, glaube ich nicht, dass er an Wonnegast denkt. Anscheinend gibt es so viele Leute, die er um Geld geprellt hat, dass er längst den Überblick über den Kreis seiner möglichen Feinde verloren hat. »Was soll ich tun?«, fragte er ängstlich. Seine üblicherweise zur Schau gestellte Coolness war weggeschmolzen wie ein Eiswürfel in der Sonne. Schließlich gab er in gewundenen, verklausulierten Formulierungen zu, dass man manche seiner Geschäfte als nicht ganz gesetzeskonform bewerten könne und er der Polizei ungern als Beifang in einer Mordermittlung ins Netz gehen wolle.

Wäre ich ein guter, mitfühlender Freund, hätte ich ihm geraten, von sich aus bei der Polizei reinen Tisch zu machen. Schon wegen der Morddrohung. Und weil seine Machenschaften sowieso auffliegen werden. Aber ich kenne Leute wie Bertini zu gut. Sie klammern sich an jeden Strohhalm, den man ihnen hinhält, um sich nicht der Tatsache stellen zu müssen, dass auch sie für ihre Verfehlungen büßen müssen. Sei es durch eine Haftstrafe oder jemanden, der sich nicht verarschen lässt. Diese Möglichkeit existiert für sie einfach nicht. Denn ist nicht immer alles gut gegangen? Kein Gesetz hat sie je erreicht, und gegen den Hass der Opfer schützt man sich durch jemanden wie Voss. Doch irgendwann gerät diese Strategie an ihr Ende. Dennoch bestärkte ich Bertini in dieser Haltung. »Wer weiß, welche Todesursache am Ende herauskommt«, sagte ich. »Wenn sich kein Fremdeinwirken feststellen lässt, wird das Ganze schnell als natürlicher Tod abgehakt und nicht weiter ermittelt. Also halt den Ball erst mal flach.

Und gegen den Erpresser helfe ich dir. Ich weiß, wie man mit solchen Typen fertig wird.«

Bertinis Miene hellte sich schlagartig auf. Genau wie ich es erwartet hatte.

Fürs Erste beruhigt, rief Bertini die Polizei an. Es dauerte keine zehn Minuten, bis zwei Streifenwagen nahten. Dass ich mich den Beamten als ehemaliger Kollege vorstellte, erleichterte das Gespräch. Bertini stand mit hängendem Kopf da, kaute die ganze Zeit auf der Unterlippe und überließ mir das Reden. Ich erzählte alles wahrheitsgemäß: Voss war seit mehreren Tagen verschwunden, die Datsche hätte sein Rückzugsort werden sollen usw. Nachdem wir unsere Aussagen gemacht hatten, fuhren wir nach Hause. Ich redete Bertini weiter gut zu, und als er mich zu Hause absetzte, bedankte er sich dafür und nannte mich den einzigen wahren Freund, den er hat.

Wenn das stimmt, ist er wirklich zu bedauern.

Abend

Voss ging mir nicht mehr aus dem Kopf. Als ich Sonja aus der Kita abholte. Mit ihr spielte. Essen machte. Immer wieder blitzten die Bilder vor mir auf: Wie er vor mir liegt. Tot. Teilweise verwest. Ich erschrak nicht darüber. Ich geriet bei dem, was ich gerade tat, nicht aus dem Konzept. Ich war jedes Mal selbst von mir überrascht. Hey, ich habe es getan. Es ist geschafft. Es ist vorbei.

Als Martha nach Hause kam, erzählte ich ihr, was passiert war. Natürlich nur die offizielle Version. Martha hörte sich alles an, sagte nichts dazu. Nicht während des Essens und auch nicht nach dem Essen. Erst als wir später noch ein wenig vor dem Fernseher saßen, meinte sie: »Sie hätte ihn erschießen sollen. Das wäre besser für sie gewesen.«

Ich dachte, sie redet von dem Krimi, den wir gerade guckten, und kapierte den Zusammenhang nicht.

»Lydia«, sagte sie. »Es wäre besser gewesen, sie hätte sich aus eigener Kraft befreit. Selbst wenn sie dafür in den Knast gegangen wäre. So ist es einfach ein Fall von blöd gelaufen. Und einmal mehr ist sie nur das Opfer.«

Martha war bald müde und ging schlafen.

Ich blieb noch eine Weile sitzen.

Wie gern würde ich ihr erzählen, was ich für uns getan habe. In allen Einzelheiten. Würde sie es verstehen? Würde sie mich verurteilen? Ich bin ein Mörder. Erst war es nur meine innere Stimme, die es aussprach. Dann sagte ich es laut: »Ich bin ein Mörder.« Martha würde mich nicht verraten. Sie würde mich schützen. Würde uns schützen. So wie ich es getan habe. Es würde uns zusammenschweißen.

Oder unser gemeinsames Leben sprengen.

Nein, so gern ich es möchte, ich darf es ihr nicht sagen. Denn auch wenn sie mit Sicherheit zu mir halten würde, das Wissen allein würde sie zu schwer belasten. Es könnte wieder etwas in ihr auslösen. So wie damals Sonjas Geburt. Wochenlang hatte sie Depressionen. So taff sie ist, große Veränderungen verträgt sie nicht gut. Und zu erfahren, dass sie mit einem Mörder verheiratet ist – das wäre eine Riesenveränderung!

3. August

Eben rief Bruckner an. Er hat die Voss-Sache auf den Tisch bekommen, einschließlich meiner Aussage, und wollte wissen, was da los ist. Wieso mein Name neuerdings ständig im Zusammenhang mit irgendwelchen Kriminellen auftauche. Und nun schon zum zweiten Mal im Umfeld des Betrügers Bertini.

»Ist keine Absicht«, erwiderte ich lakonisch und wiederholte das, was ich schon der Polizei zu Protokoll gegeben habe. Ganz nüchtern. Bruckner den Trauernden vorzuspielen, das würde nicht funktionieren. Dafür hat er ein zu feines Ohr für falsche Töne.

»Du solltest dir andere Freunde suchen«, meinte er.

»Das sind nicht meine Freunde«, widersprach ich. »Die waren mehr an mir interessiert als ich an ihnen. Keine Ahnung, warum. Ich hatte jedenfalls nicht vor, die Freundschaft zu vertiefen. Nicht meine Welt.«

Ob Bruckner mir das geglaubt hat? Schwer zu sagen. Er blieb eine Weile still, wahrscheinlich las er in der Akte auf seinem Schreibtisch.

Zum ersten Mal stehen wir in einem Mordfall auf verschiedenen Seiten. Er der Ermittler, ich der Täter. Wäre das ein Spiel, würde ich es spannend finden. Okay, ich finde es auch so spannend. Es macht mir Angst. Ich weiß, wie Bruckner und die anderen Kollegen denken. Wie sie arbeiten. Welche Fragen ihnen durch den Kopf gehen. Dass Bruckner und ich Freunde sind, ist für mich kein Vorteil. Bruckner würde mich niemals decken. Selbst bei einem geringeren Vergehen nicht. »Wir Polizisten müssen sauber sein«, hat er immer gesagt, »nein, sauberer als sauber.« Wenn einer der Kollegen diesem Anspruch nicht genügt, nimmt Bruckner das persönlich. Und das gilt genauso für Ex-Kollegen. Und am meisten für einen Freund.

»So wie es aussieht«, ließ er sich nach einer geraumen Weile wieder hören, »warst du der Letzte, der Voss lebend gesehen hat.«

»Ich weiß«, entgegnete ich. »Und?«

»Wusstest du, dass Voss Allergiker war?«, fragte er.

»Jetzt, wo du es sagst«, antwortete ich. »Da war irgendwas mit Insekten. Bienen oder Wespen, glaube ich. Er hat das mal erwähnt.«

»In seinem Auto wurde ein Allergiker-Notfallset gefunden.«

»Denkst du, eine Biene hat ihn gekillt?«

»Gut möglich. Das Gutachten dauert noch ein paar Tage. Dann wissen wir mehr.«

»Wäre eine ziemlich krasse Ironie«, sagte ich. »So ein Berg von einem Mann, getötet von einem winzigen Insekt.«

Das Gutachten macht mir keine Sorge. Die Todesursache waren die Wespen. Das ist Fakt. Sicher wird Voss' panischer Kampf in dem engen Plumpsklo Spuren an seinem Körper hinterlassen haben, und die Frage wird auftauchen, wieso er es nicht rechtzeitig aus dem Scheißhaus geschafft hat, um sich die Notfallspritze zu setzen. Ob und wenn ja, warum die Tür blockiert war. Trotzdem wird niemand Fremdeinwirkung vermuten, weil es einfach keine Spuren gibt, die darauf hinweisen. Voss war so panisch, er wusste nicht mehr, wo rechts und links ist, und hat deshalb die Tür nicht mehr rechtzeitig aufgekriegt. Und als er es endlich geschafft hat, war es zu spät. So in etwa wird die Erklärung am Ende lauten. Nein, was die Polizei angeht, bin ich ruhig. Und wegen allem anderen eigentlich auch.

5. August

Bertinis Nerven liegen blank. Wonnegast röstet ihn anscheinend auf kleiner Flamme. Wenn er Bertini zermürben will, ist er auf einem guten Weg. Der Typ fällt schon jetzt komplett auseinander. Kann mir nur recht sein. Auch wenn meine Hoffnung, dass Bertini mir irgendetwas liefert, womit ich Wonnegast ausmanövrieren kann, langsam schwindet. Aber der Reihe nach. Heute Morgen – ich fuhr gerade das Auto durch die Waschstraße – klingelte mein Handy. Bertini war dran. Er wolle mit mir reden. Nein, er müsse! Unbedingt! Es sei wieder etwas gekommen. Mehr wollte er am Telefon nicht sagen, aber ich konnte es mir auch so denken. Ohne Voss ist Bertini nur ein Schatten seiner selbst. Ein Schatten, vor dem er in der momentanen Lage erschrickt. Voss war eindeutig der starke Part in dem Gespann. Das Rückgrat, sozusagen. Nun sucht Bertini wieder jemanden, der ihm sein Rückgrat für den aufrechten Gang leiht. Anscheinend ist die Wahl auf mich gefallen. Ich zierte mich ein wenig, ehe ich mich mit ihm im Café bei Megastore verabredete, wo ich sowieso unseren Wocheneinkauf erledigen musste. Als ich dort ankam, erwartete Bertini mich schon. Er war blass und hatte tiefe Schatten unter den Augen. Zweifellos hat er die letzten Nächte kaum geschlafen. Ich ließ ihn noch ein wenig zappeln und holte mir erst einen Kaffee, ehe ich mich zu ihm setzte.

»Ich habe wieder ein Foto von Hennings Leiche bekommen«, platzte er sofort heraus. »Diesmal mit einer Telefonnummer, die ich anrufen sollte. Das habe ich auch getan. Ich habe den Typ, der dran war, nicht erkannt. Ein Kurt Wonnegast. Er war ziemlich angepisst, dass er mir erst auf die Sprünge helfen musste. Hey, ich kann mich doch nicht an jeden erinnern, mit dem ich mal Geschäfte gemacht habe. Schon gar nicht, wenn es Jahre her ist.« Ich ließ Bertini reden, schlürfte meinen Kaffee und dachte mir meinen Teil. Dass Bertini sich kaum an Wonnegast erinnern konnte, klang nicht gut. »Dieser Typ behauptet«, fuhr er fort, »dass Henning ermordet wurde. Von einem Profikiller. Und jetzt will Wonnegast, dass ich ihm den Verlust aus dem damaligen Geschäft ersetze. Einschließlich der versprochenen Rendite. Das wäre nach seiner Rechnung über eine Million. Der Typ ist total durchgeknallt! Woher soll ich das Geld nehmen? Ich habe selbst nur Schulden. Haus, Auto – alles gehört längst der Bank. Ja, so sieht es aus! Die Geschäfte laufen schlecht. Als ich ihm das sagte, ist der Typ fast ausgetickt. Wenn ich nicht zahle, lässt er seinen Killer auf meine Frau los. Und dann auf meine Tochter. Was soll ich denn jetzt machen?«

Als ich das hörte, verschluckte ich mich fast an meinem Kaffee. Wonnegast, dieser verdammte Drecksack! Wenn er glaubt, ich würde für ihn einer unbeteiligten Frau oder gar einem Kind auch nur ein Härchen krümmen, hat er sich geschnitten. Außerdem sind wilde, unbedachte Drohungen wenig hilfreich. Ein Erpresser erklärte mir mal in diesem Expertengehabe, in dem Kriminelle sich gefallen, wenn sie überführt sind und nichts mehr zu verlieren haben, Druck müsse wohldosiert sein. Dein Gegenüber müsse eingeschüchtert sein, aber handlungsfähig bleiben. Deshalb schicke man immer erst einen kleinen Finger und nicht gleich einen ganzen Arm.

Bertinis Selbstbewusstsein ersoff gerade in einer Pfütze aus Schweiß und Tränen. Weinerlich wie ein kleines Kind sagte er: »Ich gehe am besten zur Polizei und lege alles offen. Sollen sie mich einsperren. Solange Sandra und Luna sicher sind. Die Polizei kann sie bestimmt beschützen, oder?«

Wenn jemand es kann, dann die Polizei. Doch das sagte ich Bertini natürlich nicht. Ich riet ihm, nichts zu überstürzen. Wenn er sich der Polizei einmal offenbart habe, ließe sich das nicht mehr zurücknehmen. Je nachdem, was er selbst auf dem Kerbholz habe, riskiere er viele Jahre Knast. Und so, wie er aussehe, solle er sich in der Gefängnisdusche besser nicht nach der Seife bücken.

Bertini verzog den Mund. So hatte er sich seine besten Jahre nicht vorgestellt.

Meine Aussichten sind leider auch nicht gerade die besten. Wenn Bertini sich nicht mal an Wonnegast erinnert, was kann er mir dann liefern, um mein Problem zu lösen? »Du kannst dich wirklich nicht an diesen Wonnegast erinnern?«, fragte ich mit Nachdruck. »Nichts, was wir gegen ihn verwenden könnten? Denk nach! So einer hat doch bestimmt Dreck am Stecken.«

»Ich kann ja mal in mich gehen«, sagte er mit einem Seufzen.

»Tu das«, befahl ich ihm, »und zwar gründlich.«

»Und wenn dieser Wonnegast sich wieder meldet? Was soll ich ihm sagen?«

»Halte ihn hin«, schärfte ich ihm ein. »Das ist alles Taktik. Er will Geld von dir. Das Geld ist dein Trumpf. Von verletzten oder gar toten Frauen und Kindern hat er nichts. Sag ihm, du brauchst Zeit, um das Geld zu beschaffen.«

Wenn Wonnegast die kriminellen Geschäfte, die er im Las Vegas Berlin plant, später genauso stümperhaft betreibt wie diese Erpressung, wird er ziemlich schnell auf die Schnauze fallen. Muss ausgerechnet ich ihm beibringen, wie man so was macht?

Nun, da ich etwas Zeit zum Nachdenken hatte, frage ich mich, ob Bertini wirklich so pleite ist, wie er behauptet. Diese Leute haben doch immer irgendwo ein geheimes Konto. In Liechtenstein, Luxemburg oder auf den Cayman Islands. Und was ist mit seiner alten Familie? Hat die nicht angeblich Geld wie Heu?

Noch mehr beschäftigt mich aber Wonnegasts Morddrohung gegenüber Bertinis Familie. Wenn er glaubt, ich würde so was tun, hat er sich geschnitten. Das kann ich nicht einfach stehen lassen. Ich muss dringend ein Wörtchen mit ihm reden. Sofort.

Nachmittag

Da ich Wonnegast telefonisch nicht erreichte, bin ich auf gut Glück ins Las Vegas Berlin gefahren. Dort war nur der lederne Martin. Keine Ahnung, was der da getrieben hat. Er wirkte, als fühle er sich bei irgendwas ertappt. Vielleicht hat er Baumaterial, das dort ungenützt rumliegt, für private Zwecke zur Seite geschafft. Möglicherweise glaubt er nicht an die Zukunft des Las Vegas Berlin. Na, mir egal. Ich habe ihn nach Wonnegast gefragt, auf eine Weise, die keinen Zweifel ließ, dass es dringend war. Der sei im Moment nicht zu erreichen, behauptete er in schnippischem Ton. Weil ich nicht lockerließ, rief er ihn schließlich an. Wonnegast bestellte mich zu einem Lokal in Kreuzberg. Ich solle nicht reingehen, sondern kurz anrufen, wenn ich da sei, und im Auto warten, er käme dann raus. Zuerst hielt ich mich an die Anweisung. Nach fünf Minuten warten hatte ich die Faxen dicke und stiefelte rein. In einem Nebenraum saß Wonnegast inmitten einer Gesellschaft von vielleicht dreißig Leuten. Mein Anblick jagte ihm einen ziemlichen Schreck ein. Er sprang auf und fing mich an der Tür ab, bevor ich an den Tisch kam. Und er tat gut daran, denn ich hätte ihn am Kragen rausgezogen, so geladen wie ich war.

»Was ist das hier?«, fragte ich ihn provokant. »Eine Beerdigung?«

»Quatsch!«, fuhr er mich an. »Mein Onkel wird siebzig. Wieso warten Sie nicht im Auto?«

Wonnegast schubste mich regelrecht aus dem Raum und zog mich am Arm auf die Straße. Dort allerdings war ich derjenige, der ihn packte. Ich war kurz davor, ihm eine reinzuhauen, beherrschte mich jedoch in letzter Sekunde.

»Sie haben Bertini gedroht, ich würde seine Familie umbringen, wenn er nicht zahlt«, herrschte ich ihn an. »Sie sind total übergeschnappt! Das läuft nicht! Ich tu weder Frauen noch Kindern was, klar?«

»Brüllen Sie hier nicht so rum!«, fuhr er mich an. »Was regen Sie sich überhaupt so auf? Ich habe nichts dergleichen zu Bertini gesagt. Nur Andeutungen gemacht. Um ihn unter Druck zu setzen. Das Schwein will nicht zahlen. Angeblich ist er bis über beide Ohren verschuldet.«

Ich erzählte Wonnegast nun, dass Bertini mir dasselbe gesagt hatte und dass ich ihm nur mit Mühe ausreden konnte, bei der Polizei reinen Tisch zu machen und so wenigstens Frau und Kind zu schützen. »Er vertraut mir«, sagte ich. Meine Darstellung, die an Klarheit nichts zu wünschen übriggelassen hatte, brachte Wonnegast ins Grübeln. Nach einer kleinen Weile fragte er mich, was ich dächte. Ob Bertini die Wahrheit sagt oder blufft.

»Wieso sollte er bei mir bluffen?«, erwiderte ich. »Er denkt, ich stehe auf seiner Seite. Ich bin sein Fels in der Brandung.«

»Dann soll er die Kohle irgendwie beschaffen«, sagte Wonnegast. »Mir egal, wie er das macht.«

Hier endete unser Gespräch abrupt. Ein Grüppchen von Rauchern kam aus der Gaststätte. Sie gehörten zu Wonnegasts Familienfeier. Der gesellte sich zu ihnen, während ich zum Auto ging und nach Hause fuhr.

7. August

Die letzten beiden Tage waren auffallend ruhig. Nichts von Wonnegast. Nichts von Bertini. Auch von sonst keinem (Bruckner, Lydia) irgendwas. Wohltuend. Obwohl ich weiß, dass es nur die Ruhe im Auge des Sturms ist. Aber das blende ich aus und tue so, als wäre ich wieder zurück in der alten Normalität. Und in dieser Normalität sind die Kitaferien, die heute beginnen, die größte zu bewältigende Aufgabe. Drei Wochen sind wir Eltern für unsere geliebten Bälger selbst zuständig. Das heißt für die ersten beiden Wochen: ganz viele Papa-Tochter-Besuche bei Opa auf dem Land, denn das liebt Sonja; Nachmittage im Schwimmbad, mehr Eis futtern, als gut für uns ist, oder einfach mal einen Tag komplett vertrödeln. Die schönste Zeit des Jahres, getoppt nur von der dritten Woche, in der sich Martha für einen Familienurlaub freigibt. Was dringend nötig ist, die Arme schuftet wie ein Pferd. Der erste Urlaub in fast zwei Jahren! Sie hat vorgeschlagen, dass wir wegfahren könnten, und ihr Wunsch ist mir Befehl. Ich habe mich gleich im Internet schlau gemacht. Wieder an die Ostsee? Seehotel Möwe muss nicht sein, da will ich nicht mehr hin. Vielleicht Binz? Oder mal in den Süden? Der Süden wäre Neuland für uns. Italien ist teuer, aber Kroatien könnten wir uns leisten. Es gibt dort sehr schöne familienfreundliche Ferienanlagen. Allerdings verträgt Martha die Hitze nicht so gut. Im Gegensatz zu mir. Mir kann es kaum heiß genug sein. Ich will sie aber zu nichts überreden. Vielleicht nächstes Frühjahr.

Nächstes Frühjahr – das kommt mir so weit weg vor, ich könnte auch schreiben in zehn oder in hundert Jahren.

Gestern waren wir alle zusammen bei Papa auf dem Land. Seine Gemüsebeete quellen über vor Tomaten, Zucchini, Salatköpfen, Gurken. Anscheinend hat mein Erzeuger den grünen Daumen. Was er entschieden verneint. »Stetige Pflege«, sagt er, »das ist das Geheimnis. Wie bei allem.«

Sollte er auf seine alten Tage gar noch weise werden? Wäre eine schöne Entwicklung. Jedenfalls tut ihm die Arbeit gut, und ich denke, eines Tages möchte ich auch so leben wie er jetzt. Mit Martha an meiner Seite. Sonja besucht uns mit ihrer Familie. Ob ich alt genug werde, das zu erleben? Mein Leben kommt mir gerade vor wie ein Ritt auf einer Rasierklinge, und das geht ja nie lange gut. Trotzdem bin ich seltsam gelassen und spüre jeden Moment intensiver als je zuvor. Vielleicht gerade deshalb, weil ich jederzeit alles verlieren kann.

Papa hat für Sonja ein Planschbecken im Garten aufgepumpt, und sie hat es genossen, darin herumzuhüpfen. Sie wollte gar nicht mehr heraus. Martha und ich machten Abendessen. Zwischen uns hat sich über den Tag eine erotische Spannung aufgebaut wie schon lange nicht mehr. Ihr Lachen hatte diese gewissen Untertöne, und wie sie mich anschaute. Scheinbar zufällige, flüchte Berührungen, die feine, kleine Stromstöße durch meinen Körper schickten. Wie lange ist es her, dass es so intensiv zwischen uns war?

Während ich Tomaten für den Salat schnitt und gleichzeitig auf das ausgelassene Quieken von Sonja hörte, wenn Papa sie mit dem Gartenschlauch abspritzte, sagte Martha auf einmal, ich hätte mich in letzter Zeit verändert.

»Ich hoffe, zu meinem Vorteil«, sagte ich.

»Absolut«, bestätigte sie. »Keine Ahnung, was es ist.«

Ich habe einen Mann umgebracht, sagte meine innere Stimme. Einen Kerl wie einen Berg. Und jetzt bin ich der Berg.

Ist das die Antwort?

Fange ich an, auf mein Verbrechen stolz zu sein?

Nein, das ist es nicht. Ich bin nicht stolz auf den Mord. Auch nicht auf den genialen Plan und die makellose Ausführung. Das Einzige, worauf ich stolz bin, ist dies: Wonnegast hat mich und meine Familie bedroht, und ich habe das Nötige getan, um uns zu beschützen. Deshalb habe ich auch kein schlechtes Gewissen. Im Gegenteil: Ich würde es jederzeit wieder tun.

Als wir spätabends zu Hause waren und Sonja endlich schlief, fielen Martha und ich geradezu übereinander her. So, als wäre unsere Liebe auf einmal wieder jung und ungestüm. Wir waren hungrig und unerbittlich und konnten kaum genug voneinander kriegen. Irgendwann waren wir doch satt, lagen im Bett und genossen die Schwere unserer Körper, bis Martha plötzlich sagte, dass sie noch immer über ein zweites Kind nachdächte. Mit Ende dreißig hätte sie nicht mehr allzu viel Zeit. Sie wollte wissen, ob sich meine Haltung dazu geändert habe. Was sie »meine Haltung« nannte, das war eigentlich, keine Haltung zu haben. Ein entschiedenes Vielleicht. Nun sagte ich, ohne groß zu überlegen: »Okay. Wieso nicht?« Martha wollte es nicht glauben. Und ich auch nicht. Angesichts der langen

Diskussionen, die wir im letzten Jahr geführt haben, kam das selbst für mich überraschend leicht. Vielleicht auch leichtfertig. Aber wer weiß, was mit mir wird, und im Moment finde ich den Gedanken schön, dass, egal, wie meine eigene Geschichte endet, eine andere Geschichte beginnt. Na, man wird sehen, wie ich morgen darüber denke. Kaum hatte ich mein Okay gegeben, gestand mir Martha, dass sie die Pille schon vor einigen Wochen abgesetzt hat. Ich war zu glücklich, um einen Streit anzufangen, weil sie mich in einer so lebensverändernden Frage außen vor gelassen hatte. Und im Nachhinein gefällt mir der Gedanke, dass wir in der letzten Nacht vielleicht ein Kind gezeugt haben. Es hat schon lange keine so gute Nacht mehr dafür gegeben.

9. August

War schon klar, dass die Ruhe nicht ewig währt. Heute kam das Erwachen. Und es war mal wieder Wonnegast, der mir den Tag verdarb. Ich war mit Sonja gerade auf dem Spielplatz, als er anrief. Er müsse mich unbedingt sprechen, es wäre Gefahr im Verzug. Zum Glück war Bea mit ihrem Colin da und hat mir Sonja abgenommen. Für meine Kleine war es nicht schlimm, dass ihr Papa plötzlich wegmusste, Colin mit den langen Haaren war ein prima Ersatz. Sie himmelt ihn an, und ich bin fast ein bisschen eifersüchtig auf den kleinen Hosenscheißer. Ich raste also los ins Las Vegas Berlin, wo Wonnegast mich voller Ungeduld erwartete. Der lederne Martin hielt sich auffallend zurück und vermied Blickkontakt. Vielleicht habe ich ihn letztes Mal wirklich bei etwas Verbotenem ertappt.

155

Wonnegast verschwendete keine Zeit mit langen Vorreden und kam sofort zum Punkt. »Wir haben ein Problem«, sagte er. Das Problem ist – wenig überraschend – Bertini. Wonnegast glaubt ihm inzwischen, dass er keine Kohle hat, was ihn ziemlich aufregt, denn seine schönen Zukunftspläne sind geplatzt wie Seifenblasen. »Und nicht nur ist er pleite«, schimpfte er. »Ich habe mich umgehört. Der Betrieb seiner Familie steht ebenfalls vor dem Aus, und diese Idioten haben auch noch ihr ganzes Privatvermögen in diesem Fass ohne Boden versenkt. Da ist nichts zu holen.« Er schlug mit der Faust auf den Tisch.

»Pech für Sie«, sagte ich. Ich bemühte mich, meine Schadenfreude nicht zu deutlich rüberkommen zu lassen. Es gelang mir wohl nicht sehr überzeugend. Wonnegast schaute mich finster an, schwang den Zeigefinger wie einen Knüppel und gab zurück: »Das Grinsen wird Ihnen bald vergehen, mein Lieber. Wenn Sie glauben, Sie sind damit aus der Nummer raus, haben Sie sich geschnitten.«

»Ich wüsste nicht, was ich weiter für Sie tun könnte«, sagte ich.

»Oh, da gibt es sehr wohl etwas«, erwiderte er bissig. »Und zwar im eigenen Interesse. Wenn es stimmt, dass die Bullen Bertini auf dem Kieker haben, ist es nur eine Frage der Zeit, bis sie ihn sich schnappen. Und dann sind wir beide die Nächsten, das ist Ihnen hoffentlich klar.«

Natürlich war mir das klar, aber ich gestehe mir ungern ein, dass wir beide im selben Boot sitzen. Meine eben noch gute Laune war dahin, je mehr ich mir bewusst machte, was passiert, wenn die Polizei Bertini schnappt: Er wird von Wonnegasts versuchter Erpressung erzählen und davon, dass Voss allem Anschein zum Trotz ermordet wurde. Von einem Killer. Wenn aber Wonnegast stürzt, wird er mich mit in den Abgrund reißen, daran ließ er keinen Zweifel. »Von uns allen wären Sie für die Bullen der interessanteste und ergiebigste Fang«, sagte er. »All die offenen Mordfälle in den Akten, die sich klären ließen. Es ist in Ihrem eigenen Interesse, dass es nicht so weit kommt.«

Ich stellte mir vor, wie ich mit Bruckner und einem seiner Kollegen im Vernehmungsraum sitze und ihm meine abenteuerliche Geschichte erzähle. Vielleicht würde dabei ja herauskommen, dass ich dieser Ausputzer nicht sein kann. Aber Henning Voss würde an mir hängen bleiben. Und die Freundschaft mit Bruckner wäre zu Ende. Mir wurde kalt.

Wonnegast lächelte mich an wie die Schlange das Kaninchen, das sie gleich verschlingen wird. »Sehen Sie«, sagte er, »ein Mann in einer so verzweifelten Lage wie Bertini – da weiß man nie, wozu er sich hinreißen lässt. Die Gefängnisstrafe, die Schmach des Scheiterns ...«

Es war nicht schwer zu verstehen, worauf er hinauswollte: Ich soll Bertini umbringen und es wie einen Selbstmord aussehen lassen. Für den echten Ausputzer, der das schon zigmal gemacht hat, wäre das kein Problem. Auch in der kurzen Zeit nicht. Also darf es für mich auch kein Problem sein. Denn Wonnegast hat recht: Egal, ob Bertini sich stellt oder die Polizei ihn schnappt – es kann jederzeit passieren. Und wenn es dazu kommt, gehen wir mit ihm unter.

11. August

Gestern rief Lydia an, um mir mitzuteilen, dass Voss heute beigesetzt wird. Sie entschuldigte sich dafür, mir nicht früher Bescheid gegeben zu haben, doch es sei so viel zu erledigen gewesen, da habe sie vergessen, mich anzurufen. Man glaube ja, mit dem Tod sei alles vorbei. Doch das gelte nur für den Verstorbenen. Die Hinterbliebenen hätten unendlich viele Verpflichtungen. Das Grab, der Sarg, die Beisetzung, der Nachlass – all das müsste geregelt werden und noch viel mehr. Die Bertinis seien ihr zum Glück eine große Hilfe. So plapperte Lydia vor sich hin. Bemerkenswert, wie sie in der Rolle der trauernden Witwe aufgeht (die sie offiziell nicht ist, denn sie und Voss waren ja nicht verheiratet). So, als erfülle sich nun alles, was sie davor vermisst hatte. Und keine schreckliche Realität – kein blaues Auge, keine aufgeplatzte Lippe, keine gebrochene Rippe – wird ihre Selbsttäuschung je wieder stören. Nun gehört Voss ganz ihr, und sie kann die gemeinsame Geschichte so erzählen, wie sie sie sich schon immer erträumt hat. Sie tut mir leid, denn selbst wenn sie es jetzt genießt, bleibt sie eine Gefangene dieses Mannes. Manchen Leuten ist schwer zu helfen.

Die Zahl der Trauergäste an Voss' Grab war überschaubar. Ein paar ältere Herrschaften, vermutlich Verwandte. Ihre Gesichter wirkten wenig betroffen davon, hier am Grab eines viel zu jung verstorbenen Mannes zu stehen. Als hätten sie immer schon gewusst, dass Voss vorzeitig enden würde. Und so schwer vorauszusagen war das ja wirklich nicht gewesen. Auch wenn die Obduktion keinen gewaltsamen Tod, sondern einen allergischen Schock als Todesursache festgestellt hat. Ein paar Leute aus dem KörperKult waren da, die Anzüge der Männer spannten sich über den Muskelpaketen, die Kleider der Frauen waren eine Spur zu modisch für den Anlass. Lydia stand da in ihrem nachtschwarzen Kostüm, bleich und starr wie aus Marmor, nur hin und wieder kullerte eine Träne über ihre

Wange. Der Einzige außer ihr, an dem ich echte Trauer erkennen konnte, war Bertini. Er klammerte sich an Sandras Arm, rang während der routinierten Ansprache des Trauerredners mit den Tränen. Sandra war es sichtlich unangenehm, dass ihr Mann so emotional wurde, inmitten all dieser stoischen Männer und Frauen.

Ich hielt mich eher abseits. Wie ein Zaungast, der eigentlich gar nicht hierhergehörte. Obwohl es diese traurige Party ohne mich nicht gegeben hätte. Wenn man am Grab seines Opfers steht, gibt es zwei mögliche Arten von Gefühlen, die man erwarten würde: Triumphgefühle oder zumindest Genugtuung, weil man den Gegner besiegt, den Job erledigt hat; oder Reue, weil man in den Augen der Trauernden erkennt, was man angerichtet hat. Ich empfand, was diesen Toten anging, nur Gleichgültigkeit.

Ich rief mir gemeinsame Momente mit Voss in Erinnerung: die erste Begegnung im KörperKult; wie er mich angesprochen hat; wie wir blutige Steaks gegessen haben und er mich über Rokko Langhoffs Tod ausgefragt hat. Als Letztes fiel mir das gemeinsame Schwimmen im Weiher hinter seiner Datsche ein: sein Lachen, das für einen Moment das Kind erahnen ließ, das er einmal gewesen war. Und erst da spürte ich, genau wie damals beim Schwimmen, fast so etwas wie Trauer. Doch dann sah ich Lydia am Grab stehen, ganz in Schwarz, und ich erinnerte mich, wie sie – es ist noch gar nicht so lange her – ausgesehen hatte: mit zugeschwollenem Auge, Platzwunden, total verängstigt. Und da sagte ich mir: Voss war, was er war, nämlich eine Gefahr für seine Mitmenschen. Durch mich hat er genau das gekriegt, was er verdient hat. Das ist kein Grund, in Triumphgeheul auszubrechen, aber auch keiner, Krokodilstränen zu vergießen. Die Annahme, dass jedes Leben gleich wertvoll ist, sollte man zumindest in diesem Falle mal überdenken. Alle, denen Voss in seinem Leben geschadet hat, ist durch mich Gerechtigkeit widerfahren. Alle, denen er künftig geschadet hätte, haben ein Glück gehabt, von dem sie nichts ahnen.

Nach dem Ende der Trauerfeier nahm ich Bertini kurz zur Seite und fragte ihn, ob sich Wonnegast wieder bei ihm gemeldet habe und ob ihm etwas eingefallen wäre, was sich gegen ihn verwenden ließe. Bertini schüttelte den Kopf. »Ich habe alle meine alten Unterlagen durchforstet«, sagte er, »und jeden gefragt, der etwas wissen könnte. Ohne Ergebnis.«

Ich hatte kein Mitleid mit ihm. Im Gegenteil. Er machte mich wütend. Verdammter Idiot, dachte ich. Du bist schon so gut wie tot.

Während ich diese letzten Zeilen niederschreibe, wird mir mulmig. Meine eigenen Worte erschrecken mich. Die Kälte, die aus ihnen aufsteigt, lässt mich frösteln. So bin ich doch nicht. Oder genauer: So habe ich mich noch nie gesehen. Was passiert hier mit mir? Wo soll das enden? Ich sehe mir das Foto von Martha und Sonja auf meinem Schreibtisch an – die Unschuld, die sie verkörpern, trifft mich mitten ins Herz. Meine Hand streichelt über ihre Gesichter. Und gleichzeitig spüre ich, wie ich von ihnen wegdrifte, in dieser merkwürdigen Strömung, in der ich treibe. Es geht nicht um Voss, um Bertini und auch nicht um Wonnegast. Es geht um mich. Es geht um uns.

12. August

Wonnegast macht Druck. Schickt ständig Nachrichten. Manchmal schreibt er nur: »Tick-tack« und dahinter das Emoji einer Uhr. Oder er schreibt: »Kommen Sie in die Gänge, Mann!!! Bevor es zu spät ist!!!« Alles in mir wehrt sich. Voss war eine Sache. Bertini ist eine andere. Zwar ist er auch ein Verbrecher, ein Blender, ein skrupelloser Mann, der unzählige Menschen ins Unglück gestürzt hat – aber er ist, genau wie ich, Ehemann und Vater. Ein Familienmensch. Das Problem ist auch nicht er, es sind seine Kinder. Tue ich, was Wonnegast verlangt, werden sie ohne Vater aufwachsen. Wenn sie nur halb so sehr an ihm hängen wie Sonja an mir, wird sein Tod sie fürs ganze Leben zeichnen. Wie kann ich das vor mir selbst verantworten?

Doch obwohl ich mir all das wieder und wieder sage, läuft in meinen Kopf unablässig eine Maschine, die nichts anderes macht, als Pläne zu schmieden, wie ich genau das tun könnte, was ich nicht tun will. Diese Denkmaschine stürzt sich gierig auf jedes Detail, jede mögliche oder sogar unmögliche Eventualität, um am Ende ihr Ziel zu erreichen: Bertini nicht nur zu töten, sondern mit dieser Tat davonzukommen. Es ist dieselbe Denkmaschine, die früher Fälle gelöst und später den Podcast recherchiert hat. Die sich in die Gehirne von Tätern hineingegraben und verstreute Puzzleteile zu einem stimmigen Gesamtbild zusammengefügt hat. Sie operiert jetzt nur mit umgekehrten Vorzeichen. Wo früher ein Plus stand, steht jetzt ein Minus, wo früher ein Minus war, ist jetzt ein Plus.

In meiner Polizeilaufbahn habe ich genügend Obduktionsberichte gelesen, um zu wissen, was einen Mord von einem Selbstmord unterscheidet. Ich weiß, was ich zu tun habe. Mehr will ich hier nicht schreiben, das bringt nur Unglück. (Werde ich jetzt sogar abergläubisch?) Nur so viel: Es wird nicht einfach, aber wenn es funktioniert, wäre es der zweite perfekte Mord, den ich innerhalb von wenigen Wochen begehe. Dass ich schon jetzt darauf stolz bin, kann nur ein Zeichen meiner Hybris und meiner wachsenden Verrohung sein. Doch wie passt dazu, dass meine Ehe niemals harmonischer und liebevoller, der Sex niemals leidenschaftlicher und erfüllender war? Martha sagt es auch, wir waren nie heißer aufeinander. Und sie ist sehr glücklich darüber, wie nah wir uns sind. Sie schiebt es auf unsere Entscheidung, noch ein Kind zu bekommen. Ich widerspreche ihr nicht. Es stimmt ja. Ich war nie ein geduldigerer, liebevollerer Vater als jetzt und freue mich auf unser zweites Kind. Und ich werde es beschützen, wie ich Martha und Sonja beschütze.

16. August, frühmorgens

Ich habe es getan. Wieder. In dieser Nacht, die in wenigen Stunden in den neuen Morgen mündet. Ich bin noch zu aufgekratzt und krieg kein Auge zu, also schreibe ich gleich alles auf. Es war so einfach, dass ich mich frage, ob das, woran ich mich erinnere, wirklich passiert ist oder ob es nur ein Traum war. Wenn, dann muss es ein Wachtraum gewesen sein, denn ich schlafe schon seit mehreren Nächten kaum noch.

Es begann gestern Nachmittag, mit einem Anruf bei Bertini. »Ich weiß, wie wir die Ermittlung gegen dich stoppen können«, behauptete ich. »Und für die Erpressung ist mir auch was eingefallen.«

»Wirklich?«, sagte Bertini. »Lass hören!«

»Das Ganze ist ein wenig gewagt, könnte aber funktionieren.«

»Gewagt?«, sagte er, auf einmal bestens gelaunt. »Gewagt ist mein zweiter Vorname!«

So verzweifelt, wie er gewesen war, hätte er mir jeden noch so verrückten Plan abgekauft, nur um endlich das ersehnte Licht am Ende des Tunnels zu sehen. Ich behielt den Plan allerdings für mich, wies Bertini lediglich an, schon mal alle Nachrichten des Erpressers von seinem iPhone zu löschen, ebenso die Fotos. Es dürfe keine Spur mehr davon geben. »Sprich mit niemandem über diese Dinge«, schärfte ich ihm ein. »Verhalte dich wie immer.« Er war es gewöhnt, Anweisungen von Voss zu bekommen und sie auch zu befolgen. Und er bekam ein paar weitere. »Fahr heute Abend zur Datsche von Voss«, sagte ich, »und ruf mich gegen acht Uhr von dort aus an. Ich komme zu dir. Wir werden dort jemanden treffen, der einen Großteil deiner Probleme lösen kann.«

Bertini schluckte alles, ohne Fragen zu stellen.

»Ach ja, bring ein Seil mit«, sagte ich wie nebenbei.

Bertini war irritiert. »Ein Seil?«, fragte er. »Wozu brauchen wir ein Seil?«

»Das wirst du sehen. Und nicht zu dick sollte es sein.«

»Keine Ahnung, ob ich hier so ein Seil habe«, sagte er. »Muss erst in der Garage nachsehen.«

»Falls nicht, besorg eines auf dem Weg. Es sollte nicht zu kurz sein. Zehn Meter wären gut.«

»Klar«, sagte er, »kein Problem.«

Schlag acht Uhr am Abend rief er mich an. Nach einem kurzen Gespräch erklärte ich Martha, dass Bertini mich sprechen wolle, dass er verzweifelt geklungen habe und ich mir Sorgen mache. Sie war nicht erfreut über die Störung, fragte, warum all diese Leute, die mich bis vor kurzem nicht einmal kannten, plötzlich wie Kinder an mir hingen. Ich machte einen Witz und versprach, so bald wie möglich wieder da zu sein. Dann holte ich die Handschellen aus der Kommode mit Krimskrams und ließ sie in der Hosentasche verschwinden. Auf dem Weg nach draußen steckte ich eine Flasche Whisky und zwei Pappbecher ein. Es war zufällig die Flasche, die ich von Voss bekommen hatte. Zufällig? Nein, nicht zufällig. Es musste diese sein, keine andere. Das Schicksal denkt an alles.

So fuhr ich los. Ich war extrem fokussiert. Blendete alles aus, was nicht mit meinem Vorhaben zu tun hatte. Obwohl mein Plan geradezu verrückt war, hatte ich keinen Zweifel, dass er funktionieren würde. Nur eines verdrängte ich konsequent: dass sein Gelingen Bertinis Kinder zu Halbwaisen machen würde. Moralische Fragen, Skrupel, Zweifel – all das durfte ich gar nicht erst aufkommen lassen. Es wäre Sand im Getriebe meines Handelns gewesen.

Als ich bei Voss' Datsche ankam, stand Bertinis Auto schon dort. Es war beklemmend und belebend zugleich, an diesen Ort, an dem ich schon einmal erfolgreich gewesen war, zurückzukehren, um hier meinen ersten Erfolg zu toppen. Bertini hatte im Auto gewartet, jetzt stieg er aus. Ich fragte ihn, ob er das Seil habe. Er bejahte. »Nimm es mit rein«, sagte ich. »Wir müssen etwas vorbereiten.«

Drinnen tranken wir erst mal von dem Whisky. Ich erzählte Bertini, dass die Flasche ein Geschenk von Voss war. Dass wir unten am Wasser davon getrunken hatten. Am Tag seines Todes. Bertini kamen die Tränen. »Henning war ein guter Mann«, sagte er, gerührt von sich selbst. »So einen findet man so schnell nicht wieder.« Ich stimmte zu und schenkte ihm nach. Dann wollte er endlich wissen, auf wen wir warteten.

»Auf den Staatsanwalt, der die Ermittlung gegen dich leitet«, sagte ich. »Er hat die Macht, diese Ermittlung einzustellen. Und wie es der Zufall will, ist er ein Freund von mir, der mir einen Gefallen schuldet. Allerdings braucht er etwas moralischen Druck. Wenn du verstehst, was ich meine.«

Bertini verstand kein Wort. Und das war gut so. Die Strategie war, ihn so sehr zu verwirren, dass er alles tat, was ich ihm auftrug, und erst bemerkte, worauf das hinauslief, wenn es zu spät war.

»Weißt du, wie man einen Henkerknoten knüpft?«, fragte ich ihn.

»Klar«, sagte er. »Wieso?«

»Zeig es mir.«

Während er den Henkerknoten knüpfte, erzählte ich ihm ausführlicher von dem angeblichen Freund, auf den wir warteten. Dem Staatsanwalt. Er habe mal jemanden angeklagt, der sich daraufhin das Leben genommen habe. Das habe den Staatsanwalt in eine persönliche Krise gestürzt. Deshalb sei das bis heute sein wunder Punkt. Sein Trauma. Seine Schwachstelle. Die wir uns zunutze machen würden. Als Bertini mit dem Knoten fertig war, warf ich das Seil über einen der Balken. Ich stellte den Klappstuhl, auf dem schon Voss gesessen hatte, unter die Schlinge, und während ich das tat, fragte ich Bertini, ob zwischen ihm und Voss eigentlich etwas gelaufen sei.

»Wie bitte?«, fragte Bertini perplex. »Was meinst du mit ›gelaufen‹?«

»Na, du weißt schon.« Ich zwinkerte ihm zu.

Er sah mich entgeistert an. »Willst du behaupten, Henning und ich wären ein schwules Pärchen gewesen? Tickst du noch richtig?«

»Ich behaupte gar nichts«, sagte ich gelassen. »Ich dachte nur, da wären gewisse Schwingungen. Henning hat das bei dir auch gespürt. Darum hat er mich mal gefragt, was ich meine. Nichts für ungut, ich wollte dir nicht zu nahe treten.« Beiläufig wies ich ihn an, die Schlinge um den Hals zu legen. Bertini wunderte sich nun doch ein wenig und fragte, was das werden solle.

»Nur ein Test«, sagte ich. »Du musst nachher sehr überzeugend sein.«

Damit begnügte er sich und folgte meiner Anweisung. Die Frage, ob er möglicherweise schwule Signale aussende, beschäftigte ihn.

»Und jetzt steig bitte auf den Stuhl«, sagte ich.

»Was soll das denn werden?«, fragte er erneut.

»Ich dachte, das hätte ich schon erklärt«, sagte ich. »Wenn gleich mein Staatsanwalt-Freund hier auftaucht, spielen wir ihm vor, dass du dich erhängen willst. Du musst absolut glaubwürdig wirken. Deshalb proben wir das jetzt.«

»Du hast einen Knall«, sagte er und lachte. Doch er stieg, die Schlinge um den Hals, auf den Stuhl und meinte: »So verrückt, wie diese Idee ist, könnte sie glatt von mir sein.«

Ich zog das Seil stramm und befestigte das andere Ende am Fensterkreuz. Danach trat ich hinter Bertini und legte ihm die Handschellen an, die mich die ganze Zeit schon in der Hosentasche drückten.

»Und wozu das?«, fragte Bertini.

»Das wirst du gleich sehen«, sagte ich.

Ich stellte mich vor Bertini hin und betrachtete ihn, wie er vor mir auf dem Stuhl stand, den Hals in der Schlinge und die Hände auf dem Rücken gefesselt, betrachtete prüfend das gespannte Seil. Das Fensterkreuz machte mir Sorgen. Es sah ein wenig morsch aus. Doch ich hoffte, dass es lange genug halten würde.

»Okay«, sagte Bertini. »Soll ich jetzt meine Show proben? Die Schlinge sitzt übrigens ein bisschen zu streng.«

»Das muss so sein«, sagte ich.

»Wenn du meinst. Dann leg ich mal los.«

»Du kannst es auch lassen. Eines solltest du nämlich wissen: Es wird niemand kommen.«

Bertini sah mich irritiert an. »Wie meinst du das?«

»Wie ich es sage: Es wird niemand komme. Kein Staatsanwalt. Niemand. Ich bin der, den du fürchten musst.«

Ich konnte in Bertinis Augen sehen, wie er nach und nach begriff, was wirklich los war: dass das, was er für Show gehalten hatte, bitterer Ernst werden würde. Und dass er sich in einer ausweglosen Lage befand. Jede falsche Bewegung, die den Stuhl zum Kippen brachte, konnte tödlich sein. Schlagartig nüchtern, wurde sein Gesicht starr und aschfahl. Er stammelte nur. Warum und wieso …? Ich überlegte, ob ich es ihm erklären sollte, doch mir fehlte die Zeit. Und machte es für ihn wirklich einen Unterschied, ob er wusste, wie alles zusammenhing?

»Warte!«, rief er, obwohl ich noch gar nichts getan hatte. »Ich verstehe, ich verstehe. Du gehörst also zu Wonnegast. Du hast schon Henning erledigt. Okay, Botschaft angekommen. Ihr habt gewonnen. Sag Wonnegast, er kriegt sein Geld.«

Das kam überraschend. Er war doch angeblich pleite. Hatte nur Schulden. Wo wollte er auf einmal das Geld hernehmen, um Wonnegasts Forderungen zu erfüllen? Vermutlich spielte er auf Zeit. So wie ich es ihm bei Wonnegast geraten hatte. Doch mein Instinkt sagte mir, dass das nicht alles war. Ich forderte ihn auf, weiterzureden.

»Ich habe ein geheimes Konto«, sagte er. »Auf den Cayman Islands. Da ist eine Million drauf. Die kann er haben.«

Ich war baff. Konnte ich ihm das glauben? Er nannte mir die Bank und die Nummer, unter der das anonyme Konto lief. Nur die PIN wollte er mir nicht verraten. Erst wenn ich ihm die Schlinge vom Hals nahm und die Handschellen aufschloss.

»Das kann ich leider nicht machen«, sagte ich nüchtern. »Aber eines musst du mir erklären: Du hattest eine Scheißangst, weil Wonnegast das Leben deiner Familie bedroht hat. Trotzdem hast du dein geheimes Konto nicht verraten. Erst jetzt, wo es um dein eigenes kümmerliches Leben geht, rückst du damit heraus.«

»Na, das ist doch wohl klar!«, schrie er. »Ohne diese Million hätte ich Sandra und Luna verloren! Ein Loser, der nur Schulden hat und mit einem Bein im Knast steht. Wie lange dauert es, bis so jemand seine Familie verliert? Ein Jahr? Ein halbes Jahr?«

Ich war bis jetzt ruhig gewesen. Doch das zu hören, machte mich wütend. »Verstehe ich das richtig«, sagte ich. »Für dich ist es so ziemlich dasselbe, ob deine Familie dich verlässt oder ob sie tot ist? Bist du wirklich so ein egozentrisches Arschloch?«

Bertini wand sich. Er schwitzte. »Nein«, sagte er, »natürlich nicht.«

»Ich finde das erbärmlich«, sagte ich. »Dein Geld interessiert mich nicht. Ich bin mit Haut und Haaren ein Familienmensch. Familie geht über alles. Und du … du kotzt mich an!«

Sollte ich noch Skrupel gehabt haben, so hatten sie sich restlos aufgelöst. Bertinis Kinder waren ohne so einen Vater besser dran. Oder zumindest nicht schlechter. Ich trat gegen den Klappstuhl, achtzig Kilo Bertini sackten ab und setzten das Seil abrupt unter Spannung. Danach knackte es innerhalb kurzer Zeit zweimal: einmal leise – das war Bertinis Genick – und eine Minute später sehr laut – das war das Fensterkreuz, das unter dem Gewicht des leblosen Körpers zerbrach. Bertini schlug ungebremst auf dem Boden auf und blieb regungslos liegen.

Ich wartete ein wenig, prüfte dann seinen Puls. Nichts. Erst jetzt nahm ich ihm die Handschellen ab und steckte sie ein. Sie hatten, wie von mir erwartet, an seinen Handgelenken keine nennenswerten Spuren hinterlassen. Für eine kleine Weile verharrte ich vor der Leiche und betrachtete sie. Ich empfand nichts – außer der Befriedigung, dass mein Plan so gut geklappt hatte. Für mehr war auch keine Zeit, denn ich war ja noch längst nicht fertig.

Zunächst fotografierte ich Bertini mit dem Handy von Wonnegast und schickte ihm die Fotos. Dann holte ich Bertinis Handy aus der Hosentasche, entsperrte es mit dem Abdruck seines toten Daumens, um eine letzte Nachricht an Sandra zu schreiben. Vorher checkte ich Chats, die er mit ihr geführt hatte, um in der Anrede und den Formulierungen authentisch zu wirken. Ich schrieb:

Mein liebster Schatz! Es tut mir leid, dass ich dir das antun muss. Ich hoffe, du kannst mir verzeihen, aber ich sehe keinen anderen Weg. Alles, was ich wollte, war, dich glücklich zu machen. Mit der Schande, dabei versagt zu haben, kann und will ich nicht weiterleben. Küss Luna von mir und sag ihr, dass ihr Dad sie liebhat.

Ich vergaß auch nicht, das Display nach getaner Arbeit an Bertinis Hose abzuwischen, wegen meiner Fingerabdrücke, die ich beim Schreiben hinterlassen hatte.

Genug für den Moment. Mir brennen schon die Augen vor Müdigkeit. Muss dringend schlafen.

Derselbe Tag, Mittag

Martha hat sich heute freigenommen. Damit ich mich vom Schock der letzten Nacht erholen kann, kümmert sie sich um Sonja. Die beiden sind ins Einkaufszentrum gefahren, Kinderklamotten kaufen. Also zurück zu den Ereignissen von letzter Nacht.

Ungefähr zehn Minuten nachdem ich Sandra die erfundenen Abschiedsworte ihres Mannes geschrieben hatte, wählte ich den Notruf. Bis dahin hatte Bertinis Handy unentwegt geklingelt und gepiept. Ich ging nicht ran und las auch keine der Nachrichten. Ich war ja offiziell erst auf dem Weg zur Datsche. Weitere zehn Minuten später rauschten Polizei und Krankenwagen über die holprige Zufahrtsstraße heran. Als ich sah, wie die Notärzte sich über Bertini beugten, wurde ich kurz nervös. Was, wenn er gar nicht tot war? »Mausetot«, sagte einer der Rettungssanitäter zum anderen. Erleichtert atmete ich auf.

Die Polizisten waren dieselben, die schon Voss' Tod aufgenommen hatten. Sie machten Augen, als sie mich erkannten. Ich bemerkte, wie sich einer der beiden eine flapsige Bemerkung verkniff, die ihm angesichts der tragischen Umstände unangemessen schien. Ich sagte ernst: »So sieht man sich wieder«, und gab meine Geschichte zu Protokoll: Bertini rief mich um acht Uhr abends an, er klang verzweifelt, ich eilte hierher usw. Um das Zeitdefizit zwischen Bertinis Anruf, meiner Abfahrt zu Hause und meiner Ankunft in der Datsche zu erklären, behauptete ich, ich hätte mich in der Aufregung verfahren. Als ich endlich ankam, sei es schon zu spät gewesen. Bertini hing vor mir am Seil. In meinem Schreck hätte ich erst versucht, das Seil vom Fensterkreuz abzubinden, als das nicht gelang, hätte ich so lange daran gezogen, bis das Fensterkreuz zerbrach. Das Holz sei ja schon morsch gewesen. Da ich durch meine Berufserfahrung wüsste, wie eine Leiche aussieht, hätte ich erkannt, dass Bertini bereits tot war, und keine Wiederbelebungsversuche durchgeführt. Der Kollege schrieb alles brav auf, fragte kaum nach. Für ihn ergab das alles Sinn.

Als ich meine Aussage gemacht hatte, bat mich einer der beiden Beamten, ob ich nicht Bertinis Frau die Nachricht vom Tod ihres Mannes überbringen könne. »Es ist für die Hinterbliebenen schonender, wenn eine vertraute Person das tut«, meinte er.

»So vertraut sind wir gar nicht«, wandte ich ein.

»Verstehe«, sagte er. »Entschuldigen Sie bitte. Ich wollte Sie nicht in Verlegenheit bringen.«

»Ich mache es«, hörte ich mich sagen. »Kein Problem.«

»Aber nur, wenn Sie sich dem gewachsen fühlen.«

Während der Fahrt rief ich Martha an und erzählte ihr meine Geschichte. Die Gute war entsetzt, fand es aber richtig, dass ich Sandra benachrichtigen wollte, und bot an, mich zu begleiten. Das lehnte ich dankend ab.

So fuhr ich also ein zweites Mal bei Bertinis Villa am Wannsee vor. Ich war noch nicht vor dem Haus angekommen, da gingen die Lichter schon an, alle Kameraaugen richteten sich auf mich. Das automatische Tor glitt zur Seite. Ich fuhr in ein Totenhaus und rechnete mit allem:

hysterischen Schreikrämpfen, quälender Stille, einem totalen Zusammenbruch. Womit ich nicht gerechnet habe, war das, was mich tatsächlich erwartete, als Sandra mir die Tür öffnete: völlige Ruhe, Gefasstheit, Selbstkontrolle. Keine Träne, keine zittrige Stimme. Nichts.

»Er ist also tot«, sagte sie nur.

Ich nickte.

Wir gingen nach drinnen. In knappen, schonenden Worten erzählte ich, was ich zuvor schon bei der Polizei zu Protokoll gegeben hatte. Sandra hörte gefasst, ja geradezu regungslos zu. Keine Ahnung, ob sie vorher bereits etwas zur Beruhigung genommen hatte. Schließlich sagte sie: »Das passt zu ihm. Uns alle in die Scheiße reiten und dann einen Abgang machen. Was soll ich jetzt tun? Das bleibt alles an mir hängen!«

Ich stellte mich unwissend und fragte, was sie meine. »Wenn du Hilfe bei den Formalitäten brauchst, helfe ich dir gern«, sagte ich.

Sandra lehnte dankend ab und schwieg. Offensichtlich wusste sie die ganze Zeit über Bertinis finanzielle Situation Bescheid. Und ich habe keinen Zweifel mehr, dass sie auch wusste, wie ihr Mann seine Geschäfte machte und was ihm drohte. Möglicherweise hat sie ihn sogar aktiv unterstützt. Ob Bertini ihr von Wonnegasts Erpressung erzählt hat? Jedenfalls hat er sie richtig eingeschätzt. Ohne sein Geld ist er für sie uninteressant. Sandra bedankte sich schließlich dafür, dass ich sie persönlich unterrichtet hatte, und bat mich dann zu gehen. Sie wolle allein sein, müsse sich über ein paar Dinge klarwerden. Ich kann mir denken, was sie vorhatte: in Bertinis Unterlagen nach Hinweisen auf versteckte Konten zu suchen. Wie das auf den Cayman Islands, auf dem eine Million liegt.

Ich bin angewidert, aber auch erleichtert, dass Sandra und Arnold Bertini vom gleichen Schlag sind. So muss ich mir keine Vorwürfe machen, liebende Menschen auseinandergerissen zu haben. Lediglich die kleine Luna tut mir leid. Was soll aus ihr werden? Man muss sich nur ihre Eltern ansehen und weiß Bescheid.

17. August

Frühmorgens erreichte mich ein Emoji auf meinem Wonnegast-Handy: ein hochgereckter Daumen. Offenbar gefallen ihm die Fotos, die ich geschickt habe. Wir verabredeten uns für halb drei am Nachmittag. Auch diesmal ließ ich ihn warten. Anscheinend hat er sich daran gewöhnt, er nahm es mir jedenfalls nicht krumm. Begrüßte mich mit Applaus und einer Flasche Schampus. »Hut ab«, sagte er, »Sie werden Ihrem Ruf gerecht. Ich kenne zwar nicht alle Details, aber was ich höre, klingt hervorragend.«

Ich ließ seine Lobeshymne an mir abperlen. Fragte nur, was er wo gehört habe. Er zeigte mir auf seinem Handy eine Meldung, die auf Berlin-News veröffentlicht worden war. Unter der holprigen Überschrift »Datsche des (Liebes-)Todes?« ist neben einem Foto von Voss' Datsche zu lesen: »Schon zum zweiten Mal innerhalb weniger Wochen stirbt in dieser unbewohnten Datsche ein Mann. Nachdem der Besitzer Henning V. dort kürzlich an einem allergischen Schock infolge eines Wespenstiches starb, nahm sich vergangene Nacht an selber Stelle der Anlageberater Arnold B. das Leben, indem er sich erhängte. Warum gerade hier – darüber darf spekuliert werden. Die beiden Männer waren nicht nur Geschäftspartner, sondern auch eng miteinander befreundet. Von welcher Art diese Freundschaft war, ist nun Gegenstand der Ermittlungen.« Typisch Berlin-News. Sex sells. Lieber eine schmuddelige Andeutung zu viel als eine zu wenig.

»Ist zwischen den beiden wirklich was gelaufen?«, wollte Wonnegast wissen.

»Keine Ahnung«, antwortete ich. »Glaub nicht.«

»Eindrucksvolle Fotos, die Sie da geschickt haben«, lobte er mich dann. »Und reife Leistung, es so hinzukriegen, dass es nach Erhängen aussieht. Wie haben Sie das gemacht?«

»Ganz einfach«, antwortete ich cool, »indem ich Bertini dazu brachte, sich zu erhängen. Er hat alles selbst gemacht. Ohne Druck meinerseits.«

Wonnegast sah mich ungläubig an. Er wollte mehr wissen, aber ich hielt mich bedeckt. Berufsgeheimnis. Damit gab er sich zufrieden, hob sein Glas, um mit mir auf den Erfolg anzustoßen. »Auf Sie«, sagte er, »den einzigen und wahren Ausputzer.«

»Der nun in seinen verdienten Ruhestand zurückkehrt«, fügte ich hinzu.

Wonnegast schwieg. Dieses Schweigen dröhnte so laut, dass es mir in den Ohren gellte. Ich leerte den Schampus in einem Zug, stellte das Glas hin.

»Das war's dann«, sagte ich. »Leben Sie wohl. Und lassen Sie sich bloß nicht mehr bei mir blicken.«

»Nicht so schnell«, sagte Wonnegast. »Wir sind noch nicht fertig.«

Der lederne Martin verstellte den Ausgang und zog eine Waffe. Notgedrungen blieb ich.

»Sie haben Ihren Job perfekt erledigt«, sagte Wonnegast. »Nur bringt mir das außer der Genugtuung nichts ein. Genugtuung ist großartig. Sie verschafft Seelenfrieden. Aber sie zahlt keine Rechnungen.«

Ich überlegte, ob ich Wonnegast von Bertinis Konto auf den Cayman Islands erzählen sollte. Auch wenn es Bertinis geheime Reserve war, besteht die – wenn auch geringe – Chance, dass Sandra doch davon weiß. Ehefrauen wissen oft mehr, als ihre Ehemänner denken. Wie auch immer, wenn Wonnegast wüsste, dass bei Bertini doch was zu holen ist, würde er mich darauf ansetzen. Ich müsste Sandra bedrohen, Luna als Druckmittel einsetzen usw. Nein, ich habe wahrlich genug Unglück über diese Familie gebracht. Damit bin ich durch. Also schwieg ich.

Wonnegast fing wieder an, mir Honig um den Bart zu schmieren. Er pries mein Talent in den höchsten Tönen, nannte mich den König der Könige unter den Auftragsmördern, den Einstein der Profikiller. Er wird mich nicht mehr vom Haken lassen, so viel ist sicher. Selbst wenn Bertini ihn ausbezahlt hätte, würde er es nicht tun. Ich bin für ihn zu wertvoll geworden.

Wirklich überraschend kam diese Wendung also nicht. Überraschend war etwas anderes. Eigentlich zwei Dinge.

Zum einen überraschte Wonnegast mich damit, dass er sich durch meine Dienste ein neues Geschäftsfeld erschließen will. »Ich kenne haufenweise Leute, die einen Job zu erledigen haben«, meinte er, »und die bereit und in der Lage wären, einiges dafür hinzublättern. Ich beschaffe uns die Aufträge, Sie führen sie aus, die Kohle teilen wir.«

»Sie wollen so was wie mein Agent sein?«, fragte ich überrascht.

»Genau!«, rief er verzückt. »Wir hätten beide was davon. Eine Win-win-Situation.«

»Und wenn ich nicht mitmache?«, wandte ich ein.

Wonnegast nahm plötzlich einen vertraulichen Ton an. »Ich könnte Ihnen wieder drohen«, sagte er. »Ihre Frau, Ihre süße Tochter, blah, blah, blah. Nicht zu vergessen: Sie haben zwei Morde begangen. Morde, von denen ich weiß.«

»Morde in Ihrem Auftrag«, erinnerte ich ihn.

Er lachte. »Stimmt. Macht uns das nicht schon zu Partnern? Doch es gibt noch einen Grund, warum Sie unsere Zusammenarbeit fortsetzen werden. Und das ist der entscheidende Grund.«

»Da bin ich ja gespannt.«

Wonnegast sah mich scharf an, wie ein strenger Beichtvater oder ein Bulle bei der Vernehmung, und sagte: »Sie haben Blut geleckt. Im wahrsten Sinne des Wortes. Und der Geschmack gefällt Ihnen. Sie verstehen gar nicht mehr, wieso Sie jemals ausgestiegen sind. Ist es nicht so?«

Ja, ist es nicht so? Habe ich meine Taten nicht genossen? Das frage ich mich auch. Und wenn ich ehrlich bin, muss ich die Frage mit Ja beantworten. Ich habe es genossen, die Morde an Voss und Bertini zu planen, auszuführen und zu sehen, wie reibungslos alles funktionierte. Ich habe es genossen und genieße es noch, alle Welt rätseln zu sehen, während nur ich weiß, was wirklich passiert ist. Wonnegast hat auch keine Ahnung, er war ja nicht dabei. Ich erschrecke vor mir selbst, dass ich so empfinde. Und so wenig Mitleid mit den beiden Männern habe, die durch meine Hand gestorben sind. Wie nur konnte das aus mir werden: dieser skrupellose Mörder? Bin ich wirklich nicht besser als Wonnegast, Rokko Langhoff und all die anderen Verbrecher, die ich in einem früheren Leben gejagt habe?

Doch! Ich bin besser! Ich schütze meine Familie. Und wenn ich sie nur auf diese Weise schützen kann, dann tue ich es eben auf diese Weise. Die Anspannung, das Adrenalin, die Befriedigung, meinetwegen das Lustgefühl – das ist nur ein Beiwerk, etwas Flüchtiges, das sich ergibt. Wie der Rausch einer Droge. Aber ich bin nicht abhängig davon. Nein, das bin ich nicht.

Was mich allerdings wütend macht, ist, dass Wonnegast mich durchschaut hat. Dass er wusste, was in mir vorgeht, noch bevor es mir selbst klarwurde. Er glaubt, er hat mich jetzt noch mehr in der Hand als zuvor, nicht mehr nur wegen seiner Druckmittel, sondern weil ich, wie er es ausdrückt, Blut geleckt habe und mehr will. Und er wird mir geben, was ich will und brauche. Ich hasse mich selbst, aber vor allem ihn dafür, zugeben zu müssen: Er hat nicht ganz unrecht.

Gerade deshalb machte mich die gönnerhafte Art, mit der er unser Gespräch beschloss, so wütend. »Sie haben sich ein wenig Ruhe verdient«, meinte er und klopfe mir sogar auf die Schulter. »Es waren anstrengende Wochen. Gehen Sie nach Hause, genießen Sie Ihr Familienleben. Wir reden später.«

»Der Teufel soll Sie holen«, sagte ich und ging. Aber das entlockte Wonnegast nur ein lautes Lachen.

18. August

Es gibt auch gute Nachrichten in diesen finsteren Zeiten. Gestern überraschte mich Martha mit einem Last-Minute-Urlaub, den sie für uns gebucht hat. Ich war erst ein wenig verstimmt, weil ich seit Tagen Angebote sondiere, und sie macht einfach Nägel mit Köpfen, ohne sich mit mir abzustimmen. Nicht mal ein kurzer Anruf. Aber was soll's? Wozu schlechte Stimmung verbreiten? Das Angebot ist unschlagbar, übermorgen geht es schon los. Mit der Buchung hat Martha ihrer Meinung nach ihren Beitrag geleistet, alles Weitere (Waschen, Packen, Organisieren) überlässt sie mir. Was okay ist, so habe ich wenigstens keine Zeit, mir über andere Dinge Gedanken zu machen. Die Vorfreude ist bei uns allen groß: eine Woche Kroatien! Familienfreundliche Ferienanlage. Wetteraussichten bestens. Martha verträgt Hitze schlecht, spielt es aber runter. Sie werde es schon aushalten, zur Not im kühlen Wasser des Pools, mit einem Longdrink auf dem Beckenrand. Sie bittet mich, den Laptop zu Hause zu lassen. Nein, eigentlich verbietet sie mir, ihn mitzunehmen. »Es reicht völlig, wenn du die ganze Zeit am Handy herumdaddelst«, sagt sie. Ich füge mich nicht ungern. Der Laptop bleibt zu Hause. Also keine Eintragungen hier für eine ganze Woche.

28. August

Kroatien war wunderbar. Das Wetter ungetrübt, genau wie unsere Stimmung. Es war zwar extrem heiß, aber Martha ertrug es tapfer oder blieb eben über die Mittagsstunden im klimatisierten Hotelzimmer. Da Sonja viele neue Freundschaften schloss und wir unsere Kleine so immer wieder bei anderen Eltern parken konnten, blieb uns unverhofft Zeit, mit viel Elan an unserem Babyprojekt zu arbeiten. Ich dachte die ganze Zeit kaum an zu Hause. Kein Gedanke an Wonnegast, an Voss und Bertini. Auch nicht an das, was ich getan hatte. Ich habe früher nie so recht begriffen, wie brutale Verbrecher es schaffen, mit ihren Taten ein ganz normales Leben zu führen. Ich dachte, sie verdrängen ihre Taten. Aber das stimmt nicht ganz. Sie leben zwei Leben, und sie trennen die beiden säuberlich. So wie man zwischen zwei Zimmern hin- und hergeht. Oder vielleicht sollte ich statt Zimmer besser Parallelwelten sagen, denn es existiert immer nur die Welt, in der man sich gerade befindet.

Kaum waren wir aus Kroatien zurück, rief Bruckner an und schlug ein Treffen im Dubliners vor. Er müsse mit mir reden, sagte er. Worum es ging, wollte er am Telefon nicht verraten. Ich konnte es mir auch so denken. Der Komplex Voss-Bertini. War ich beunruhigt? Höchstens ein wenig. Bei Bruckner weiß man nie, was er in der Hand hat. Als ich im Dubliners einlief, saß er schon über einem ersten Guinness. Das Lächeln, mit dem er mich begrüßte, wirkte aufgesetzt. Höflich, wie er ist, fragte er, wie unser Urlaub war. »Toll«, sagte ich nur. Mehr wollte er nicht wissen.

»Worum geht's?«, fragte ich ihn.

»Arnold Bertini. Genauer gesagt: sein plötzliches Ableben.«

Dass sich Bruckner über einiges wundert, ist wenig überraschend. Ginge mir an seiner Stelle genauso. Erst stirbt Voss an einem allergischen Schock, zwei Wochen später erhängt sich Bertini – und beide Male stehe ich neben der Leiche.

»Hey«, sagte ich, »wir hatten schon merkwürdigere Zufälle. Und was soll ich sagen? So war es eben. Oder ist das hier offiziell? Ermittelst du gegen mich?«

»Quatsch«, wiegelte er ab. Dann druckste er ein wenig herum und kam schließlich auf den Punkt: »Du bist nicht in irgendetwas verwickelt, oder? Etwas Kriminelles. Bertini und Voss hatten beide eine Menge Dreck am Stecken.«

»Erzähl mir was Neues«, erwiderte ich. »Ich kann nur wiederholen, was ich dir schon bei unserem letzten Gespräch über Bertini gesagt hab: Ich habe mich auf nichts eingelassen und wurde auch nicht gefragt.«

Bruckner wirkte nicht zufrieden mit meinen Erklärungen. Nichts, was ich hätte vorbringen können, hätte ihn zufriedengestellt. Deshalb sagte ich auch nichts mehr. Je mehr man sich erklärt oder gar rechtfertigt, desto verdächtiger macht man sich.

»Die beiden sind ohne Fremdeinwirkung gestorben, stimmt's?«, wagte ich zu fragen.

»So sieht es aus«, antwortete er.

»Hast du Zweifel?«

Bruckner zuckte mit den Schultern.

Du hast nichts, dachte ich. Nichts, außer deinem Instinkt, der dir sagt: Hier ist etwas faul. Du magst keine Zufälle. Was würdest du wohl dazu sagen, wenn ich dir verriete, dass ein dummer Zufall, eine schlichte Verwechslung, mich zum Mörder werden ließ? Noch kannst du dir nicht einmal in deinen wildesten Träumen vorstellen, dass dein Ex-Kollege und bester Freund ein zweifacher Mörder ist. Das ist zu weit weg von allem, was du für möglich hältst. Obwohl du als Polizist wissen müsstest, wie oft in Befragungen dieser Satz fällt: Ich hätte mir nie vorstellen können, dass mein Mann, meine Frau, mein Bruder, meine Schwester zu so etwas Schrecklichem fähig ist.

Wie wird Bruckner weitermachen? So lange ermitteln, wie der neue Besen ihn lässt. Was nicht sehr lange sein dürfte, angesichts der Klarheit der beiden Todesursachen. Doch das wird den Haarriss in Bruckners Vertrauensverhältnis zu mir nicht heilen. Er hat schon eine ganze Weile nicht mehr nach Kurt Wonnegast gefragt. Was nicht heißt, dass er ihn vergessen hat. Bruckner vergisst nichts. Ob er ahnt, dass Wonnegast die Verbindung zwischen mir und dem Voss-Bertini-Komplex ist? Selbst wenn er die Verbindung findet, was bringt es ihm? Von dort bis zu zwei Morden, bei denen kein Fremdeinwirken nachzuweisen ist, ist es ein weiter Weg.

Gute Reise, Bruckner!

SEPTEMBER

1. September

Endlich was von Wonnegast. Davor herrschte absolute Funkstille. Was eigentlich gut ist. Und doch erfüllte mich eine nervöse Unruhe. Ich checkte mehrmals täglich mein Zweithandy. Es tat sich nichts. Fast könnte man meinen, ich hätte ihn vermisst. Heute fuhr ich nach dem Training sogar aufs Geratewohl zum Las Vegas Berlin. Wonnegast traf ich dort zunächst nicht. Nur den ledernen Martin. Er verstaute etwas im Kofferraum eines Toyota. Ich stieg aus und erkundigte mich, was er da mache. »Beklauen Sie Ihren Boss?«, fragte ich ihn geradeheraus.

»Und wenn's so wäre, geht's dich einen Scheißdreck an«, fuhr er mich an.

»War nur eine Frage«, wiegelte ich ab.

»Bild dir bloß nicht ein, du wärst so schlau«, sagte er. »Bist du nämlich nicht.« Er öffnete den Kofferraum. Darin befanden sich ein paar Kartons voll mit Zigaretten. Schmuggelware, wie man annehmen darf. »Wonnegast weiß Bescheid. Das ist mein Anteil.«

»Anteil oder Lohn?«, spöttelte ich. »Bezahlt er dich in Naturalien?«

Das ließ der lederne Martin unbeantwortet und fragte stattdessen: »Was willst du hier?«

»Gar nichts«, log ich. »Bin nur zufällig vorbeigekommen.«

Der lederne Martin grinste mich an. »Du kannst es nicht erwarten, bis Wonnegast wieder einen Job für dich hat«, sagte er.

Ich schwieg.

Er machte einen Schritt auf mich zu, schaute mich von oben herab an und fauchte: »Du hältst dich für den Größten, was? Den Besten. Aber eines Tages wird Wonnegast dich nicht mehr brauchen, und dann werde ich derjenige sein, der dir eine Kugel durch den Kopf jagt. Und es wird mir ein ganz besonderes Vergnügen sein.«

Der Typ macht mir keine Angst. Er ist eifersüchtig, weil ich ihm bei seinem Boss den Rang abgelaufen habe. Bevor ich antworten konnte, brauste Wonnegast in seinem Mercedes heran und bremste neben uns ab. Ich erzählte ihm, wie zuvor schon dem ledernen Martin, dass ich nur zufällig hier sei, und genau wie der lederne Martin glaubte Wonnegast mir kein Wort.

»Wenn Sie schon hier sind«, sagte er. »Ich hab was für Sie.« Dann holte er einen großen Umschlag aus dem Auto und reichte ihn mir. »Ihr neuer Job. Noch taufrisch vom Kunden. Eine einfache Sache. Reingehen, abknallen, rausgehen. Die Waffe wird gestellt und kommt noch.«

Der Umschlag war ungefähr so schwer wie eine Handakte am Beginn einer Ermittlung. Wonnegast wollte gleich wieder weiter, doch ich hielt ihn zurück und fragte ihn nach Honorar und Anzahlung. Er grinste. Die Frage zeigte ihm einmal mehr, dass ich voll und ganz zurück im Geschäft war. Dabei ist mir das Geld eigentlich egal. Ich kann es sowieso nicht ausgeben. Wie sollte ich Martha erklären, woher es kommt? Aber würde sich der Ausputzer übers Ohr hauen lassen? Es ist die Rolle als Ausputzer, die ein entschiedenes, kaltschnäuziges Auftreten von mir verlangt. Die Rolle, die ich spielen muss, bis Wonnegast mir irgendwann eine Schwäche offenbart. Allerdings kommt es mir manchmal vor, als würde ich auch bei Martha und Sonja nur mehr eine Rolle spielen. Der liebe, sanfte, fürsorgliche Familienvater. Wie kann ich das noch sein, angesichts der Taten, die ich begangen habe? Aber wenn ich es nicht mehr bin und auch nicht der Ausputzer – wer bin ich dann?

Wonnegast reichte mir ein Geldbündel aus dem Auto. Zwanzigtausend Euro. »Noch mal dasselbe bei Erfolg«, sagte er und brauste davon.

Abend

Der Mann, den ich töten soll, heißt Luan Ademi. Ein Deutscher albanischer Abstammung. Auf dem unscharfen Foto sieht er wie ein Teenager aus. Pausbäckchen, Bartflaum über der Oberlippe. Könnte nicht mehr aktuell sein, dieses Foto. Oder er hat eben ein Babyface. Ademi gehört zu einer Gruppe junger Krimineller, alle mit albanischen Wurzeln, die überall, wo schnelles Geld zu verdienen ist, mitmischen wollen: Drogen, Waffen, Prostitution. Brutal, skrupellos, ohne Rücksicht auf Verluste kämpfen sie um Marktanteile. Die Platzhirsche halten mit aller Gewalt dagegen. Hauptsächlich alteingesessene Libanesen. Ademis Tod soll den übertriebenen Ehrgeiz der Emporkömmlinge wohl etwas dämpfen. Fragt sich, warum die Libanesen keinen ihrer eigenen Spezialisten auf Ademi ansetzen. Die haben doch sicher Leute für solche Jobs. Anscheinend wollen sie mit dem Mord nicht in Verbindung gebracht werden, vermutlich um einen Bandenkrieg zu vermeiden. Deshalb haben sie im Darknet nach jemandem gesucht, der nicht aus ihrem Dunstkreis stammt, und sind dabei auf Wonnegasts Angebot gestoßen.

Ademis Geschäftsbereich ist Frauenhandel und Prostitution. Während die Frauen auf drei Etagen eines heruntergekommenen Mehrparteienhauses, genannt »Candyhaus«, anschaffen, geht er in der vierten Etage seiner eigenen Leidenschaft nach: Ballerspiele. Er verlässt seine Wohnung so gut wie nie. Essen wird geliefert, so wie alles andere auch, von der Zahnpasta über die Unterhaltungselektronik bis zum Futter für seine Haustiere. Hamster, hauptsächlich. Von einer Freundin, Verlobten, Frau steht nichts im Dossier, auch Vertraute und Freunde werden keine erwähnt. Außer seinen Hamstern steht ihm offenbar niemand nahe. Muss einem so jemand nicht eigentlich leidtun?

4. September

Das Candyhaus ist kein klassischer Puff mit Plüschsesseln und Barbetrieb, sondern ein Laufhaus mit Discount-Sex auf mehreren Etagen. Ich bin heute einmal durch den ganzen Laden gestreift, um die Lage zu checken. Es war noch früh, die meisten Frauen hatten ihre Türen geschlossen oder waren nicht auf dem Posten. Eine ließ sich durch die offene Tür beim Schminken beobachten, eine andere lag in Unterwäsche auf dem Bett und las. Sie schaute nur kurz hoch. Anscheinend sah sie mir an, dass ich nur gucken wollte, deshalb blieb sie liegen. Im Treppenhaus hockten zwei gelangweilte Aufpasser auf den Stufen und spielten auf ihren Handys Candy Crush oder was auch immer. Sie wirkten nicht wie die hellsten Kerzen auf der Torte, aber man sollte solche Typen nie unterschätzen. Wenig nachzudenken kann in ihrem Metier ein Vorteil sein. Ich testete ihr Reaktionsvermögen, indem ich das Schild mit der Aufschrift »Privat. Kein Zutritt« ignorierte und die Treppe zum obersten Stock hinaufstieg. Der Flur war zunächst dunkel, bis durch einen Bewegungsmelder die Lichter angingen. Na ja, zwei von dreien. Überall lag Krempel herum. Von den beiden Typen unten war mir keiner gefolgt. Dafür trat ein bulliger Kerl aus der ersten Wohnungstür und schnauzte mich an: »Kannst du nicht lesen, was auf dem Schild da unten steht? Verpiss dich, und zwar schnell!« Die Waffe in seinem Hosenbund wurde nur notdürftig von seinem Pullover verdeckt. Ich entschuldigte mich und verschwand.

Ich kam von meinem Ausflug in die Halbwelt gerade rechtzeitig zurück, um Sonja aus der Kita abzuholen. Gut, dass Bea mich an die Cupcakes für die Schmetterlingsgruppe morgen erinnert hat. Hatte in all dem Trubel glatt vergessen, dass ich diese Woche dran bin. Sonja hat mir beim Teigmachen geholfen, wobei die Hilfe hauptsächlich darin bestand, dass sie den Teig ausgiebig probierte. Ihre beiden Hände waren voll davon. Später kam Martha dazu. Sie war ein wenig verschwitzt, ihr T-Shirt klebte an ihrer Haut, und dann leckte sie mit dem Finger die Teigreste aus der Schüssel – das legte in mir einen Schalter um. All die traurigen Huren im Candyhaus hatten mich völlig kalt gelassen. Und hier, mitten in der Wohnung, überwältigte mich der Anblick meiner eigenen Frau, die aussah, wie nun mal eine Frau aussieht, die einen Zehn-Stunden-Tag in einem Friseursalon hinter sich hat. Ich ließ sie spüren, wie mir zumute war, und sie warf mir diese Blicke zu, die sagen: Du willst spielen? Okay, spielen wir. Kaum schlummerte Sonja in ihrem Bettchen, machten wir uns übereinander her, in der Küche, wo noch alles voller Mehl und Teig war und überall Backutensilien herumlagen und die erfüllt war vom schweren Schokoladenduft der Cupcakes, die auf der Anrichte abkühlten.

Hinterher fragte mich Martha, was mit mir los sei. »Das letzte Mal in der Küche – das ist eine Ewigkeit her«, sagte sie. »Überhaupt bist du seit einiger Zeit« – nie werde ich ihr Lächeln vergessen, mit dem sich mich beschenkte – »ziemlich gut. Fast schon verdächtig gut.«

»Was ist daran verdächtig, auf dich scharf zu sein?«, fragte ich.

Martha küsste mich lange und intensiv.

Während ich das schreibe, erreicht mich eine SMS auf dem Wonnegast-Handy: »Morgen kommt das Arbeitsgerät. Austausch vor der Kita?«

Ich muss zugeben, dass mich die Aussicht, nach all den Jahren wieder eine Waffe in der Hand zu halten, ein wenig nervös macht.

5. September

Als ich mich heute Morgen der Kita näherte, hielt ich die Augen nach Wonnegasts Mercedes offen. Mit Schmetterlingen im Bauch. Dass ich eine Waffe kriegte, brachte mich um meine innere Ruhe. Ich vergaß sogar, die Cupcakes einzupacken, und musste umkehren, um sie zu holen. Wir hatten gestern Abend verabredet, dass Wonnegast mir die

Waffe heute Morgen bringen würde. Wo steckte er bloß? Versetzte er mich? Nein. Er parkte in einer Seitenstraße. Am liebsten wäre ich sofort zu ihm geradelt. Doch vor der Übergabe der Mordwaffe stand die Übergabe der Cupcakes in der Kita. Und das Checken von Sonjas Ersatzklamotten, das Klären von Terminen, sprich: das übliche allmorgendliche Hin und Her. Eigentlich liebe ich dieses Chaos. Heute aber nervte es, weil ich längst beim Rendezvous mit der Waffe sein wollte. Und dann saß ich endlich in Wonnegasts Mercedes, und Wonnegast legte mir ohne viele Worte eine blaue Jutetasche in die zitternden Hände. Als ich die Waffe herausnehmen wollte, fuhr er mich an: »Spinnen Sie? Doch nicht hier!«

Er hatte natürlich recht.

»Wenn Sie den Job erledigt haben«, erklärte Wonnegast, »lassen Sie die Waffe zurück. Dass sie dann sauber sein sollte, versteht sich hoffentlich von selbst.«

»Es gibt da ein Problem«, sagte ich. »Ademi hat einen Aufpasser, der ihm nicht von der Seite weicht.«

Wonnegast sah mich an, als begreife er nicht, was daran ein Problem sein sollte. »Mit so jemandem werden Sie doch wohl fertig«, sagte er.

»Sie meinen, ich soll ihn auch beseitigen? Einfach so? Kollateralschaden?«

»Sicher. Seit wann sind Sie so zimperlich? Der Typ weiß, worauf er sich einlässt, wenn er für jemanden wie Ademi arbeitet. Augen auf bei der Berufswahl, kann ich da nur sagen. Was machen Sie sich deshalb Gedanken?« Plötzlich verwandelte sich Wonnegasts Miene. Er glaubte zu verstehen, worauf ich mit meinen Bedenken wirklich hinauswollte. »Geht es hier um Geld?«

Ich besann mich. Moralische Einwände wegen Kollateralschäden – das war nicht die Art des Ausputzers. »Na, sicher«, sagte ich, »was denken Sie? Zwei Morde zum Preis von einem – das war nicht der Deal.«

»Alles zu tun, damit Ademi stirbt – das ist der Deal«, belehrte mich Wonnegast. »Wenn dabei noch ein paar von seinen Leuten ins Gras beißen müssen, ist es eben so. Es wird keine Nachverhandlungen geben, klar?«

Ich nickte grummelnd und wandte mich wieder der Waffe zu. Fragte ihn nach der Herkunft. Er behauptete, darüber wisse er nichts. Vermutlich stimmt das sogar. Das könne mir auch egal sein, meinte er. Ist es auch.

Die Waffe ist eine SIG Sauer P225. Exakt meine alte Dienstwaffe. Willkommen zu Hause, dachte ich, als sie in meiner Hand lag. Sie ist ein bisschen schwerer als mein altes Modell wegen der Veredelung, die ihr letzter Besitzer vornahm. Er hat die originalen Griffschalen durch versilberte ersetzt. Und am Lauf befindet sich eine Gravur: »Angel«. Vielleicht der Gangname des Vorbesitzers oder der Name seiner Freundin. Ich habe für solchen protzigen Schnickschnack nichts übrig. Egal. Die Waffe ist mir vertraut, und das ist ein Vorteil. Wie sie jetzt vor mir liegt. Ich liebe diesen metallischen, öligen Geruch, den sie verströmt. Offenbar wurde sie vor kurzem gereinigt. Munition ist auch dabei, genug, um nicht nur Ademi, sondern seine ganze Bande auszuschalten. Dazu ein Schalldämpfer. Die Möglichkeit von Kollateralschäden gefällt mir noch immer nicht. Aber damit stehe ich wohl allein. Anscheinend denken alle anderen: Je größer das Blutbad, desto besser. Nicht mit mir. Der Auftrag lautet: Ademi. Ansonsten wird nur zum Selbstschutz geschossen.

Ein bisschen fühle ich mich gerade wieder wie der Polizeischüler, der ich einmal war und der, noch feucht hinter den Ohren, auf dem Schießstand seine erste Waffe in die Hand gedrückt bekam. Und dann das erste Schießen. Der Rückstoß, der bis in die Schulter zu spüren war. Ich traf gut. Sehr gut sogar. »Naturtalent«, sagte der Ausbilder. »Anfängerglück«, meinten die neidischen Mitschüler. Weder noch. Die SIG Sauer und ich verstanden uns einfach von Anfang an. Wir vertrauten einander blind. Ein perfektes Team. Und rückblickend erscheint es mir so, als habe sie im Halfter an meiner Hüfte immer auf etwas gewartet. Auf den besonderen Moment. Den Moment, den wir beide gleichzeitig fürchteten und ersehnten.

Der Moment kam. Rokko Langhoff stand vor mir. Die SIG Sauer hielt ihr Versprechen. Ich auch. Zuerst.

Danach aber kriegte ich es mit der Angst. Ich lief weg. Vor der Waffe. Vor mir selbst.

Und hier bin ich, wieder mit einer SIG Sauer.

You can run, but you can't hide.

Nacht

Nach dem Training war ich wieder beim Candyhaus. Lage checken zweiter Teil. Diesmal die Rückseite des alten Kastens. Dort haben die Wohnungen Balkone, mit Blick auf die Hinterhöfe. Die dürftige Aussicht über Garagen und Mülltonnen scheint Ademi nicht zu stören. Klar, wenn man den ganzen Tag an der Spielkonsole hängt und Zombies, Bullen und Nazis abknallt. Einige der Frauen saßen in ihrer Pause draußen und rauchten, andere haben Wäsche zum Trocknen aufgehängt. Eine goss die Blumen, die sie in Kästen gepflanzt hat. Nur wenn die Frauen arbeiteten, waren die Rollläden unten.

Nach Abwägung der Gegebenheiten und Risiken sieht mein Plan folgendermaßen aus: Wie alles Gute komme ich von oben. Übers Dach auf Ademis Balkon. Aufs Dach wiederum gelange ich durch das Nachbarhaus. Das habe ich überprüft. Die Haustür war offen, die Feuerschutztür zum Speicher auch. Ob das spätnachts genauso sein wird? Wenn nicht, habe ich ein Problem. Allerdings kein unlösbares. Aber damit befasse ich mich, wenn es so weit ist. Auf dem Speicher gibt es eine Dachluke, breit genug für einen 75-Kilo-Mann wie mich. Ich robbe rüber auf das Dach nebenan und lasse mich auf Ademis Balkon runter. Ob die Regenrinne mein Gewicht trägt? Wir werden sehen. Heute stand die Balkontür offen. Mit etwas Glück ist das am Tag X auch so. Wenn die Tür geschlossen ist, brauche ich geeignetes Werkzeug, um sie aufzuhebeln. Das sollte keine große Sache sein. Die Tür ist allem Anschein nach ein ziemlich altes Modell. Drinnen muss alles wie am Schnürchen laufen. Damit Ademis Leute beschäftigt sind, sollte die Aktion über die Bühne gehen, wenn im Candyhaus Hochbetrieb herrscht. Bleibt Ademis Wachhund in der Wohnung, mit der Waffe im Hosenbund. Ich würde es wirklich gern vermeiden, mir noch einen Mord aufzuladen, aber wie ich es auch drehe und wende, es läuft immer darauf hinaus, dass er seinem Chef ins Jenseits vorausgehen muss. Ich wünschte, es wäre anders, und gebe Wonnegast nur ungern recht, diesmal muss ich es tun: Ademis Bodyguard kennt das Risiko seines Jobs. Im Idealfall gehe ich, nachdem alles erledigt ist, zur Wohnungstür raus und mische mich unters Volk. Bis jemand merkt, dass Ademi tot ist, bin ich weit weg.

7. September

Heute Abend ist es so weit. Es ist ein Sprung ins eiskalte Wasser. Oder besser: ins Bodenlose.

Was ich an Vorbereitung leisten konnte, habe ich getan. Ich war noch ein paarmal vor dem Candyhaus und habe den Weg in den Speicher geprobt. Alle Türen waren offen. Übers Dach konnte ich nicht gehen, das wäre zu auffällig gewesen. An der Dachluke beginnt unbekanntes Terrain. Ich habe auch ein Kletterseil besorgt, damit ich mich alternativ vom Balkon abseilen kann, falls mir der Fluchtweg durch die Tür versperrt sein sollte.

Mittag

Tick-tack macht die Uhr ...

Martha glaubt, ich ziehe heute Nacht mit einem alten Schulfreund, der neu in der Stadt ist, um die Häuser. Der falsche Schulfreund ist Wonnegast. Ich habe ihn eine Nachricht auf unseren Anrufbeantworter sprechen lassen und dafür gesorgt, dass Martha die Nachricht abhört und mir von dem Anruf erzählt. Ich habe sogar so getan, als hätte ich keine Lust, mir die Nacht mit einem Typen um die Ohren zu schlagen, den ich seit Ewigkeiten nicht gesehen habe. Martha hat mich gedrängt. »Das wird bestimmt lustig«, hat sie gesagt.

Gleich muss ich Sonja aus der Kita abholen.

Vielleicht zum letzten Mal.

Ich darf es mir nicht anmerken lassen.

Nachmittag

Ich habe Angst.

Ich spreche nicht von einem flauen Gefühl im Bauch.

Ich spreche von magenverätzender, knochenzermahlender ANGST!

Was, wenn es nicht klappt?

Ich könnte vom Dach stürzen und mir den Hals brechen.

Ich könnte von Ademi oder von seinem Aufpasser erschossen werden.

Ich könnte aber auch vor Ademi stehen, Panik kriegen und es nicht zu Ende bringen.

Alles könnte passieren.

Alles.

Voss und Bertini – das war anders. Nicht vom Ergebnis her. Von der Art und Weise.

Die Waffe. Das ist der Unterschied. Die Wespe. Der Strick. Sie stehen vermittelnd zwischen dir und dem Opfer. Sie sind wie du: durch blöde Umstände in etwas hineingeraten. Das bewahrt ihnen einen Rest Unschuld. Und dir auch. Die SIG Sauer ist etwas anderes. Es ist ihre Bestimmung, zu verletzen und zu töten. Nichts anderes. Und es ist DEIN Finger am Abzug.

Abend

Schon nach acht. Muss los.

Ich werde NICHT in Sonjas Zimmer gehen, um mich zu verabschieden. Ich werde Martha NICHT küssen. Ich werde einfach »Tschüss« rufen und »Schönen Abend« und zur Tür hinausgehen.

Wenn ich nicht mehr wiederkomme ...

8. September

Ich BIN in Sonjas Zimmer gegangen und habe mich von ihr verabschiedet. Ich HABE Martha geküsst, bevor ich aufbrach. Und natürlich hat sie bemerkt, dass etwas an mir anders ist.

»Stimmt etwas nicht?«, wollte sie wissen.

»Alles okay«, sagte ich.

»Wenn du nicht gehen willst, dann bleib.« Sie sah mich mit ihren großen Augen an.

»Ich will ja«, sagte ich. »Es ist nur ein Abend.«

Ich küsste sie erneut und ging Richtung S-Bahn. Sie blieb in der Tür stehen und sah mir nach, bis ich um die Ecke bog. Ich wartete und kehrte zurück, um den Rucksack mit meinen Sachen aus der Garage zu holen.

Noch hatte ich reichlich Zeit. Ich verbrachte die Stunden in einem Schnellrestaurant und einer Spelunke. Gegen Mitternacht kam ich vor dem Candyhaus an. Wie ein Freier mit Schwellenangst schlenderte ich ein paarmal auf und ab, bevor ich reinhuschte. Drinnen herrschte – na ja, reger Verkehr. Männer staksten auf den Fluren von Tür zu Tür, wählerisch wie an der Fleischtheke im Supermarkt. Die Frauen ihrerseits präsentierten ihre Filet- und Schulterstücke. Brust oder Keule? Wieso nicht beides? Alles nur eine Frage des Preises. Türen klappten auf und zu, es war ein einziges Kommen und Gehen. Und im Hintergrund beschallten Cindy Lauper, Billy Joel und A-ha das Treiben und übertönten notdürftig das Keuchen der Kerle und die theatralischen Lustschreie der Frauen hinter den verschlossenen Türen.

Meine Aufmerksamkeit galt nur scheinbar den Damen, während ich in Wirklichkeit Ademis Aufpasser beobachtete, die ihrerseits die Flure im Auge behielten. Es waren mindestens drei, vielleicht vier, und sie waren deutlich aufmerksamer als tagsüber. Einer bemerkte meinen Blick. Sofort wandte ich mich der nächstbesten Frau zu. Es war die Buchleserin vom letzten Mal. Heute saß sie auf einem Barhocker an der Tür, ihr schwarzglänzender Seidenkimono stand offen und ließ den Blick frei auf schwarze Spitzenwäsche und Strapse. In der Hand hielt sie ihr Buch, merkte mit dem Finger die Stelle ein, an der sie beim Lesen war. Ich fragte sie nach dem Titel des Romans, sie nannte ihn, doch es war eine osteuropäische Sprache, und erst jetzt bemerkte ich die kyrillischen Buchstaben auf dem Cover. Das Buch sah schon ziemlich zerlesen aus. Vielleicht das einzige Buch in ihrer Sprache, das sie kriegen konnte, und nun liest sie es rauf und runter. Sie übersetzte mir den Titel, doch ich verstand ihr Deutsch nicht. Dann fragte sie mich, was ich in meinem Rucksack hätte, spielte darauf an, dass dort vielleicht irgendwelches Spielzeug sei, das wir ausprobieren könnten. »Das ist nur Werkzeug«, sagte ich. »Ich war bis eben auf einer Baustelle.« Die Frau ging nicht darauf ein, ratterte herunter, was für Praktiken sie anbot und was es jeweils extra kostete. Als sie bemerkte, dass sie mich zu keinem ihrer Angebote bewegen konnte, ließen ihre Bemühungen rasch nach.

Ich verließ das Candyhaus, ging ein Stück die Straße hinab, kehrte um und verschwand im Nachbarhaus. Wie bei meinen Besuchen davor kam ich auch diesmal problemlos auf den Speicher. Ich hatte keine Eile, hockte mich auf den Boden und dachte an die Buchleserin. An den Kimono, der sich wie ein Vorhang vor ihrem Körper geöffnet hatte. An das zerlesene Buch in ihrer Hand, mit dem Finger als Lesezeichen. Ich fragte mich, woher in Osteuropa sie wohl kam und wie sie in diese Lage geraten war. Vermutlich unterschied sich ihre Geschichte kaum von denen, die ich bereits kannte. Getäuscht, geraubt, verkauft.

Irgendwann hörte ich die ersten Regentropfen auf das Dach prasseln und dachte: Verdammte Scheiße!

Der Regen hielt nicht lange an. Doch mir war klar: Bei all dem Staub und Dreck, der sich in den letzten Wochen auf dem Dach abgelagert hatte, war es dort jetzt bestimmt ziemlich rutschig. Also abbrechen und morgen einen zweiten Anlauf starten? Nicht, bevor ich nicht wenigstens einen Versuch unternommen hatte. Ich stieg also durch die Dachluke nach draußen. Die Dachziegel waren nicht ganz so glitschig wie befürchtet. Stück für Stück robbte ich Richtung Nachbarhaus. Es funktionierte besser als gedacht. Bis es plötzlich abwärts ging. Keine Ahnung, wieso. Ich rutschte. Ungebremst. Tiefer und tiefer. Meine Hände, auf der Suche nach etwas Festem, griffen ins Leere. Ende. Aus. Freier Fall. Da wurde meine Rutschpartie in den Tod abrupt von etwas Festem gebremst: dem Schneefanggitter! Scheiße, das war knapp, dachte ich. Erst jetzt bekam ich weiche Knie.

Nach einer Verschnaufpause setzte ich meinen Weg fort und gelangte endlich auf das Dach vom Candyhaus. Ich blieb eine Weile liegen und horchte auf jeden Mucks von unten. In den anderen Häusern war es ruhig. Umso deutlicher war aus dem Inneren von Ademis Wohnung das Geballer eines Ego-Shooter-Spiels zu hören. Dann laute Stimmen. Ademi und sein Aufpasser. Eine Tür knallte. Stille. Ich testete die Belastbarkeit der Regenrinne, indem ich mit den Füßen dagegen drückte. Das Knirschen, das sie von sich gab, gefiel mir gar nicht. Zum Glück konnte ich mich zunächst am Schneefanggitter festhalten. Das wirkte stabiler. Vorsichtig ließ ich mich nach unten. Als ich auf die Regenrinne übergriff, knirschte sie laut und bog sich gefährlich durch. Jetzt oder nie! Ich schwang mich auf den Balkon. Und mit einem weiteren Satz suchte ich hinter einer Bank aus Rattan Deckung. Mein nächster Griff ging in den Rucksack, zur Waffe. Den Schalldämpfer hatte ich schon zu Hause aufgeschraubt. Ich entsicherte sie. Falls der Aufpasser kam, wollte ich bereit sein. So verharrte ich eine Weile, den Blick fest auf die offene Balkontür gerichtet. Niemand kam. Ich atmete durch.

Drinnen hörte ich Schritte wie von schweren Stiefeln. Dann rief jemand durch die Wohnung: »Soll ich dir wirklich nichts mitbringen, Chef?«

»Hau schon ab«, kam die Antwort.

Die Wohnungstür fiel knallend ins Schloss.

Das war meine Gelegenheit, und es musste schnell gehen. Der Aufpasser konnte jederzeit zurückkommen. Mit der Waffe in der Hand betrat ich die Wohnung und folgte dem Klang des Computergeballers in Ademis Spielzimmer. Auf dem Weg stieg ich über Schachteln von Lieferdiensten, Papiertüten und XXL-Pappbechern hinweg in einen abgedunkelten Raum, der von einem gewaltigen Bildschirm beherrscht wurde. Davor, mit dem Rücken zu mir, saß Ademi auf einem Ledersofa, die Spielkonsole vor sich.

»Das ging aber schnell«, sagte er zu mir, ohne den Blick vom Bildschirm abzuwenden. »Hast du was vergessen?«

Ich hielt mich nicht damit auf, in Actionfilm-Manier irgendwelche coolen Sprüche zu klopfen, gab Ademi nicht mal die Gelegenheit, seine Lage zu erkennen und seine Verbrechen zu bereuen, sondern hielt die Mündung des Schalldämpfers so nah wie möglich an seinen Hinterkopf und drückte ab. BÄMM! Er kippte vornüber und blieb in einer grotesken Haltung zwischen Sofa und Couchtisch liegen. Zur Sicherheit feuerte ich einen zweiten Schuss auf ihn ab. Ademis plötzlich führerloser Avatar in seinem Ballerspiel segnete ebenfalls das Zeitliche. GAME OVER.

Regungslos verharrte ich an Ort und Stelle. Ich wusste nicht, wie es jetzt weitergehen sollte. Mein Herz raste. Die Schüsse waren trotz Schalldämpfer lauter gewesen als das trockene Plopp, das man aus Filmen kennt, doch nicht laut genug, um in den unteren Stockwerken für Aufsehen zu sorgen. Hier oben war es gespenstisch ruhig. Alles, was ich hörte, war ein Rascheln und Fiepen auf der Couch. Ademis Hamster. Sie saßen da und sahen mich an. Und ich sah sie an, während ich mir bewusst wurde, dass ich eben einen Menschen heimtückisch ermordet hatte.

Keine Ahnung, wie lange ich dastand. Es kam mir wie eine Ewigkeit vor. Und noch immer tat sich nichts. Außer in mir drin. Mein Verstand setzte wieder ein. Und er hatte eine einfache Botschaft: RAUS HIER! SOFORT! Zügig, aber ohne Hektik, wischte ich alle Teile der Waffe, die ich berührt hatte, mit einem Tuch ab, und ließ sie auf das Sofa fallen. Ich hätte sie besser noch behalten, bis ich draußen war. Bevor ich rausging, guckte ich sicherheitshalber durch den Spion, und da erblickte ich Ademis Aufpasser, der gerade die Stufen heraufkam.

Wohin jetzt?

Zurück ins Wohnzimmer, zur Waffe und einen zweiten Mord begehen? Oder auf den Balkon?

Ich entschied mich für den Balkon. Und bereute es, als ich von drinnen hörte, wie die Tür aufging und Ademis Aufpasser hereintrottete. Er rief seinem Chef etwas zu, ich weiß nicht mehr, was. Wahrscheinlich meldete er sich einfach zurück. Als er keine Antwort erhielt, schlurfte er in Ademis Gaming-Zimmer. Gleich würde er den Toten finden und Alarm schlagen. Mir blieb keine Zeit, mein Seil am Balkon zu befestigen und drei Stockwerke nach unten zu klettern. Aber der Weg zur Wohnungstür war frei. Noch!

Ich sprang aus meinem Versteck, huschte durch die Wohnung, riss die Tür auf, lief die Treppe hinunter und den Gang in die dritte Etage hinein. Keinen Augenblick zu früh, denn schon ging das Gebrüll los. Männer rannten die Treppe hinauf. Die Frauen und die Freier begriffen rasch, dass etwas passiert war. Vielleicht rechneten sie mit einer Razzia. Oder mit einer Schießerei. Jedenfalls hatten es auf einmal alle sehr eilig, an die frische Luft oder in die Zimmer zu kommen. Ich schwamm mit in diesem wild wirbelnden Strom, der sich auf die Straße ergoss, und war raus, ehe sich irgendjemand auch nur ein vages Bild von dem machen konnte, was in Ademis Wohnung geschehen war.

Doch statt möglichst schnell möglichst weit wegzukommen, tauchte ich in der Menge aus geflohenen Prostituierten, Freiern und Schaulustigen unter, die aus sicherer Entfernung verfolgte, was passierte. Ich konnte doch jetzt nicht einfach nach Hause gehen. Wollte etwas von der Aufregung, die ich angerichtet hatte, mitkriegen. Handys wurden gezückt, Fotos und Videos gemacht. Ich bemerkte die Buchleserin in ihrem Seidenkimono, nur ein paar Meter von mir entfernt, und bewegte mich zu ihr. Sie zitterte. Rauchte nervös. Für sie bedeutet Ademis Tod vielleicht ein

Happy End. Sie kriegt ihren Pass und damit ihr Leben zurück, kann in ihr Land heimkehren, zu ihrer Familie und ihren Freunden. Das verdankt sie mir. Ich bin ihr Retter. Ich sprach sie an, fragte, ob alles okay sei. Sie sah mich erst entsetzt und mit großen Augen an, wandte sich dann ab und einer ihrer Kolleginnen zu. Glaubte sie, ich wolle sie anmachen? Von fern waren schon die Sirenen der anfahrenden Polizei- und Rettungswagen zu hören. Sie wurden rasch lauter. Als die Wagen in die Straße einbogen, machte ich mich davon.

In einer Bar nahm ich ein paar Drinks. Um runterzukommen. Aber auch, um einen Alkoholpegel zu erreichen, der einer durchzechten Nacht mit einem alten Schulfreund entsprach. Als ich die Bar verließ, regnete es. Offenbar schon eine ganze Weile. Mein erster Gedanke: Gut so. Das verwischt alle Spuren auf dem Dach. Weder in der Bar noch auf der Heimfahrt dachte ich an Luan Ademi und wie ich ihm eine Kugel in den Kopf gejagt hatte. Ich dachte an die Buchleserin. Wie sie mich angesehen hatte. Mit diesem Blick. Verschreckt. Aber auch empört darüber, von mir in so einer Situation angemacht zu werden. Hatte ich wirklich solche Signale ausgesandt?

Gegen drei Uhr morgens war ich endlich zu Hause. Martha wachte auf. Ich kuschelte mich an sie. Mir war nicht nach Schlafen. Sie fragte, ob mein alter Freund und ich in einem Stripclub waren oder wieso ich so spitz sei. »Kein Stripclub der Welt kann mich so auf Touren bringen wie du«, sagte ich. Wir hatten Sex. Wilder und ungestümer als üblich. Danach fiel ich in einen traumlosen Schlaf.

Nachmittag

Die Berlin-News waren wieder die Ersten, die meinen Mord meldeten. Noch in der Nacht posteten sie einen laufend aktualisierten Artikel. »Sex Kills«, lautet die selten bescheuerte und völlig unzutreffende Überschrift. Nicht Sex hat Luan Ademi getötet, sondern eine Kugel, die ich abgefeuert habe. Unter der Überschrift steht: »Brutaler Mord im Candyhaus«. Die Bilderstrecke enthält ein Foto des Candyhauses, mehrere Großaufnahmen von »Sex-Arbeiterinnen«, die ziemlich verschreckt aussehen, die Menge der Schaulustigen, Polizeiautos, der Leichenwagen. Ein Videoclip zeigt, wie die Polizei das Haus abriegelt, ein weiterer, wie die Leiche abtransportiert wird. In der neuesten Aktualisierung der Bildstrecke ist ein Foto von den Schaulustigen aufgetaucht, auf dem ich die Buchleserin trotz eines verpixelten Gesichts erkannte, und zwar an ihrem auffälligen Seidenkimono. Und mir kam vor Schreck beim Anblick des Fotos fast das Mittagessen hoch. Neben ihr: ICH. Der Schnappschuss hat den Moment festgehalten, in dem ich sie angesprochen habe und sie mich ansieht. Fuck, dachte ich. Mein Gesicht ist zwar auch durch Verpixelung unkenntlich gemacht, doch das alte verwaschene Shirt mit dem aufgedruckten Spruch »Tod & Teufel« ist gut zu erkennen. Reicht das, um mich zu identifizieren? Für einen Fremden vielleicht nicht. Doch für jemanden, der mich kennt? Für jemanden wie Bruckner, zum Beispiel, der mich schon zigmal in diesem Shirt gesehen hat?

FUCK!

Am liebsten würde ich mich selbst in den Hintern treten. Was habe ich mir gedacht? Warum bin ich nicht gleich verschwunden? Wie konnte ich so leichtsinnig sein? So dumm? War doch klar, dass alle sofort ihre Handys zücken. Die Hyänen von Berlin-News müssen nur die sozialen Medien abgrasen und kommen zu ihrem Bildmaterial, ohne einen Fuß vor die Tür zu setzen. Und man muss nicht lange suchen, um dort die unverpixelte Version der Bilder zu finden. Ich hätte es besser wissen müssen. Aber der Kitzel, dass ich die Ursache all dieses Durcheinanders bin und dass ich mehr weiß als all die anderen, hielt mich fest. Von allen Fehlern, die passieren können, sind die Fehler aus Eitelkeit die dümmsten.

9. September

Habe eben im Las Vegas Berlin mein Geld abgeholt. Wonnegast überreichte mir die Bündel. Zwanzigtausend Euro in Hundertern und Fünfzigern. Ich zählte nicht nach, steckte sie wortlos ein. Der lederne Martin brachte Wodka, Wonnegast machte die Gläser voll bis zum Rand.

»Sie sollten anfangen, Lotto zu spielen«, riet er. Als ich nicht gleich kapierte, was er meinte, sagte er: »Irgendwo muss Ihr Geldregen ja herkommen.«

»So leicht lässt sich meine Frau nicht täuschen«, sagte ich.

»Dann waren Sie eben beim Pokern, das kann sie nicht nachprüfen. Oder im Casino.«

»Wieso sollte ich das plötzlich tun? Ich war nie ein Spieler.«

Wonnegast seufzte wie über einen begriffsstutzigen Lehrling. »Und was wollen Sie dann mit der Kohle anstellen?«

»Vielleicht spende ich sie anonym dem Tierheim. Schließlich sind Ademis Hamster wegen mir obdachlos.«

Wonnegast lachte. »Ihre Entscheidung.«

Seit gestern hatte ich hin und her überlegt, ob ich Wonnegast von dem Foto erzählen sollte. Ich ließ es bleiben. Was würde es bringen? Kann er es aus der Welt schaffen? Nicht, wenn er keine Zeitmaschine hat.

Ich wollte verschwinden, doch er hielt mich zurück.

»Eine Sache noch«, sagte er und schenkte uns beiden Wodka nach.

Also blieb ich sitzen. Er wirkte plötzlich sehr ernst. Gab es noch mehr Probleme?

»Diese Typen, für die Sie den Albaner umgelegt haben«, sagte er, »die sind von Ihrer Arbeit schwer beeindruckt. So sehr, dass sie Sie exklusiv haben wollen. Sie denken jetzt vielleicht, das ist eine gute Nachricht. Ist es aber nicht.«

»Wen meinen Sie mit ›diese Typen‹?«, fragte ich zurück. »Kam der Auftrag nicht von den Libanesen?«

Wonnegast winkte ab, als wäre das eine abwegige Idee. »Es gibt einen ganz neuen Player. Ich nenne sie New Kids on the Block. Die wollen nach dem Krieg das ganz große Rad drehen.«

»Nach dem Krieg?«, fuhr ich auf. Ich dachte, ich hätte mich verhört. Wovon redete der Mann?

Wonnegast erklärte mir die Hintergründe. Der Mord an Ademi soll einen Bandenkrieg zwischen den Libanesen und den Albanern entfesseln. Deshalb diese besondere Waffe. Durch sie würde der Mord an Ademi wie ein Racheakt für einen früheren Mord an einem Libanesen wirken, der mit dieser Waffe begangen worden war. Wenn die beiden Gruppen sich gegenseitig dezimiert hatten, würden die New Kids auf den Plan treten, den Rest der konkurrierenden Gangs auf die eine oder andere Weise abservieren und die Geschäfte übernehmen.

Wonnegast erzählte all das, als sei es nichts Besonderes.

Business as usual. Tagesgeschäft. Ist es nicht. Bandenkrieg, das heißt: Blut auf den Straßen. Verletzte. Tote. Und nicht nur Gangmitglieder, sondern jeder, der zwischen die Fronten gerät. Auch Unschuldige.

»Sind Sie irre? Wieso haben Sie mir das nicht gleich gesagt?«, fragte ich fassungslos.

»Weil Sie solche Dinge nicht wissen müssen«, erwiderte er. »Dinge zu wissen ist meine Sache.« Er rückte mit seinem Stuhl noch näher an mich heran. »Hören Sie, das ist jetzt wichtig: Gibt es irgendjemanden außer mir, der weiß, dass Sie der Ausputzer sind? Haben Sie sich jemandem anvertraut? Ihrer Frau? Einem Freund?«

»Sie meinen den Polizistenfreund, der mich sofort verhaften würde?«, fragte ich sarkastisch. »Oder meine Frau, die es ganz sicher toll findet, mit einem Killer verheiratet zu sein?«

»Ich nehme das als ein Nein. Gut. Dabei sollte es bleiben. Und sollte doch jemand von den New Kids an Sie herantreten: Lassen Sie sich auf nichts ein. Diese Leute sind gefährlicher als alles, was Sie sich vorstellen können.«

»Was könnten die mir antun, das Sie mir nicht auch angedroht haben?«, fragte ich.

»Eine ganze Menge, glauben Sie mir. Bei den New Kids ist die Frage nicht, ob sie Sie töten würden, sondern wann und unter wie viel Schmerzen.«

Ich wechselte einen Blick mit dem ledernen Martin. Ein feines Lächeln umspielte seine Mundwinkel.

»Ist das bei Ihnen denn so viel anders?«, fragte ich Wonnegast. »Was ist, wenn Sie mich nicht mehr brauchen? Oder wenn ich zur Belastung werde? Wie kann ich wissen, dass Sie mich nicht an diese New Kids verraten? Unter Druck oder für Geld?«

Wonnegast grinste überheblich. »Das können Sie nicht wissen. Schon mal was von Vertrauen gehört? Aber bilden Sie sich nichts ein. So gut sind Sie auch wieder nicht, dass die mich foltern würden, um Ihren Namen rauszukriegen.«

Ich spüre ganz deutlich, dass Wonnegast mir nicht alles erzählt hat, was er weiß. Nur das, was ich wissen soll. Ich dachte, schlimmer, als es ist, kann es nicht mehr werden. Vielleicht habe ich mich da getäuscht. Und kein Ausweg, nirgends.

12. September

Erste Runde im Bandenkrieg: Letzte Nacht gab es in Kreuzberg auf offener Straße eine Schießerei. Albaner feuerten in einen BMW, in dem zwei libanesische Brüder saßen, beide Mitglieder eines mächtigen Clans. Big Player also. Einer ist schwer verletzt, der andere tot. Friede seiner Asche, sage ich da nur, bzw. gute Besserung. Nein, ich habe kein schlechtes Gewissen und rede mir auch keines ein. Wenn die sich gegenseitig abknallen – meinen Segen haben sie. Auch die New Kids, wie Wonnegast sie nennt, die aus diesem Krieg als lachende Dritte hervorgehen wollen, machen mir keine Sorgen mehr. Wahrscheinlich hat Wonnegast ihre Gefährlichkeit aufgebauscht, damit er mich nicht an die verliert. Ich bin seine Cashcow. Nein, was mir in den letzten Tagen keine Ruhe gelassen hat, war dieses verfickte Foto von mir in den Berlin-News. Und zu allem Überfluss schickte mir Bruckner gestern eine WhatsApp, die mir wie die Bestätigung meiner schlimmsten Befürchtungen erschien, oder zumindest wie ein Vorbote davon: »Muss hier mal raus. Heute Abend auf ein Bier im Dubliners? 8 Uhr?«

Okay, dachte ich im ersten Moment. Er weiß es. Er will mich konfrontieren. Noch inoffiziell, bevor es offiziell wird. Unter den Teppich kehren wird er jedenfalls nichts. Der erste Impuls: Sag nein. Keine Zeit. Sonja krank, Martha sauer. Schlechtes Timing. Irgendwas. Aber ich bin keiner, der Dinge auf die lange Bank schiebt. Lieber Augen zu und durch. Deshalb schickte ich das Daumen-hoch-Emoji und fing schon mal an, mir eine glaubwürdige Story auszudenken.

Nacht

Ausgerechnet heute gab es im Dubliners Livemusik von einer original irischen Band. Der Laden war zum Bersten voll, wir quetschten uns zu zwei besoffenen Iren an einen Stehtisch, für ein vernünftiges Gespräch war es viel zu laut. Bruckner wirkte ganz zufrieden mit dieser Situation. Er schien keinen besonderen Rededrang zu verspüren. Während ich es nicht erwarten konnte, endlich zu erfahren, was er wusste. War das Absicht? Taktik? Spannte er mich bewusst auf die Folter? Oder schob er den Moment, in dem er seinem besten Freund offenbaren musste, dass er ihn im Verdacht hatte, ein Mörder zu sein, einfach nur hinaus? So was ist ja selbst für einen hartgesottenen Bullen nicht leicht. Ich sah zu, wie er sein erstes Guinness in fast einem Zug runterschüttete und sich gleich das nächste holte. Als er auch dann nicht redete, machte ich einen Versuch.

»Mächtig was los bei euch«, schrie ich ihm ins Ohr. »Bandenkrieg und so.«

Er winkte ab. »Lass uns von was anderem reden.«

Nach einer gefühlten Ewigkeit hatte auch Bruckner genug, und wir verließen das Dubliners.

»Siehst fertig aus«, sagte ich auf dem Weg zur S-Bahn. »Häufst wohl gerade Überstunden an.«

Bruckner ging nicht darauf ein. »Die bringen sich jetzt alle gegenseitig um«, sagte er. »Sollte uns ja recht sein. Zufrieden ist trotzdem keiner. Am wenigsten der Chef. Weil wir total unfähig aussehen.«

Okay, dachte ich, wenn er in den nächsten fünf Minuten nicht von dem Foto anfängt, ist es kein Thema. Aber wenn es ein Thema ist, will ich es, verdammt nochmal, wissen.

»Was ist mit dem Mord an diesem Albaner«, fragte ich, »mit dem der ganze Scheiß angefangen hat? Die Tatwaffe muss doch irgendwohin führen.«

Bruckners benebelter Blick frischte schlagartig auf, so als hätte ihn ein Schwall kaltes Wasser ins Gesicht getroffen. Er blieb stehen und sah mich an. »Die Waffe?«, fragte er. »Wie kommst du auf die Waffe?«

Ich erschrak. Was hatte ich gesagt? Stammelte herum. Etwas in der Art: Hab irgendwo was gelesen und mir einfach nur Gedanken gemacht.

»Wir haben die Tatwaffe nicht«, sagte Bruckner. »Wenn der Mörder sie zurückgelassen hat, haben die Albaner sie. Die sind nicht sehr kooperativ und regeln das lieber auf eigene Faust.«

Scheiße, dachte ich. Was ist mit mir los? Wieso mache ich all diese dummen Fehler? Erst der Verbleib am Tatort, der zu dem Foto geführt hat, jetzt das. Irgendwie ist plötzlich der Wurm drin.

14. September

Hatte eben Megazoff mit Martha, der mir mindestens diese Nacht auf der Couch eingetragen hat. Ich dachte, die Gefahr ginge von Bruckner aus, aber nein, es war Martha, die mich mit dem verräterischen Foto konfrontierte. Sie hatte mein »Tod & Teufel«-Shirt erkannt, das unverpixelte Bild in den sozialen Medien gefunden und legte legte einen Ausdruck davon vor mich auf den Tisch.

»Willst du mir etwas sagen?«, fragte sie.

Da sich das Offensichtliche nicht leugnen ließ, brauchte ich eine Geschichte. Eine möglichst gute. Zum Glück hatte ich mir schon für Bruckner eine zurechtgelegt, so dass ich schnell antworten konnte. Okay, die Eröffnung war wenig originell: »Es ist nicht so, wie es aussieht, Schatz. Dieser alte Schulfreund, mit dem ich unterwegs war, wollte unbedingt noch ... na ja, du weißt schon. Er kennt das Candyhaus aus dem Internet. Ich wollte ihn dort nicht allein lassen. Ist ja keine sichere Gegend. Ich schwöre dir: Ich habe nichts getan. Ich habe auf der Straße gewartet. Und dann ging plötzlich das ganze Chaos los, alle schrien und rannten ins Freie. Ich habe die Frau auf dem Foto nur angesprochen, weil sie unter Schock stand. Sie sah aus, als würde sie gleich umkippen.«

»Das ist wirklich alles?«, fragte Martha und sah mich streng an.

Ich atmete einmal tief durch. War dies der Moment, mit der Geheimnistuerei Schluss zu machen und mit der Wahrheit rauszurücken? Über das, was ich wirklich im Candyhaus getan habe? Was ich mit Henning Voss' und Arnold Bertinis Tod zu tun habe? Dass ich ein Auftragskiller bin und – verdammt! – dass es mir gefällt? Denn das tut es. Ich kann es nicht bestreiten. Etwas sträubte sich in mir, ihr von alldem zu erzählen. Nicht Selbstschutz. Etwas anderes. Erzählt sie mir alles über sich? Es gibt Bereiche ihres Lebens, über die sie ungern spricht, und deshalb dränge ich sie auch nicht dazu. Es ist ihr Leben, und das respektiere ich. Das hier ist MEIN Leben. MEIN Ding. MEIN Geheimnis. Es geht sie nichts an. Es geht niemanden etwas an.

»Das ist alles«, sagte ich.

»Wieso hast du mir nichts davon erzählt?« Sie wurde lauter. »Du kommst nach Hause, schleichst in mein Bett, willst Sex, schläfst danach sofort ein, und das war's. Und auch am nächsten Morgen kein Wort.«

»Ich habe dir nichts davon erzählt, weil …«

Ich wollte sagen: Weil du mir sowieso nicht glaubst. Weil ich genau weiß, wie das jetzt läuft. Wir reden, wir streiten, bis zu dem Punkt, an dem dir alles zu viel wird und du dich in dein Schneckenhaus zurückziehst. Und je mehr du das tust, desto tiefer rutschst du in eine deiner depressiven Phasen rein. Wie immer, wenn du emotionalen Stress hast.

Ich sagte jedoch nur: »Ich habe dir nichts gesagt, weil es nicht wichtig ist.«

»Nicht wichtig?«, fuhr sie mich an. »Treue ist für dich nicht wichtig?«

»Ich war dir nicht untreu«, widersprach ich erneut. »Ich habe auf der Straße gewartet. Wie oft soll ich das noch sagen?«

»Lügen werden durch Wiederholung nicht wahrer«, sagte sie.

Ich schwieg. Wenn sie so drauf ist, hat es keinen Sinn, mit ihr zu reden. Von jetzt an wird sie jedes Wort und jedes Argument umdrehen und gegen mich wenden. Deshalb schwieg ich.

Martha sagte auch nichts mehr, stand auf und ging.

Sie hat mich nicht aus dem Schlafzimmer verbannt. Nicht offiziell. Ich bin ihr zuvorgekommen und übernachte freiwillig auf der Couch im Büro. Wird wohl für die nächsten Tage so bleiben.

15. September

Der Tag fing ungefähr so beschissen an, wie der letzte endete. Martha geht mir aus dem Weg. Als ich aufstand, schlug gerade die Haustür zu, wenig später startete ihr Auto, und das war's. Gebe Gott, dass es nicht so schlimm wird wie beim letzten Mal. Irgendwann verselbständigt sich ihr Zustand, löst sich vom eigentlichen Anlass, und du weißt gar nicht mehr, was du tun kannst, und hoffst nur, dass es sich bald wieder gibt. Mit Sonjas Geburt fing es an. Postnatale Depression. Davon ist anscheinend etwas hängengeblieben. Aber sich von einem Fachmann helfen lassen – no way!

Als hätte ich nicht schon genug am Hals, tauchte heute beim Training ein Typ auf, der mir äußerst verdächtig vorkam. Groß, blond, Mitte bis Ende vierzig. Kein Muskelpaket, aber durchtrainiert. Ich war gerade mit den Langhanteln zugange, da platzierte er sich nicht weit von mir am Latissimus-Zug. Grüßte nicht, sagte auch sonst nichts. Gleichzeitig widmete er mir verdächtig viel Aufmerksamkeit. So als würde er mich kennen. Oder kennenlernen wollen. Ich ignorierte ihn. Ging von den Hanteln zu den Cardio-Geräten. Ein paar Minuten später war er auch dort. Und lächelte mich an. Ein merkwürdiges Lächeln war das, schwer zu deuten. Selbst wenn sein Interesse an mir romantischer oder sexueller Natur wäre, wäre dieses Verhalten ungewöhnlich. Wieso hat er mich nicht angesprochen? Observiert mich der Kerl? Dann ist er ein ziemlicher Stümper, denn auffallender geht es nicht. Natürlich gibt es eine dritte Möglichkeit: Er will mich verunsichern. Bedrohen. In Angst versetzen. Nicht ganz ohne Erfolg, wie ich zugeben muss. Ich habe keine Angst, aber beunruhigt bin ich.

Wer könnte ihn geschickt haben? Die Albaner? Die Libanesen? Die New Kids, die mich exklusiv haben wollen? Allein die Länge dieser Liste beunruhigt mich. Wer auch immer den Blonden geschickt hat, eines ist sicher: Er bringt Probleme. Und wo steckt Wonnegast, wenn man ihn braucht? Das wissen die Götter. Im Las Vegas Berlin, wo ich nach dem Training vorbeigeschaut habe, war kein Mensch. Meine Nachrichten – ohne Antwort.

Es ist wohl an der Zeit, dass ich mir eine Waffe besorge.

18. September

FUCK!
FUCK! FUCK! FUCK!
Okay, ich muss mich beruhigen. Kühlen Kopf bewahren. Was schwerfällt, nach allem, was heute passiert ist.

Er war wieder da! Der durchtrainierte Blonde. Im KörperKult. Ich in der Sauna am Relaxen – da steht er plötzlich vor mir. Wie aus dem Nichts. Er kam rein, lächelte mich wieder auf diese hintergründige Weise an und fragte, ob es okay sei, wenn er einen Aufguss mache. Ich: »Klar, kein Problem, mach nur.« Er goss so großzügig auf, dass die Sauna von Dampf eingenebelt war. Als sich die Sicht wieder klärte, stand er auf einmal nackt vor mir. Sein Saunatuch war um den Türgriff und einen Haken geknotet, so dass niemand raus oder rein kam. Vergewaltigung! Das war mein erster Gedanke. Der Typ will dich vergewaltigen. Ich schielte nach dem Notfallknopf. Eigentlich war der nur zwei Armlängen entfernt – doch für mich unerreichbar. Der Blonde ließ sich neben mich auf die Bank fallen, rückte mir im wahrsten Sinne des Wortes auf die Pelle, so nah, dass unsere verschwitzte Haut sich berührte. Sein Arm umklammerte meine Schultern, während er mir seinen blauäugigen Blick in die Augen bohrte.

»Es heißt, du würdest Leute killen. Stimmt das?«

Das waren seine Worte.

Aufgeflogen, dachte ich.

Wer der Typ war, wer ihn schickte – alles egal. Er würde mich umbringen. Vielleicht vorher vergewaltigen, wenn er darauf stand. Oder wenn das Teil des gebuchten Pakets war. Aber noch war ich nicht tot. Noch hatte er mir nichts getan, außer mich in den Schwitzkasten zu nehmen. Also war nicht alles verloren.

»Soll das ein Witz sein?«, fragte ich.

»Siehst du mich lachen?«, fragte er zurück.

»Sie verwechseln mich mit jemandem«, sagte ich, und: »Ich kille niemanden.«

Da packte er mich bei den Eiern, ich meine, buchstäblich: ER PACKTE MICH BEI DEN EIERN! Hielt sie in seiner Hand und quetschte sie und flüsterte: »Schrei und du hast Eiersalat im Sack!«

Ich versuchte, die Schmerzen wegzuatmen. Er lockerte den Griff, ohne ganz loszulassen.

»Das eben war nur eine rhetorische Frage«, sagte er. »Ich weiß, dass du Leute killst. Also leugne es erst gar nicht. Du solltest das Morden wirklich lassen. Und schon gar nicht solltest du es unter meinem Namen tun. Mein Name ist so was wie ein eingetragenes Warenzeichen. Kapierst du das? Weißt du, was das ist? Was es bedeutet? Es bedeutet, dass nicht jeder Leute umlegen und behaupten kann, er sei der Ausputzer. Falls du es noch immer nicht kapiert hast – und das könnte ja sein, weil du dich gerade auf deine schmerzenden Eier konzentrierst –, sage ich es dir klipp und klar: Ich bin der Ausputzer! Nicht du! ICH! Verstanden?«

Ich nickte heftig.

Jemand rüttelte an der Tür.

»Also hör auf, unter meinem Namen Leute umzulegen.«

Erneut heftiges Nicken meinerseits.

Der Ausputzer – der ECHTE Ausputzer – ließ mich los und sprang auf. Er löste sein verknotetes Saunatuch vom Türgriff und spazierte hinaus, als sei nichts gewesen, meinte scherzhaft zu den beiden Männern, die draußen warteten: »Er gehört euch.« Die tapsten zaghaft rein und fragten mich, ob mit mir alles okay sei. Ich stürzte an ihnen vorbei aus der Sauna und sprang ins Kaltwasserbecken, um meine Weichteile zu kühlen. Es tut so gut, wenn der Schmerz nachlässt.

19. September

Martha spricht nur das Nötigste mit mir und meidet mich. Kommt abends spät heim, geht früh ins Bett und ist morgens, wenn ich aufstehe, fast schon weg. Ich schlafe weiterhin auf der Couch im Büro. Oder in Sonjas Zimmer auf der Gästematratze. Sonja versteht nicht, was los ist, deshalb hat sie Angst. Ich versuche, ihr zu erklären, was ich nicht erklären kann. »Mama ist gerade sehr, sehr traurig«, sage ich zu ihr, versichere ihr, dass es nichts mit ihr zu tun habe und dass Martha sie liebe. So ganz nimmt sie es mir wohl nicht ab.

Vorhin platzte mir dann doch der Kragen. Ich hatte Sonja ins Bett gebracht, ihr vorgelesen und wollte sie zudecken, als ich bemerkte, dass sie Tränen in den Augen hatte. Sie klammerte sich an mich, wollte nicht, dass ich wegging. Ich blieb, bis sie eingeschlafen war. Dann stand ich auf und ging ohne Anklopfen in unser Schlafzimmer.

Martha war wach. Starrte einfach nur an die Decke. »Das kannst du nicht machen«, fuhr ich sie an. »Wenn du mich bestrafen willst, meinetwegen. Aber nicht Sonja.«

Martha setzte sich auf, sah mich schweigend an.

»Sag mir, was mit dir los ist«, beschwor ich sie. »Lass dir helfen. Mach eine Therapie.«

»Ich brauche keine Therapie«, sagte sie. »Ich will nur, dass du mir die Wahrheit sagst.«

»Ist es immer noch, weil ich vor diesem Puff war?«

»Nein. Es geht um die Wahrheit. Du sagst mir deine Wahrheit, ich sag dir meine Wahrheit.«

Ich war kurz davor, sie aus dem Bett zu zerren. »Was soll der Quatsch? Meine Wahrheit, deine Wahrheit. Ich war bei keiner Nutte. Ich war dir in jeder Hinsicht treu. Ich tue alles für dich und diese Familie. Alles! Das ist die einzige Wahrheit, die es gibt. Ich schwöre es dir.«

Martha sah mich eine Weile an, ihr Gesicht wie eine Maske. Schließlich meinte sie: »Gut.« Einfach nur: »Gut.« Dann legte sie sich hin und kehrte mir den Rücken zu.

»Was heißt das jetzt?«, fragte ich.

»Gute Nacht«, sagte sie.

20. September

Seit heute Nachmittag bin ich Besitzer einer 10-mm-Pistole. Es ist eine Glock 22, von der ich nur Gutes gehört habe. Sogar das FBI verwendet diese Waffe als Dienstpistole. Die Übergabe fand auf einer Brache im Berliner Umland statt, der Händler ist ein junger Schweizer, der seit Jahren in Potsdam lebt. Er war vor mir am Treffpunkt und stieg aus seinem Audi, als ich mich näherte. Der Typ sah aus wie ein Gangsterrapper: behängt mit schweren Goldketten, klobige Ringe an den Fingern. Knappe Begrüßung mit der Faust (»Yo, Alter, was geht?«), dann öffnete er seinen Bauchladen, der in seinem Fall der Kofferraum war. Er hatte mehrere Pistolen im Angebot, leider keine SIG Sauer wie meine frühere Dienstwaffe. Er pries mir die Glock an, die sei gerade voll angesagt bei den Gangs. Sie gefiel mir auf Anhieb, auch weil sie für mich als Linkshänder gut zu bedienen ist. Liegt angenehm in der Hand, ist weder zu schwer noch zu leicht, der Magazinwechsel klappt zügig. Ich durfte ein paar Schuss abfeuern. »Fällt nicht auf«, meinte der Schweizer, »da hinten ist gleich ein Truppenübungsplatz.« Als ich ihn fragte, ob die Waffe eine Geschichte habe, wies er das weit von sich. Blütenrein sei sie, ich ihr Erstbesitzer. Ich habe mich also für die Glock entschieden und hundert Schuss Munition mitgenommen. Klingt nach viel, ist es auch, aber man weiß ja nie, was einem bevorsteht. Tausendfünfhundert Euro kostete mich das Gesamtpaket. Es liegt jetzt wohlverschlossen in meiner alten Geldkassette in der ebenfalls stets abgeschlossenen Schublade meines Schreibtischs.

21. September

Wonnegast ist aus der Versenkung aufgetaucht! Er spazierte gesund und munter ins Leonardo und setzte sich, wie bei unserem ersten Treffen, an den Nachbartisch. Die Bräune in seinem Gesicht war noch ein wenig intensiver als sonst, seine Schritte noch ein wenig federnder. Neben diesem Ausbund an Gesundheit fühlte ich mich alt und verbraucht. Ich ließ mir nicht anmerken, dass ich erleichtert war, ihn zu sehen, fragte nur beiläufig, wo er gesteckt habe. »Urlaub«, sagte er. Das habe er sich verdient. Weit weg von jedem WLAN und Handyempfang. »Digital detox«, nannte er es und schwärmte: »Natur pur.« Nun wolle er wieder Präsenz zeigen, versicherte er und kam auch gleich darauf zu sprechen, dass ich versucht habe, ihn zu erreichen. »War irgendwas Wichtiges?«, fragte er.

Ich erzählte ihm von meinem Zusammenstoß mit dem echten Ausputzer. Nicht in allen schmerzhaften Details, aber das Wesentliche. Während ich redete, rührte er in seinem doppelten Espresso, mit zunehmender Geschwindigkeit. Als ich fertig war, sah er mich irritiert an und meinte: »Ich dachte, Sie sind der Ausputzer.«

Ich war so außer mir, dass ich mit der Faust auf den Tisch schlug und ihn anschrie: »Sie dachten das, SIE! Ich habe das NIE behauptet! Im Gegenteil! Ich habe es bestritten! Bis ich mich von Ihnen in diese Rolle drängen ließ.« Die wenigen Leute im Leonardo schauten sich nach uns um. Etwas gedämpfter im Ton erklärte ich Wonnegast, was ich ihm schon vor ein paar Monaten erklärt hatte: dass ich in jener Nacht im Seehotel Möwe Denis Dragos' Leiche im Pool gesehen, aber nicht gemeldet hatte und daher das vermeintliche Täterwissen über die Blutlache am Becken-

216

rand hatte. »Das ist jetzt alles egal«, schloss ich meinen Bericht, »denn der echte Ausputzer ist not amused über das, was wir in seinem Namen treiben, und das ist für uns beide ein Problem.«

Wir unterbrachen unser Gespräch, weil wir schon zu viel Aufmerksamkeit erregt hatten, bezahlten unsere Rechnungen und verließen das Café. Draußen auf der Straße sagte Wonnegast, immer noch erstaunlich ruhig: »Ausputzer oder nicht, Sie haben geliefert. Das zählt. Was will der Typ überhaupt? Er hat sich zurückgezogen, wir haben das Geschäft übernommen. So ist das Leben.«

Die Wendigkeit, mit der Wonnegast sich auf die neue Situation einstellte, imponierte mir, doch seine kaltschnäuzige Haltung machte mich wütend. »Der Scheißkerl hatte meine Eier in seiner Hand und hätte sie fast zerquetscht!« Ich war wieder laut geworden. »Mir tut noch immer alles weh!«

»Jammern Sie hier nicht rum«, schnauzte er mich an. »Ihre Klöten werden sich schon wieder erholen. Alles läuft wie gehabt weiter. Mein Rat: Einigen Sie sich mit dem Mann. Bieten Sie ihm einen Deal an. Eine Beteiligung. Einen Rentenzuschuss. Etwas in der Art.«

»Darauf lässt der sich bestimmt nicht ein«, widersprach ich. »Können Sie nicht wenigstens aufhören, mich überall als den Ausputzer anzupreisen?«

»Wie stellen Sie sich das vor? Sie stehen als der Ausputzer im Schaufenster. Soll ich sagen: Ey, Leute, mein Mann ist gar nicht der Ausputzer. War ein Irrtum meinerseits. Mein Mann ist aber trotzdem gut. Wie stehe ich denn da, wenn ich das rausposaune? Wie der größte Idiot. Sie müssen auch mich verstehen.«

In diesem flapsigen Ton, der meiner Lage nicht im Geringsten gerecht wurde, ließ Wonnegast mich abblitzen. Verhöhnte mich. Zeigte mir, dass ihm meine Probleme völlig egal waren. Dafür wird er büßen. Eines Tages wird er es büßen! Für dieses Mal aber musste ich tatenlos zusehen, wie er bestens gelaunt in seinen beschissenen Mercedes stieg und davonfuhr. Er mag so gleichgültig tun, wie er will, letztlich bin ich das Kapital, mit dem er arbeiten will und das er schützen muss, wenn es hart auf hart kommt. Auch gegen den echten Ausputzer. Ich kann nicht behaupten, dass mir das gefällt, aber so ist.

22. September

Ich hatte die Nacht wieder bei Sonja verbracht, auf der Matratze neben ihrem Bett, und dachte, ich träume, als mich heute früh am Morgen ein zartes Streicheln meiner Wange weckte. Als ich Marthas Gesicht über mir erblickte, war ich mir sicher, dass es ein Traum sein musste. War es aber nicht. Martha war real. Im Nachthemd, aber real. Okay, dachte ich, sie hat mich gestreichelt, nicht geohrfeigt. Das machte mir Hoffnung.

Um Sonja nicht zu wecken, gingen wir in die Küche. Martha hatte Kaffee gekocht und schenkte mir eine Tasse ein. Kaffee, so stark, dass er Tote aufweckt. Sie wollte reden. Nein, eigentlich nicht reden, sondern mir etwas sagen: »Ich glaube dir.« Das waren ihre Worte. »Ich glaube dir.«

Von dieser plötzlichen Wendung überrascht, fragte ich: »Was glaubst du mir?«

»Dass du mir treu bist.«

»Das bin ich wirklich«, versicherte ich ihr. »Ich würde alles für dich und Sonja tun.«

218

»Natürlich«, sagte sie, »das weiß ich.«

Dann waren wir beide still. Saßen nur da. Tranken schluckweise den viel zu heißen, viel zu starken Kaffee.

Ich bin mit meiner Geschichte, mit dieser Mixtur aus Wahrheit und Lüge, durchgekommen. Was hat Martha bewogen, mir zu glauben? Was gab den Ausschlag? Glaubt sie mir wirklich, oder gibt sie es Sonja zuliebe nur vor? Ich fragte nicht. Lieber nicht mehr daran rühren. Die Zeit wird es zeigen.

Doch wie soll es weitergehen? Neue Lügen werden nötig sein, um mein anderes Leben zu verbergen.

Als wir schweigend in der Küche saßen und unseren Kaffee tranken, wünschte ich mir, ich könnte Martha mein Herz ausschütten. Wie aber sagst du deiner Frau, dass du drei Menschen umgebracht hast? Dass du ein Auftragskiller bist? Und dass du weitermachen musst, wenn du dich und deine Familie nicht in Gefahr bringen willst? Dass du sie aber auch in Gefahr bringst, wenn du weitermachst? Dass du allerdings mit deinem neuen Leben gar nicht mehr aufhören willst, weil es das Aufregendste ist, was dir je passiert ist? Vielleicht gibt es eine gute Art, dem Menschen, den du liebst, diese schreckliche Wahrheit zu eröffnen. Auf eine Weise, die nicht alles zerstört: Glück, Vertrauen, Liebe. Ich habe keine Ahnung, wie das funktioniert.

Irgendwann brach Martha die Stille, sagte: »Ich geh zuerst ins Bad.« An der Tür drehte sie sich um und ließ mich wissen, dass sie wieder die Pille nehmen werde, weil sie doch kein zweites Kind wolle. Im Nachhinein bin ich mir nicht mehr sicher, ob sie gesagt hat: »Ich will doch kein zweites Kind.« Oder: »Ich will VON DIR kein zweites Kind.« Was es auch war, das sie gesagt hat, ich sehe es wie sie, wenn auch aus anderen Gründen: Dies ist nicht die Zeit, um unsere Familie zu vergrößern.

Abend

Nachmittags im KörperKult. Das Training hilft mir beim Stressabbau. Doch seit ein paar Tagen komme ich nicht mehr in den Flow. War auch heute wieder nicht so konzentriert wie sonst. Wann immer sich irgendwo etwas bewegte, hatte ich die Augen dort. Und selbst wenn sich nichts bewegte, schaute ich ständig über die Schulter. Bis jetzt keine Spur vom Ausputzer. Der Typ machte mir Angst, das muss ich zugeben. Und doch, ein Teil von mir wünscht sich, dass er wieder auftaucht. Vielleicht hat Wonnegast recht, und es lässt sich ein Deal mit ihm machen.

In die Sauna gehe ich vorerst nicht mehr. Und unter der Dusche stehe ich auch immer mit dem Rücken zur Wand und die Augen geradeaus. Während ich mich heute abbrauste, kam mir in den Sinn, dass der Ausputzer mindestens zweimal hier gewesen ist. Wenn er sich nicht durch eine Seitentür hereingeschlichen hat, musste er am Empfang offiziell eingecheckt haben. Ich nahm nicht an, dass er sich mit seinem richtigen Namen angemeldet hatte. Aber aus Erfahrung weiß ich, dass die Art einer Lüge etwas über den Lügner preisgibt.

Am Empfang saß Luisa, was meine Erfolgsaussichten erhöhte, denn wenn mich meine Instinkte nicht komplett täuschen, passe ich genau in ihr Beuteschema. Ich ließ also beim Rausgehen meinen Charme spielen und fragte sie nach einem großen Blonden, blaue Augen, den Name hätte ich vergessen, dafür könne ich genaue Angaben machen, wann er hier gewesen sei. Als Grund für meine Suche gab ich an, der Typ habe mir fünfzig Euro geliehen, die ich ihm gern zurückgeben wolle. Luisa wunderte sich, dass ich mir nicht mal den Namen von jemandem merken konnte, der mir fünfzig Euro leiht (»das schreibt man sich doch auf, wenn man schon so vergesslich ist«). Sie erinnerte sich an drei Typen, auf die meine Beschreibung ungefähr passte. Von denen war es sicher keiner, denn der Ausputzer ist bestimmt kein langjähriges Mitglied im KörperKult.

»Könntest du nicht einfach nachschauen, wer am fünfzehnten und achtzehnten September spätvormittags eingecheckt hat?«, schlug ich vor.

»Nee, das kann ich leider nicht«, erklärte sie, »Datenschutz, du verstehst.« Aber weil ich nicht lockerließ, kam sie mir doch entgegen: »Ich kann ja mal nachgucken, ob einer da war, auf den deine Beschreibung passt.«

Sie schaute nach, klickte ein wenig herum und machte schließlich: »Hm.« Und dann sagte sie: »Das ist ja komisch.« Ich wollte wissen, was los sei, und da erklärte sie: »Ich habe hier jemanden, der an beiden Tagen eingecheckt hat, aber seine persönlichen Angaben sind merkwürdig. Sein Name ist Max Mustermann, und er wohnt in Mustermannstadt, in der Max-Mustermann-Straße. Ist das der Mann, den du suchst?«

Das Foto auf dem Bildschirm zeigte den Blonden, er zwinkerte uns zu.

»Da hat sich wohl jemand in unsere Datenbank gehackt und verarscht uns«, sagte Luisa.

Wie wahr. Bin ich überrascht? Nein.

Und was sagte es mir über den Ausputzer?

Dass er mir immer einen Schritt voraus ist.

24. September

Scheinbar ist alles gut mit Martha. Die große Depression ist abgewendet. Wir reden wieder miteinander. Wenn sie aus dem Salon zurückkommt, essen wir, sie erzählt mir von ihrem Tag, ich ihr von meinem, Sonja mischt sich mit Kita-Abenteuern ein. Danach spielt Martha im Wohnzimmer mit Sonja, während ich die Küche aufräume, und wenn es Zeit ist, bringt sie die Kleine ins Bett. Ich höre sie im Bad miteinander reden, manchmal flüstern sie, wenn sie sich Geheimnisse anvertrauen. Später sitzen Martha und ich bei einem Glas Wein in der Küche oder auf der Couch vor dem Fernseher. Alles wieder wie immer.

Aber eben nur scheinbar.

Ich spüre, dass mitnichten alles wieder gut ist. Die Traurigkeit ist noch da, Martha lässt sie nur nicht an die Oberfläche kommen, drängt sie zurück, überspielt sie. Sie tut das für Sonja, nicht für mich. Wenn wir unter uns sind, kehrt das Schweigen zurück. Im Bett wendet sie mir den Rücken zu. Tut so, als sei sie eingeschlafen, obwohl ich weiß, dass sie die halbe Nacht wach liegt.

So wie ich.

Ich müsste jetzt für sie da sein. Müsste mit ihr reden. Und wenn sie tausend Versuche dazu abblockt, müsste ich eben den tausendersten Versuch starten. Bis sie sich mir wieder öffnet. Aus ihrer Höhle herauskommt. Oder ich sollte Vorschläge machen, was wir als Familie unternehmen können. Kleine Freuden. So wie ich es sonst immer getan habe, wenn die dunklen Wolken aufzogen. Mit Liebe und Geduld habe ich diese jedes Mal vertrieben.

Doch jetzt fehlt mir die Kraft. Anderes nimmt zu viel Raum ein. Was ich getan habe und dringender denn je vor

Martha verbergen muss, denn so zerbrechlich, wie sie gerade ist, würde sie die Wahrheit nicht verkraften. Dazu die Bedrohungen von außen, mit denen ich umgehen muss. Der Ausputzer. Wonnegast. Auch Bruckner. Nicht zu vergessen Ademis Bande, die mir am liebsten eine Kugel durch den Kopf jagen würde. Manchmal beschleicht mich der Verdacht, dass alle Versuche, mich, Martha und Sonja vor all diesen Bedrohungen zu schützen, nur dazu führen werden, dass mir am Ende die Kraft fehlt, die Bedrohung innerhalb meiner Familie abzuwehren.

25. September

Ich war heute kaum aus dem Leonardo zurück und wollte gerade in die Waschküche verschwinden, da klingelte es an der Tür. Der Briefträger oder ein Paketdienst, dachte ich und öffnete ahnungslos. Vermutlich – nein, ganz bestimmt machte ich kein sehr geistreiches Gesicht, als ich den unangekündigten Besucher vor mir sah: Es war der Ausputzer. Max Mustermann. Bevor ich ein Wort herausbrachte, redete er bereits. Sagte, unser letztes Aufeinandertreffen sei leider ein wenig unerfreulich gewesen, entschuldigte sich für den derben Griff in meine Weichteile und meinte dann: »Wir sollten reden. Drinnen.« Und schon drängte er sich an mir vorbei ins Haus. Ihn rauszuwerfen verbot sich, nicht zuletzt wegen der Waffe, die er in einem Schulterholster trug. Die Ausbeulung unter seinem Jackett war nicht zu übersehen. Also ging ich voraus in die Küche und schenkte ihm sogar Kaffee ein, nachdem er darum gebeten hatte.

»Was wollen Sie hier, Herr Mustermann?«, sagte ich, mit besonderer Betonung auf dem Namen. Das registrierte er mit einem feinen Lächeln. Ja, ich war nicht untätig geblieben. Aber er hatte auch nichts anderes erwartet.

»Ich wollte mit eigenen Augen sehen, wie Sie leben«, sagte er. »Sind das da auf den Fotos Ihre Frau und Ihre Tochter?« Er deutete auf die Bilder, die in der Frühstücksecke an der Wand hängen.

»Als ob Sie das nicht längst wüssten.«

Mustermann (mangels eines anderen Namens nenne ich ihn so) nickte. Er wusste alles über mich.

So friedlich, wie er in meiner Küche saß, war es vielleicht nicht aussichtslos, auf einen Deal mit ihm zu hoffen. »Wenn es Ihnen um Ihren Namen geht ...«, begann ich. Doch er fiel mir ins Wort, sagte, darum ginge es ihm nicht, präzisierte dann: »Nicht nur. Ich will Sie von Ihrem falschen Weg abbringen. Denn Sie setzen all das hier aufs Spiel. Und wofür?«

»Völlig falsch!«, widersprach ich heftig. »Ich tue alles nur, um meine Familie zu schützen!« Ich erzählte ihm von meiner ersten Begegnung mit Wonnegast, der Verwechslung, Wonnegasts Drohungen gegen meine Familie und mich. Sogar von Rokko Langhoff erzählte ich, obwohl das gar nichts damit zu tun hat. Die gesamte beschissene Geschichte, von vorn bis hinten. In all ihrer Ausweglosigkeit. Es tat gut, endlich jemandem all das sagen zu können, es auszusprechen ohne Lüge und Verstellung. Auch wenn mein Gegenüber selbst ein Killer war. Oder gerade deswegen. Ich spürte eine Verbindung zu ihm. Nicht gerade wie zu einem Freund. Eher wie zu jemandem, der dasselbe Schicksal teilt. Was ich verschwieg, war der Kick, den mir das Töten inzwischen gab.

Mustermann hörte sich alles geduldig an. Rührte in seinem Kaffee, der bestimmt längst kalt war. Nahm von Zeit zu Zeit einen Schluck, ohne eine Miene zu verziehen. Als ich fertig war, sagte er: »Bei mir fing es auch so ähnlich an. Ich hatte mich bei den falschen Leuten verschuldet, sie nützten das aus und ließen mich Dinge für sie tun. Da ich gut war und immer besser wurde, hatte ich irgendwann einen Ruf. Der Ausputzer. Bis ich eines Tages merkte, was das Töten aus mir gemacht hatte. Mein normales Leben war nur noch eine Kulisse. Das eigentliche Leben ... das intensivere Leben war das Leben als Ausputzer. Als Mörder. Weil nichts mir einen solchen Kick gab. Die Anspannung, wenn ich die Tat plante. Die absolute Machtfülle, wenn ich sie ausführte. Ich, der Herr über Leben und Tod. Und dazu die Genugtuung, dass niemand eine Ahnung von alldem hat. Was kann größer sein? Ich war süchtig danach. Und wie jeder Süchtige war ich ein Meister der Täuschung und der Tarnung geworden. Ich machte allen etwas vor. Einschließlich mir selbst.«

»So ist es bei mir nicht!«, widersprach ich heftig, obwohl ich es längst besser wusste. »Ich will das nicht!«

»Sind Sie sicher? Wieso haben Sie dann niemandem was erzählt? Am Anfang, bevor Sie etwas getan hatten? Nicht mal Ihrer Frau. Oder Ihrem Polizistenfreund. Der hätte doch sicher etwas für Sie tun können.«

»Hätte er nicht!«, schrie ich. »Haben Sie mir nicht zugehört? Wonnegast erpresst mich! Er tötet Martha und Sonja, wenn ich nicht tue, was er von mir will.«

Max Mustermann blieb ruhig. »Vielleicht blufft er ja. Und wenn Sie schon jemanden töten müssen, wieso dann nicht ihn?«

Auch das hatte ich ihm erklärt, und nun tat ich es ein weiteres Mal: »Weil er sich abgesichert hat! Wenn ihm etwas geschieht, wird jemand anderes uns alle umbringen!«

»Okay, dann ziehen Sie doch einfach weit weg. Aufs Land, in ein Kaff, wo sich Hase und Fuchs gute Nacht sagen. Glauben Sie ernsthaft, der Typ würde sie aufspüren? Nach allem, was Sie über ihn erzählt haben, halte ich ihn nicht für eine so große Nummer. Er wird sich jemand anders suchen.«

Damit brachte Mustermann mich wirklich aus dem Konzept. Ich konnte nur stammeln: »Ich ... ich kann ... doch nicht ... Martha hat hier ihren Friseursalon und Sonja ihre Kita ...«

Er lachte laut auf. »Hören Sie nicht selbst, wie lächerlich das klingt?«

Natürlich hörte ich es. Deshalb schwieg ich.

Dafür redete Mustermann. »Wir Süchtigen«, sagte er, »wir erkennen einander auf den ersten Blick. Sie haben Blut geleckt, als Sie Rokko Langhoff erschossen haben. Doch da sind Sie vor sich selbst erschrocken. Sind weggelaufen. Weil Sie gespürt haben, wie sehr Sie es genießen, diesem Drecksack das Licht auszublasen. Und dann kommt dieser Wonnegast, liefert Ihnen eine Rechtfertigung und bringt Sie voll auf den Trip. Dieses Gerede, Sie hätten keine andere Wahl, damit belügen Sie sich selbst. Man hat immer eine Wahl. Immer! Und Sie haben die Ihre getroffen.«

Ich fühlte mich wie zerbrochen. In tausend Einzelteile, die nicht mehr zusammenpassen. Hatte Mustermann recht? Ja, nein. Vielleicht. Ich wusste es nicht. Nichts wusste ich mehr.

Keine Ahnung, wie lange mein Schweigen dauerte. Mustermann saß nur da und schaute mich an. Irgendwann fragte ich ihn: »Sie haben Ihre Laufbahn beendet. Wie haben Sie das geschafft? Wie konnten Sie Ihre Auftraggeber überzeugen, Sie aus der Verpflichtung zu entlassen?«

»Indem ich alle, die mich an der Leine hatten, umgelegt habe.« Er sagte es gelassen, als ginge es um Formalitäten.

»Sie meinen, ich soll ...?«

Ich schaffte es nicht, den Satz zu beenden. Mustermann sprang auf, packte mich am Kragen und zog mich hoch, dass die Nähte meines Hemds krachten. »Ich meine, das wäre der einzige Mord, den ich Ihnen durchgehen lassen würde«, schrie er mich an. Sein Gesicht war so nah, dass unsere Nasenspitzen sich fast berührten. Sein Atem traf meine Wangen. Dann stieß er mich zurück auf den Stuhl.

Während ich mich keuchend von dem Schreck erholte, blieb Mustermann vor mir stehen. Obwohl ich nur seine Fußspitzen sah, spürte ich seinen Blick auf mir. Dann erinnerte ich mich an alles, was ich getan hatte. Drei Männer sind dank mir tot, sagte ich mir. Kriminelle. Ich habe alles geplant und ausgeführt, und ich habe einen verdammt guten Job gemacht. Kein Grund, sich Vorwürfe zu machen. Und schon gar nicht muss ich mich von diesem Typen abkanzeln lassen. Will mir ausgerechnet er, ein Mörder wie ich, ins Gewissen reden? Mit welchem Recht?

Ich schaute auf, hielt seinem Blick stand. »Was ist eigentlich Ihr Problem, Mustermann?«, fragte ich. »Geht es Ihnen wirklich nur um Ihren Namen?«

»Was heißt hier nur!«, brauste er auf. »Ein Name ist wichtig! Und ich will nicht, dass Ihre Scheiße an mir hängenbleibt. Ich führe ein ruhiges Leben, und dabei soll es bleiben.«

»Sind Sie sicher, dass das alles ist?«, gab ich kühl zurück. »Oder können Sie es nur nicht verkraften, dass ich die Fußstapfen, die Sie hinterlassen haben, so gut ausfülle? Name hin oder her, wenn Sie eines Tages doch wieder einsteigen wollen, ist Ihr Platz besetzt. Weil es einen gibt, der genauso gut ist wie Sie. Oder besser. Wer braucht Sie dann noch? Sie sind Schnee von gestern, und das verkraften Sie nicht.«

Mustermann schlug mir mit der flachen Hand ins Gesicht. »Halten Sie Ihre verdammte Klappe!«, schrie er mich an. »Und seien Sie kein Dummkopf! Sonst werden Sie es bereuen!«

Damit zischte er ab.

Anscheinend habe ich einen wunden Punkt getroffen. BÄMM!

27. September

Heute Morgen rief überraschend Bruckner an. Um etwas zu klären, wie er nebulös sagte. Am Telefon könne er das nicht machen, ich solle zu ihm in die Keithstraße kommen. Heute noch. Bei mir heulten alle Alarmglocken los. Seit ich meinen Dienst quittiert habe, war ich nicht mehr in der Keithstraße. Bei keinem Ehemaligentreff, keinem Kollegenausstand, nichts. Ich habe einen großen Bogen um alles gemacht, was mit dem LKA zu tun hat. Räumlich und auch sonst. Bruckner ist mein einziger Kontakt von damals, den ich nicht abgebrochen habe. Und nun bat mich ausgerechnet er, der meine Lage genau kannte, an diesen vergifteten Ort. Was konnte so wichtig sein?

»Wir müssen ja nicht hierbleiben«, bot er an. »Können Mittagessen gehen. Es gibt ganz in der Nähe einen neuen Dönerladen.«

Das klang schon besser. Zumindest ein bisschen. Weil er mir ohnehin keine Wahl ließ, stimmte ich also zu. »Hol mich unten ab«, sagte er und legte auf, bevor ich antworten konnte. Ich wurde das Gefühl nicht los, dass mein alter

Freund und Kollege etwas im Schilde führte. Und so war es auch.

Ich fuhr mit der S-Bahn in die Stadt, stieg am Zoo aus und legte das letzte Stück zu Fuß zurück. Meine alte Strecke. Mit heftigem Herzklopfen stand ich schließlich vor den Türen meiner früheren Wirkungsstätte, las das Schild neben dem Eingang: »LKA 1 Delikte am Menschen«. Vor der Tür rauchten zwei junge Beamtinnen ihre Zigaretten und beäugten mich misstrauisch. Ich erinnerte mich wieder, mit wie viel Enthusiasmus ich früher hier ein und aus gegangen war. Ein engagierter Polizist mit Karriereaussichten, gleichermaßen beliebt bei seinen Kollegen und Vorgesetzten. Aber das war in einem anderen Leben. Ich rief Bruckner an und meldete, dass ich da war.

»Komm einfach rauf«, sagte er. »Ich habe unten Bescheid gegeben, du kannst durchgehen.«

Ich war verärgert. Fühlte mich von ihm verarscht. Aber war ich überrascht? Hatte ich es nicht geahnt, dass er mich in den alten Kasten locken wollte? Nur wieso? Mit einem mulmigen Gefühl ging ich rein und rauf in den zweiten Stock, wo Bruckner sein Büro hat. Ich war froh, dass mir niemand begegnete, den ich von früher kannte. Als ich eintrat, tippte Bruckner weiter auf seiner Computertastatur herum und bat mich, Platz zu nehmen. Keine Ahnung, ob er wirklich zu tun hatte oder ob er mir nur Zeit lassen wollte, die Umgebung auf mich wirken zu lassen. Ein Trick, den wir anwandten, um Verdächtigen Zeit zu geben, sich das Schlimmste auszumalen. Ich entzog mich dem Psychospiel, indem ich mir erst wie selbstverständlich von dem Kaffee einschenkte, der in der Kanne war, und dann über die spartanische Einrichtung scherzte. Nicht mal Fotos von Frau und Kindern sah ich. Bruckner ging nicht darauf ein, tippte weiter auf seinem Computer. Endlich fertig, ließ er sich schnaufend in seinem Bürostuhl nach hinten sinken.

»Du hast es ja vielleicht gehört«, sagte er. »Letzte Nacht ist eine junge Mutter bei einem Schusswechsel gestorben.«

Ich verneinte. Ich höre zurzeit keine Nachrichten und lese keine Zeitung.

»Kollateralschaden«, fuhr Bruckner voller Bitterkeit fort. »Zwei Typen ballern auf einmal los, ein Querschläger führt zum Kopfschuss. Die Frau war tot, ehe sie auf dem Boden aufschlug.«

Er machte eine Pause, vielleicht erwartete er, dass ich etwas dazu sagte. Tat ich aber nicht. Bin ich verantwortlich für den Tod der Frau, weil der Stein, der allmählich zur Lawine wird, durch mich ins Rollen kam? Kann man natürlich so sehen. Andererseits: Wenn ich Ademi nicht erschossen hätte, hätte es eben jemand anders gemacht. Klingt nach einer Ausrede, ein wenig ist es das auch, aber trotzdem ist es eine Tatsache.

»Was gibt's denn so Wichtiges, dass ich extra herkommen musste?«, sagte ich, bemüht, ruhig zu bleiben. Oder zumindest so zu wirken. Denn ich war nicht ruhig, und je länger er mich hinhielt, desto nervöser wurde ich.

Bruckner schwang sich in seinem Stuhl wieder nach vorn und meinte: »Es geht um den Mord an Luan Ademi. Wir haben die beiden Projektile, die sein Hirn zu Brei gemacht haben, analysiert. Wir wissen auch, dass mit einer P225 geschossen wurde. So eine, wie wir sie im Dienst verwenden.«

Bruckner schwieg. Sah mich an. Ich hätte den Blick erwidern sollen. Ihm standhalten. Aber stattdessen griff ich nach einer Büroklammer, die auf seinem Schreibtisch lag, und spielte damit herum. Mir war klar, wie das auf ihn wirkte. Bruckner hat ein Auge für solche Kleinigkeiten. Trotzdem konnte ich es nicht verhindern.

»Die Mordwaffe gehört einem Libanesen«, fuhr er fort, »der Angel genannt wurde. Allerdings ist Angel seit drei Jahren tot. Es sieht so aus, als sei der Mord an Ademi ein Racheakt für den Mord an Angel.«

»Dann ist ja alles klar«, sagte ich.

»Gar nichts ist klar«, widersprach Bruckner. »Die Libanesen sagen, für Angel hätte keiner einen Bandenkrieg riskiert. Nicht nach drei Jahren. Angel war ein Niemand. Ein Laufbursche, der mehr sein wollte, als er war. Es geht nicht um Angel. Es geht um die Waffe. Ademis Mörder hat sie am Tatort zurückgelassen. Als eine Botschaft.«

»Dann habt ihr sie?«, fragte ich.

»Nein. Auch wenn sie es bestreiten: Die Albaner haben sie. Sie geben sie nur nicht raus. Sie brauchen sie, um Ademis Mörder damit eine Kugel in den Kopf zu jagen.«

»Falls sie ihn erwischen«, sagte ich, mehr für mich.

»Falls sie ihn erwischen«, wiederholte Bruckner und schwieg.

»Sehr interessant«, befand ich nach einer Weile. »Aber warum erzählst du mir das?«

»Weil ich mich frage«, antwortete er, »woher du wusstest, dass die Mordwaffe am Tatort geblieben ist?«

»Ich? Wie kommst du darauf, dass ich das wusste?«

»Weil du es selbst gesagt hast. Beim letzten Mal, als wir im Dubliners einen trinken waren. Auf dem Weg zur S-Bahn.«

Ich hatte schon befürchtet, dass es darauf hinauslief. Dieser ausgefuchste Mistkerl. Selbst wenn er halb besoffen ist, entgeht ihm nichts.

»Ich weiß nicht, wovon du sprichst«, log ich. »Ich hatte einen sitzen. Keine Ahnung, was ich gefaselt habe. Vielleicht bin ich einfach davon ausgegangen, dass ihr sie habt.«

»Wie konntest du davon ausgehen?«, erwiderte er. »Du müsstest wissen, dass Mörder das in der Regel nicht tun. Waffen an Tatorten zurücklassen und so.«

»Was willst du eigentlich von mir?« Ich wurde laut. Es hätte nicht passieren dürfen. Doch ich konnte es nicht verhindern. Alles zusammen – dieses verdammte Büro in diesem verfluchten Gebäude, Bruckners drängende Fragen, seine ganze Art, die ich aus zahllosen Vernehmungen kenne – war einfach zu viel. Bruckner musste nur zusehen, wie mir die Kontrolle langsam entglitt. Ich lieferte ihm alles, was er brauchte, um zu wissen, dass ich etwas verbarg.

Statt mich zu beruhigen, drehte ich weiter auf. »Was soll das hier werden?«, fuhr ich ihn an. »Wofür muss ich mich rechtfertigen? Willst du auch noch wissen, wo ich in der Nacht war, in der Ademi erschossen wurde?«

»Wollte ich nicht«, sagte er mit demonstrativer Gelassenheit. »Aber wenn du es schon ansprichst …«

»Ich war mit einem alten Freund unterwegs, den ich lange nicht gesehen habe«, sagte ich. »Fast die ganze Nacht. Willst du seinen Namen?« Die Worte waren schon gesagt, als mir einfiel, dass ich bei Martha Wonnegast als meinen alten Freund ausgegeben hatte. Ob sie sich an den Namen erinnert? Er ist nur ein- oder zweimal gefallen. Vor Bruckner konnte ich ihn nicht nennen, das war klar.

Bruckner winkte ab. »Ist ja gut«, sagte er. »Was regst du dich so auf? Du hast an dem Abend gemeint, du hättest das irgendwo gelesen, und ich wollte wissen, wo das war. Aber anscheinend habe ich dich falsch verstanden. Daher erübrigt sich die Frage.«

Komm mir jetzt bloß nicht so!, dachte ich. Das hättest du mich schon am Telefon fragen können. Du wolltest mich vorführen! Mich, deinen Freund! Und wenn ich dich so ansehe, mit diesem feinen Grinsen, sehe ich, wie zufrieden du bist!

»Gehen wir essen«, sagte er.

»Keinen Hunger mehr!«, rief ich. Dann sprang ich auf und rannte aus dem Büro.

Ich rannte und rannte. Die Treppe runter, auf die Straße, immer weiter und weiter, bis ich mich auf dem Ku'damm wiederfand. Um mich herum Touristengruppen, Shopper, Flaneure. Notgedrungen passte ich mein Tempo an. Je ruhiger ich wurde, desto mehr begriff ich, was für ein Fiasko mein Auftritt bei Bruckner gewesen war. Keine Ahnung, wessen Bruckner mich verdächtigt. Wahrscheinlich ist es bei ihm wie so oft: Er folgt einem Gefühl. Einer Intuition. Ich habe ihm durch meinen Ausraster gezeigt, dass er auf der richtigen Fährte ist. Ob ich mich auf ein Flashback durch das Rokko-Langhoff-Trauma rausreden kann? Getriggert durch die Rückkehr an meine alte Wirkungsstätte? Ich muss es versuchen. Vordergründig wird Bruckner diese Erklärung akzeptieren. Aber wird er sie glauben? Wohlwollende sechzig Prozent von ihm werden es vielleicht tun. Die restlichen vierzig Prozent, die den stets misstrauischen Ermittler ausmachen, werden mich weiter mit Argusaugen beobachten und auf meinen nächsten Fehler warten.

Noch auf der Straße rief ich Wonnegast an. Drängte auf ein Treffen. Er hat erst am Abend Zeit. Also fuhr ich nach Hause und lenkte mich mit Hausarbeit ab.

Nacht

Ich komme gerade von meinem Treffen mit Wonnegast. Obwohl es spät ist, will ich die Ereignisse vom Rest dieses Tages aufschreiben. Ich bin sowieso zu aufgekratzt, um jetzt zu schlafen.

Am Nachmittag rief ich Bruckner an, erklärte ihm mein Verhalten mit dem alten Rokko-Langhoff-Trauma. Er verstand, entschuldigte sich, dass er mich in diese Lage gebracht habe. Doch wie er mit mir sprach ... Ich kenne ihn zu gut, um auf seine verständnisvolle Art reinzufallen. Er glaubt mir kein Wort. Er hat einen Verdacht. Er ist gefährlich. Vielleicht sieht er sich gerade all die Fotos durch, die in der Nacht des Ademi-Mordes vor dem Candyhaus gemacht wurden, auf der Suche nach meinem Gesicht in der Menge der Schaulustigen.

Martha kam pünktlich zum Essen und übernahm Sonja. Ich machte mich für das Treffen mit Wonnegast fertig. Auf Wonnegasts Vorschlag in einem Stripclub irgendwo in Mitte. Nicht wegen der Show, sondern weil an solchen Orten niemand gewesen sein will, nach dem Motto: Was im Häschenclub passiert, bleibt im Häschenclub. Ich war schon auf dem Weg nach draußen, als Martha mir nachrief, ob ich mich wieder mit diesem alten Freund träfe. »Wie heißt er noch mal?«, fragte sie. Ich tat so, als hätte ich sie nicht gehört, und war draußen. Das Erste, was an diesem üblen Tag gut lief: Martha erinnert sich offenbar nicht an Wonnegasts Namen.

Ich war vor Wonnegast im Club und hatte, als er kam, schon einen Drink und einige tiefe Einblicke Vorsprung. Wonnegast kannte den Besitzer des Clubs, wir hatten ein Séparée, und eine Flasche Wodka und zwei Gläser standen auch schon auf dem Tisch. Ich erzählte Wonnegast von meiner unglücklichen Begegnung mit Bruckner, von der Gefahr, die davon ausging. Eine weitere Sorge hatte ich inzwischen, und die verschwieg ich Wonnegast nicht: »Wenn irgendwann gegen mich ermittelt werden sollte, erfahren die Albaner das, und die können es gar nicht erwarten, mir eine Kugel in den Kopf zu jagen. Die haben sich dafür extra Angels Waffe aufgehoben.«

Wonnegast hörte sich alles in Ruhe an und erklärte schließlich: »Wie ich das sehe, ist dieser Bulle eine Gefahr, die wir schnellstmöglich beseitigen müssen.«

Ich erschrak heftig, als ich das hörte. Das Wort »beseitigen« gefiel mir nicht. »Ich will nicht, dass Bruckner was passiert«, wandte ich mit Nachdruck ein. »Er ist und bleibt ein Freund.«

Wonnegast schnaubte verächtlich. »Leute wie wir haben keine Bullen als Freunde«, erklärte er, »sie stehen bestenfalls auf unserer Lohnliste.«

»Das mag für Sie gelten«, sagte ich, »für mich nicht.«

»Verstehe. Würde dieser Freund Sie notfalls decken?«

»Wenn er das täte, wäre ich nicht hier«, sagte ich. »Nein, er würde mich nicht decken. Schon gar nicht bei einem Kapitalverbrechen. Dafür ist er zu sehr Polizist.«

Wonnegast schüttelte den Kopf. »Schöne Freunde haben Sie. Denken Sie, er hat schon mit anderen Bullen über Sie gesprochen? Oder irgendetwas in den Akten?«

»Sicher nicht«, erwiderte ich. »Er wird das erst offiziell machen, wenn er unwiderlegbare Beweise hat. Auch wenn Sie es nicht glauben: Bruckner ist loyal. Nur halt nicht demjenigen gegenüber, der alle seine Werte verraten hat.«

»So wie Sie«, sagte Wonnegast kühl.

»Weil Sie mich dazu zwingen«, gab ich zurück.

»Hören Sie doch auf. Darüber sind wir längst hinaus.«

Ich schwieg. Was sollte ich auch sagen? Es ist, wie es ist.

»Dieser Bulle wird langsam zur Belastung«, sagte Wonnegast. »Je eher man etwas tut, desto besser. Aber er ist Ihr Freund, und das respektiere ich. Ich werde jemand anders für den Job finden.«

»Moment!«, widersprach ich. »Es gibt keinen Job! Es muss einen anderen Weg geben!«

»Und wie stellen Sie sich das vor?«

»Alles, was ich brauche, ist ein Alibi für die Nacht, in der Ademi ermordet wurde. Meiner Frau habe ich gesagt, ich sei mit einem alten Freund unterwegs. Finden Sie jemanden, der für mich lügt, zur Not auch unter Eid. Dann bin ich fein raus.«

Wonnegast überlegte, dann nickte er. »Meinetwegen«, sagte er. »Machen wir es so.«

Wir tranken ein wenig weiter, bis Wonnegast vorschlug, ein paar Mädchen zu uns ins Séparée einzuladen und ein wenig Spaß zu haben. Auf seine Kosten. Ich lehnte dankend ab und verabschiedete mich.

Als Martha mich fragte, wo ich an diesem Abend mit meinem alten Freund war, sagte ich ohne jedes verräterische Zögern: »In einer Bar.«

OKTOBER

3. Oktober

Bruckner ist tot.
   Erschossen.
   Drei Tage nach meinem Gespräch mit Wonnegast.
   Wonnegast hat das getan. Oder besser gesagt, veranlasst.
Meinen Vorschlag hat er nie ernsthaft in Erwägung gezogen. Er geht lieber auf Nummer sicher.
   Tote ermitteln nicht.
   Tote reden nicht.
   Tote sind keine Freunde.

Wir trafen gerade bei meinem Vater auf dem Land ein, wo wir das verlängerte Wochenende verbringen wollten, als ich erfuhr, was passiert war. Ich hatte es dringend nötig gehabt, mal raus aus der Stadt zu kommen, mit Martha und Sonja ein bisschen ungestörte Familienzeit zu haben. Und mit Papa. Natur. Erholung. Entspannung. Nach allem, was in den letzten Wochen an meinen Nerven gezerrt hat, sehnte sich jede Faser meines Körpers danach. Und mein gemarterter Verstand noch viel mehr. Wir waren kaum angekommen und aus dem Auto gestiegen, da rief Inga an.

Ahnte ich schon etwas, als ich die Nummer im Display las? Ich erinnere manches glasklar. Anderes liegt wie im Nebel. Inga war in Tränen aufgelöst. Es dauerte, bis ich verstand, was los war. »Sie haben ihn erschossen«, schluchzte sie. »Verstehst du? Einfach so! Erschossen!« Ich war wie gelähmt. Konnte kaum etwas sagen und reichte mein Handy deshalb an Martha weiter. Sie war ebenso bestürzt wie ich, aber wie durch ein Wunder hat sie, wenn es um die Probleme anderer Leute geht, immer genau so viel Kraft, wie sie gerade braucht. Während ich mich ausgebrannt und leer fühlte. Papa stand mit hilflos hängenden Armen in der Haustür. Er konnte nicht wissen, was los war, aber dass es ernst sein musste, war offensichtlich. Sogar Sonja merkte es. Na ja, Kinder haben sowieso ein feines Gespür für Spannungen. Sie kam zu mir, griff nach meiner Hand, und als ich ihr weiches, federleichtes Händchen in meiner Hand spürte, konnte ich die Tränen nicht mehr zurückhalten. Mein bester Freund war tot. Und das Schlimmste daran ist, und das konnte ich niemandem sagen: Es ist meine Schuld. Ganz allein meine Schuld.

Nachmittag

Martha hat Inga angeboten, dass wir zurück nach Berlin kommen, um bei ihr zu sein. Zum Glück hat Inga abgelehnt. Ich will mir nicht vorstellen, sie ... und die Kinder ... Ihre Eltern seien da, sagte sie, Nachbarn und Freunde kämen vorbei und brächten Essen, nähmen ihr die Kinder ab, machten Besorgungen. Wir sollten die Ruhe auf dem Land genießen. Für uns ... insbesondere für mich sei es ja auch ein schwerer Schlag, als sein bester Freund ...

Martha ist mir gegenüber sehr still. Distanziert. Kein Vergleich zu damals, nach Mamas Tod. Da nahm sie mich in den Arm, massierte mir den verspannten Nacken. Die Füße. Wir redeten oder schwiegen gemeinsam. Tranken Tee oder Wein. Schliefen aneinandergeschmiegt vor dem Fernseher ein. Heute hält sie sich von mir fern. Sie kümmert sich um Sonja, spricht mit Papa. Mich fragt sie nur ständig, wie es mir geht und ob ich reden wolle. Ich glaube, so wie die Dinge zwischen uns gerade stehen, ist sie ganz froh, dass ich es nicht tue. Worüber sollte ich auch reden? Ich müsste sie einmal mehr belügen, und das will ich nicht. Also schweige ich.

Nacht

Ich habe den ganzen Tag über Informationen gesammelt. Habe die Nachrichtenportale abgegrast und Kollegen von früher angerufen. Nach allem, was man bis jetzt weiß, ist Folgendes passiert:

Bruckner erhielt spätabends einen Anruf. Wer der Anrufer war, ist unbekannt. Womit er Bruckner zu einem Treffen lockte, ebenfalls. Vermutlich mit Informationen zu einem Fall. Alles, was Bruckner bekam, war eine Kugel in den Kopf. Wo das passiert ist, muss noch ermittelt werden. Die Leiche wurde im Kofferraum seines Wagens aufgefunden, den der oder die Täter in Berlin-Steglitz abgestellt haben. In einem Halteverbot. Er sollte wohl schnell gefunden werden. Um ein Zeichen zu senden. Mehr erfährt man nicht. Mehr teilen mir die alten Kollegen auch unter der Hand nicht mit. Umso eifriger wird in den Medien spekuliert. Berlin-News ist mal wieder ganz vorn mit dabei. Von einer

Hinrichtung faseln sie. Bruckner sei in die Ermittlungen zu dem aktuellen Bandenkrieg maßgeblich involviert gewesen. Vielleicht komme der Mörder aus dieser Ecke. Oder es sei ein Racheakt von jemandem, den Bruckner vor Jahren hinter Gitter gebracht hat. Es gebe an der Leiche keine Spuren eines Kampfes, habe ich von Niemeyer erfahren. Bruckner war wohl ahnungslos bis zu dem Moment, in dem ihn die Kugel traf. Ob er seinen Mörder überhaupt gesehen hat?

In mir ist immer noch diese Leere. Keine Gefühle. Nicht mal Hass auf den, der das getan hat. Oder den, der den Auftrag dazu gab: Kurt Wonnegast. Der Hass wird kommen. Da bin ich sicher. Und Wonnegast wird büßen. Eines nicht allzu fernen Tages wird er büßen. Für alles, was er mir angetan hat.

7. Oktober

Heute war Bruckners Beerdigung. Mit allen Ehren. Polizei in Uniform und in Zivil. Seine Kollegen aus der Keithstraße in nachtschwarzen Anzügen, mit blassen Gesichtern, mancher hatte Tränen in den Augen. Einer nach dem anderen bekundete Inga sein Beileid. Sie nahm es tapfer entgegen. Verweinte Augen, ja, aber stets mit Fassung. Sie ist keine, die zusammenbricht, und wenn doch, steht sie schnell wieder auf. Eine Frau, die es so lange mit einem Polizisten wie Bruckner aushält, muss so sein. Ich hielt mich von ihnen allen fern, auch von Inga. Blieb in der zweiten Reihe in Deckung. Konnte es kaum erwarten, bis alles vorüber war. Die Polizeikapelle spielte. Der neue Besen, über den Bruckner oft gelästert hatte, lobte in einer bewegenden

Trauerrede Bruckners unbestechliches Pflichtgefühl. Sein gutes Verhältnis zu allen Kollegen. Seine Menschlichkeit gegenüber jedermann. »Nie vergaß er«, so der Besen, »den Menschen zu sehen, auch und gerade in den Gestrauchelten, die üblicherweise nur Verbrecher, Kriminelle und Schlimmeres genannt werden.«

Spätestens da liefen auch bei mir ein paar Tränen. Martha schaute weg, als geniere sie sich für mich. Was ich mir nicht erklären kann, denn sie ist sonst nicht so. Findet es gut, wenn Männer Gefühle zeigen. Oder sollte ich ihre Tränen nicht sehen? Ich weiß, dass sie Bruckner nicht besonders mochte. Vielleicht ist ihr das jetzt peinlich. Keine Ahnung, ob es so war. Wir haben nicht darüber gesprochen. Am Ende der Feier tönte Led Zeppelin vom Band, »Stairway to Heaven«. Das hatte Bruckner selbst so bestimmt. Für den Fall der Fälle. Das heißt, für diesen Fall. Danach ging es von der Aussegnungshalle ans Grab, letzte Abschiedsworte, dann war es endlich, endlich vorbei.

Wieder zu Hause, sprachen Martha und ich noch immer nicht viel. Sie fragte nur erneut, wie es mir gehe, und meinte, ich könne über alles mit ihr reden. Doch mir war weniger denn je nach reden. Martha blieb eine Weile zu Hause, schließlich fuhr sie in den Salon. Ich war allein mit mir und meinen Gedanken an Bruckner, der jetzt in einer Kiste liegt, zwei Meter unter der Erde. Und wie ich es auch drehte, es war meine Schuld. Ich hätte mir denken können, dass Wonnegast diesen Weg wählen würde. Er ging lieber auf Nummer sicher.

Irgendwann ertrug ich die Stille zu Hause nicht mehr, packte meine Sportsachen und machte mich auf ins KörperKult. Auf halber Strecke überlegte ich es mir anders. Die Wut, die so lange in mir geschwelt hatte, brach an die Oberfläche durch. Ich musste Wonnegast zur Rede stellen. Denn schließlich ist alles seine Schuld. Allein seine Schuld! Ich stellte mir vor, wie ich ihn packte und zusammenschlug. Bis er keinen Mucks mehr machte. Bis er krepiert war!

Schon von weitem sah ich seinen weinroten Mercedes neben dem Eingang vom Las Vegas Berlin parken. Ich fuhr auf den Hof. Doch ich stieg nicht aus. Konnte es nicht. Ich stellte nicht einmal den Motor ab. Starrte nur auf den Eingang. Auf die offene Glastür, die mich provozierte. Verhöhnte. Verlachte.

Irgendwann trat der lederne Martin ins Freie, verschwand gleich wieder nach drinnen, und schließlich tauchte Wonnegast auf. Breitbeinig stand er da und sah mich an. Ich vergaß alles, was ich ihm an den Kopf werfen wollte. All meine Mord- und Rachefantasien waren zerplatzt. Meine Hilflosigkeit wurde mir bewusst. Ich kann Wonnegast nicht umbringen. Es würde auf die eine oder andere Art meine Familie zerstören. Die Familie, die ich schützen will.

Lässig schlenderte Wonnegast auf mich zu. Ich ließ die Scheibe herunter. Ich sagte – nichts. Brachte kein Wort heraus. Dafür redete Wonnegast.

»Ich habe getan, was getan werden musste«, sagte er. »Mehr gibt es dazu nicht zu sagen. Also denken Sie nicht mehr daran. Es ändert nichts. Fahren Sie nach Hause, machen Sie weiter wie gehabt. Ich melde mich wieder.«

Genau das tat ich. Ich fuhr nach Hause. Und verstand mich selbst nicht mehr. Meine Wut war vorerst verraucht. In mir war nur noch totale Leere und Kälte. Statt mich gegen Wonnegast, das Schicksal oder wen auch immer aufzulehnen, folge ich Wonnegasts Rat und mache weiter wie gehabt. Putzen, waschen, kochen. Es sind die kleinen Dinge, an denen man sich festhalten kann. Die Trost spenden.

Zumindest für eine Weile. Bis die Zeit der Rache an Wonnegast gekommen ist. Denn sie wird kommen. Und dann Gnade ihm Gott. Von mir darf er keine Gnade erwarten.

11. Oktober

Martha hatte die glorreiche Idee, Inga und die Kinder zu uns zum Essen einzuladen. Ohne mir vorher Bescheid zu geben. Rief am späten Nachmittag an und sagte: »Sie kommen heute Abend. Mach irgendwas Einfaches. Spaghetti oder so.« Im ersten Moment erschrak ich, hatte mich dann aber schnell im Griff und sagte, ich würde mich freuen und schon irgendwas auf den Tisch zaubern. In den letzten Tagen habe ich so wenig wie möglich an Bruckner gedacht. Weil es – da hat Wonnegast recht – nichts ändert. Bruckners Tod ist eine Tatsache, und zwar eine, die, so traurig und schrecklich sie sein mag, für mich auch etwas Gutes hat. Dieser pflichtversessene geliebte Idiot Bruckner war dabei, all das zu gefährden, was ich mit so viel Mühe am Laufen halte. Nicht zuletzt die Sicherheit meiner Familie. Erst wenn ich Wonnegast los bin, kann alles wieder werden, wie es war. Keine weiteren Auftragsmorde. Nur noch ein beglückend langweiliges Familienleben. Max Mustermann hat keinen Grund mehr, mich in die Mangel zu nehmen, und kann selbst wieder Ausputzer sein oder seinen

Ruhestand genießen. Alles ist gut, alle sind glücklich. Aber das braucht seine Zeit. Zeit, die ich mit Bruckner im Nacken nicht hatte.

Es ist schon erstaunlich, wie schnell man sich an alles gewöhnt. Der erste Schreck über Ingas Besuch war rasch verdaut, die Alltagsroutine hatte mich wieder und half mir, meine Schuldgefühle zu verdrängen. Ich muss mich auch nicht mehr quälen als nötig. Schließlich habe ich Bruckner nicht erschossen und es auch nicht gewollt. Als Inga mit den Kindern ankam, war die Herzlichkeit, mit der ich sie in den Arm nahm, von keiner Peinlichkeit getrübt. Solange die Kinder am Tisch saßen und meine vielgepriesenen Spaghetti in sich hineinschlangen, sprach niemand über den Elefanten im Raum, erst nachdem die Kleinen in Sonjas Zimmer spielten, kam das Thema Bruckner auf den Tisch. Ich fühlte auch dabei keine Unsicherheit, konnte Inga ohne ein Zittern in der Stimme nach dem neuesten Stand der Ermittlungen fragen und ihr unverwandt in die Augen sehen.

»Man erfährt nichts«, erklärte sie bitter. »Weil sie nichts wissen.«

»Kannst du nicht mal nachbohren?«, fragte mich Martha. »Dir als ehemaligem Kollegen sagen sie vielleicht mehr.«

»Ist es denn wirklich wichtig, zu wissen, wer es getan hat?«, fragte ich zurück.

»Natürlich ist es das!«, sagte Martha mit einem empörten Unterton. Sie sah mich auf diese besondere Weise an, wie sie mich immer ansieht, wenn sie auf einen Streit aus ist. Keine Ahnung, was sie antreibt. Auch nicht, wieso ihr Inga plötzlich so sehr am Herzen liegt. Weil ein Streit über Nichtigkeiten das Letzte war, was ich gebrauchen konnte, ließ ich mich nicht weiter bitten, griff zum Telefon und rief Niemeyer an, um nach dem neuesten Stand zu fragen. Er sagte, sie würden auf Hochtouren arbeiten, hätten aber nicht viel. »Vielleicht irgendein Informant, der ihn gelinkt hat«, meinte er. »In den Akten findet sich allerdings nichts. Wir gehen nach wie vor davon aus, dass Bruckner seinen Mörder kannte.«

Das gab ich an Inga und Martha weiter. Ohne mit der Wimper zu zucken. So, als sei ich wirklich ahnungslos.

14. Oktober

Einen goldenen Oktobertag – das versprach der gestrige Morgen. Sonne, blauer Himmel, milde Temperaturen. Ein Wetter, wie gemacht für eine Fahrradtour. Also schwang ich mich nach getaner Hausarbeit aufs Rad und düste los. Kaum eine Stunde später fand ich mich in heftigem Regen wieder. Nass bis auf die Haut. Aber das war, wie ich schon bald feststellen sollte, mein geringstes Problem. Ich sah den schwarzen SUV hinter mir nur aus dem Augenwinkel. Wunderte mich, dass er nicht überholte, obwohl die Straße weithin frei war. Da schwante mir Schlimmes. Ein Blick nach hinten – mir blieb beinahe das Herz stehen. Es war Max Mustermann! Im gleichen Moment schoss er in seinem SUV an mir vorbei und stellte sich quer über die Fahrbahn. Die Fahrertür flog auf, Mustermann sprang auf mich zu und riss mich vom Rad. Er packte mich am Kragen und warf mich mit voller Wucht gegen den SUV. Mein Kopf traf auf Metall, ich war benommen. Als ich wieder klar denken konnte, lag ich auf dem Rücksitz, hörte die Fahrertür zuschlagen und den Motor aufheulen. Ich fragte lieber nicht, wohin wir fuhren. Konnte es auch gar nicht, denn er drehte die Musik voll auf. Harte Gitarrenriffs, hämmernde Drummersoli, kreischende Stimmen – Death Metal von der gröbsten Sorte. Die Welt außerhalb des Wagens verschwamm hinter dem in Strömen an den Scheiben herablaufenden Regenwasser.

Er bringt dich an einen Ort, wo er mit dir allein ist, dachte ich. Ohne Zeugen. Einen Ort, an dem er später deine Leiche verscharren wird. Fieberhaft sah ich mich nach etwas um, das mir als Waffe dienen könnte. Doch ich fand nichts.

Als wir kurze Zeit später zwischen leer stehenden Lagerhallen anhielten, schienen sich meine schlimmsten Befürchtungen zu bewahrheiten. Weit und breit war kein Mensch zu sehen. Niemand würde meine Schreie hören. Der ideale Ort, um jemanden zu beseitigen.

Ohne Rücksicht auf den heftigen Regen sprang der Ausputzer aus dem Wagen, riss die hintere Tür auf und zerrte mich raus. Er stieß mich gegen das Auto, verpasste mir einen Magenschwinger. Und einen zweiten. Er schlug so hart zu, dass mir mein Frühstück fast wieder hochkam. Meine Beine gaben nach, wie ein nasser Sack rutschte ich auf den Boden und blieb liegen. Damit noch nicht zufrieden, trat er mich in die Seite. Einmal. Zweimal. Dreimal. Ich röchelte nur und bat mit letzter Kraft: »Aufhören!« Da hielt er endlich inne. Aber es war längst nicht vorbei. Er packte mich, zog mich hoch und warf mich erneut gegen das Auto.

»Ich weiß genau, was du getan hast«, brüllte er. »Du hast diesen Bullen umgebracht. Obwohl ich dich gewarnt habe!«

»Ich habe niemanden umgebracht!«, stöhnte ich.

Er hörte mich nicht. »Warum hast du es getan?«, brüllte

er. »Hat er irgendwas rausgekriegt? Du bist schlimmer, als ich dachte! Er war dein bester Freund, Herrgott!«

»Ich habe niemanden umgebracht!«, wiederholte ich unter Schmerzen.

»Wieso lese ich dann auf deiner Stirn: Ich war's! Ich hab's getan!«

»Weil du verrückt bist, Mann.«

Er ohrfeigte mich. Einmal links, einmal rechts. Meine Wangen brannten.

Eine kleine Weile standen wir uns im strömenden Regen gegenüber. Dann löste sich die Verbissenheit in seiner Miene. Er grinste plötzlich und meinte: »Du glaubst, du bist besser als ich. Du glaubst, niemand kann dir was anhaben, weil du so gut bist. Du glaubst, du kannst mich vergessen machen.«

»Du bist krank, Mann«, sagte ich. »Total krank.«

Das entlockte ihm bloß ein Schulterzucken. »Vielleicht bin ich das. Aber das macht mich gefährlich. Unberechenbar. Zieh die richtigen Schlüsse daraus. Klug wäre es, wenn du in dein altes Leben zurückkehrst. Mach den Haushalt, verwöhn deine Frau, kümmere dich um deine süße kleine Tochter. Vor allem: Beschütz deine Familie. Das ist dein verdammter Job. Gefahren lauern überall. Manche siehst du kommen. Andere nicht.«

Völlig aus dem Nichts rammte er mir erneut seine Faust in die Magengrube. Ich krümmte mich, er trat mir gegen die Beine, so dass ich zu Boden fiel.

»Das war die letzte Warnung«, sagte er. »Hältst du die Füße künftig still, sehen wir uns nie wieder. Falls nicht, wirst du es bereuen. Und täusch dich nicht: Ich erfahre alles, was du tust. Du kannst mich nicht austricksen.«

Während ich keuchend in das Grau über mir starrte,

hörte ich die Autotür zuschlagen, den Motor aufheulen, und schon brauste der SUV davon.

Nur mit Mühe und Not schaffte ich es nach Hause. Mein Fahrrad war weg. Geklaut. Das Handy hatte ich vergessen. Ein Installateur, der auf dem Weg zu einem Kunden war, erbarmte sich meiner und nahm mich in seinem Lieferwagen mit. Endlich daheim, schluckte ich eine Handvoll Ibus, ließ mir ein Schaumbad einlaufen und wartete bei den sphärischen Klängen von Enya, bis der Schmerz nachließ. Später rief ich Martha im Salon an und bat sie, Sonja in der Kita abzuholen. »Ich kann heute leider nicht«, sagte ich. »Es gab einen kleinen Zwischenfall.«

Sie wollte wissen, was für einen Zwischenfall.

»Erzähle ich dir, wenn du zu Hause bist«, vertröstete ich sie.

Keine Stunde später war Martha da, mit Sonja im Gepäck. Beide starrten mich an, als wäre ich ein Gespenst. Ich erzählte ihnen, ich sei auf meiner Fahrradtour von einer Gruppe Halbstarker überfallen worden. Sie hätte mich zusammengeschlagen und mein Fahrrad geklaut. Martha wollte wissen, wo das passiert sei, und ich erklärte es ihr ungefähr.

»Das ist total ab vom Schuss«, sagte sie. »Seit wann treiben sich dort Jugendgangs rum? Du hast den Überfall hoffentlich angezeigt.«

»Wozu?«, erwiderte ich. »Wir haben einen Bandenkrieg in Berlin. Glaubst du, da interessiert sich jemand für ein geklautes Rad?«

Martha sah mich finster an. »Zum Arzt musst du vermutlich auch nicht?«

Ich verneinte. »Das wird schon wieder.«

Sie schüttelte den Kopf. »Männer.« Dann ließ sie mich in meinem Schmerz allein. Nur Sonja hatte Mitleid. Sie streichelte mir die Hand und sagte: »Armer Papa.«

Ja, armer Papa.

NOVEMBER

3. November

Eben eine SMS von Wonnegast. Endlich. Soll um 13 Uhr im Las Vegas Berlin sein. Grund nennt er keinen. Aber es kann ja nur einen geben: Er hat wieder einen Auftrag für mich. Bin sofort ein anderer Mensch. Aufgekratzt, hellwach. Wohltuend, nach diesen bleiernen Tagen und Wochen, in denen außer Familieneinerlei nichts passiert ist. Nichts, was mir einen Eintrag ins Tagebuch wert war. Erschrecke über mich selbst, während ich das in die Tasten tippe. Doch ich kann es nicht leugnen: Plötzlich ist das Leben in Farbe, wo vorher nur Schwarz-Weiß war. Und 3D-Dolby-Surround obendrauf.

Bin gespannt, was Wonnegast hat.

Abend

Als ich beim Las Vegas Berlin ankam, war Wonnegast nicht da. Der lederne Martin empfing mich. Außerdem wuselten ein paar Arbeiter im Blaumann herum, ohne dass mir so recht klarwurde, was sie dort machen. Vermutlich alles

Schwarzarbeiter, die der lederne Martin überwachte. Er beantwortete meine Fragen so sparsam, als würde ihn jedes Wort fünf Euro kosten. Wonnegast war überraschend weggerufen worden. Irgendwelche Geschäfte, die keinen Aufschub duldeten. Ich wollte mich schon beschweren, dass Wonnegast mich herbestellt und dann nicht da ist, doch Martin kam mir zuvor, indem er mir einen Umschlag reichte, der alles, was ich bräuchte, enthalte. Wonnegast werde mich später anrufen. Ich öffnete den Umschlag nicht sofort, auch nicht im Wagen, sondern geduldete mich, bis ich zu Hause war.

Als Erstes zog ich ein Geldbündel heraus, schätzungsweise fünfzehntausend Euro in Hundertern (ich habe es nicht gezählt). Dann ein paar Fotos. Sie zeigen den Mann, den ich beseitigen soll. Ein unscheinbarer Typ Ende dreißig mit schütterem Haupthaar, Kugelbauch, ungepflegte Erscheinung. Sein Name ist Ralf Bergler, laut den Unterlagen handelt er mit gefälschten Medikamenten und schädigte so die Gesundheit und das Leben unzähliger Menschen, die ohnehin schon unter einer Krankheit leiden. Seine eigene Gesundheit schädigt er, wie aus den spärlichen Unterlagen hervorgeht, durch den übermäßigen Konsum von Kokain, Fastfood und überzuckerten Softdrinks. Auf einem gesonderten Zettel stehen ein Name (Werner Dorsch), eine Adresse und ein Datum. Sonst nichts.

Ich hatte das Material kaum durchgesehen, da rief Wonnegast an. Zunächst fragte ich ihn, wer der Auftraggeber sei. Das müsse ich nicht wissen, meinte Wonnegast, fügte jedoch hinzu: »Es ist wohl ein Geschädigter.« Also ein Fall von Schuld und Sühne. Finde ich gut. Danach erklärte Wonnegast mir, was es mit den Angaben auf dem gesonderten Zettel auf sich hat: »Dieser Ralf Bergler verbringt die meiste Zeit irgendwo in Bulgarien. Er ist nur am angegebenen Tag in Berlin. Am Morgen danach verschwindet er wieder. Sie finden ihn an der Adresse auf dem Zettel. Das dürfte eine Wohnung sein, die er über Airbnb oder so angemietet hat. Der Vermieter, dieser Walter Dorsch, scheint jedenfalls weiter nichts mit Bergler zu tun zu haben. Er wird nicht da sein. In der Nacht töten Sie Bergler. Alles Weitere bleibt Ihnen überlassen.«

»Wie soll ich in die Wohnung reinkommen?«, fragte ich. »Sie haben nicht zufällig einen Schlüssel?«

»Das nicht«, sagte er, »aber etwas, das genauso gut ist. Lass ich Ihnen zukommen. Können Sie behalten. Kleines Geschenk.«

Meine Frage, ob es nach Unfalltod oder Selbstmord aussehen solle, beantwortete Wonnegast so: »Ihre Entscheidung. Aber wenn Sie mich fragen: Je mehr es nach Mord aussieht, desto besser. Wenn Sie können, machen Sie es blutig. Dieses kokainschnupfende Arschloch panscht sogar Mittel für Krebstherapien! Können Sie sich das vorstellen? Denkt sich wahrscheinlich, falls er überhaupt denkt, dass diese Leute sowieso bald krepieren, also wen juckt's, ob es ein bisschen früher oder später passiert. Meine Mutter hatte Krebs. Durch die Chemo hatte sie trotzdem noch einige gute Jahre.« Wonnegast wirkte schwer angefasst. Was zu meiner eigenen Überraschung einen Anflug von Sympathie in mir weckte. Das hielt aber nicht lange an. Ich kann mir nichts anderes vorstellen, als diesen Mann zu hassen. Er ist und bleibt ein Arschloch und, schlimmer noch: Er hat mein Leben ruiniert. Schwer zu glauben, dass selbst so einer eine Mutter hatte und zu menschlichen Gefühlen fähig ist.

Egal. Wonnegasts Befindlichkeiten gehen mich nichts

an, selbst mein Hass auf ihn darf im Moment keine Rolle spielen. Die interessante Frage lautet: Wie soll es weitergehen? Was soll ich tun?

Um diesen Ralf Bergler ist es nicht schade, das ist Fakt. Doch da ist noch Max Mustermann. Was mache ich mit ihm? Die Blessuren sind zwar verheilt, seine Drohungen klingen mir jedoch noch im Ohr. Andererseits: Wenn ich den Job ablehne, macht Wonnegast mich und meine Familie fertig. Also was tun? Wer von den beiden ist die größere Bedrohung? Wie immer ich mich entscheide, ein Risiko bleibt. Das größere davon ist wohl Wonnegast. Denn Mustermann muss ja nicht erfahren, dass ich Bergler beseitigt habe. Jeden Tag sterben Menschen auf die unterschiedlichste Weise. Auch wenn Mustermann behauptet, dass er alles erfährt – er ist nicht der liebe Gott, der seine Augen überall hat. Ich muss einfach besser sein als je zuvor. Gründlicher. Nichts darf auf mich hindeuten. Eine andere Lösung fällt mir nicht ein. Und mir wird in den nächsten Tagen vermutlich auch keine mehr einfallen. Muss mich ohnehin ranhalten. Bergler reist am 8. November an.

6. November

War heute vor dem Haus, in dem Bergler die Nacht zum 9. November verbringen wird. Die Wohnung liegt im fünften Stock und hat einen Balkon. Auf der Homepage von Airbnb konnte ich mir die einzelnen Zimmer ansehen. Gemütliche Wohnküche, einen Kerzenständer auf dem Esstisch fürs Candle-Light-Dinner. Großes Wohnzimmer mit Bücherregal und reichlich Kunst an den Wänden. Das Schlafzimmer ganz in Weiß wie ein unbeschriebenes

Blatt. Als ich das sah, ging mir ein Satz, den Wonnegast gesagt hat, durch den Kopf: »Wenn Sie können, machen Sie es blutig.« Ich weiß, wie ein Tatort aussieht, an dem jemandem die Halsschlagader durchtrennt wurde. Das Blut ist überall. Wenn ich mir in diesem Zimmer vorstelle, wie so was passiert: das rote Blut, das an Wände und Decke spritzt, der riesige dunkle Fleck, der auf dem weißen Bett immer größer wird – das hätte schon beinahe etwas Künstlerisches. Leider wird nichts davon wahr werden. Mein Plan ist sehr viel schlichter. Wenn mir nicht noch etwas Besseres einfällt, wird die Meldung am 9. November in den Berliner Nachrichten ungefähr so lauten: »Der kokainabhängige Ralf B. stürzte im Drogenrausch vom Balkon eines fünfstöckigen Wohnhauses. Er war sofort tot. Ein Suizid ist nicht ausgeschlossen.«

Vielleicht stecke ich trotzdem mein Springmesser ein. So ein scharfes Messer kann man immer brauchen.

9. November

Ich bin gefickt. Voll gefickt! Was mache ich jetzt? Wie konnte das nur passieren? Wie konnte ich so dumm sein? So überheblich? Doch wie hätte ich es vorhersehen sollen? Wie? Vielleicht sollte man misstrauisch werden, wenn Dinge zu glatt gehen.

Ich verließ gestern Abend zeitig das Haus. Hatte Martha erzählt, ich sei wieder mit meinem alten Schulfreund unterwegs. Um die Zeit totzuschlagen, sah ich mir im Kino einen Film an, trank danach in einer Stehkneipe ein Bier und machte mich schließlich auf zu Berglers Airbnb-Wohnung. Es war kurz vor Mitternacht, als ich vor dem Apartmenthaus eintraf, leichter Nieselregen hatte eingesetzt. In Berglers Wohnung war alles dunkel.

Hineinzukommen war das reinste Kinderspiel. Die Haustür war nicht eingeschnappt, die Wohnungstür bloß zugezogen, nicht abgeschlossen. Mit dem Dietrich, den Wonnegast mir geschickt hatte, dauerte es keine fünf Sekunden, und ich war drin. Alles war totenstill. Ich holte meine Taschenlampe heraus. Die Fotos aus dem Internet im Kopf, fühlte ich mich fast wie zu Hause. Ich durchquerte das Wohnzimmer, öffnete die Balkontür und räumte alle Hindernisse aus dem Weg. Ich ging davon aus, dass Bergler bis unter die Schädeldecke zugekokst war. Plan A war, ihn aus seinem Rausch zu reißen, und ehe er kapiert, was los ist, sind wir schon auf dem Balkon, und ein paar Sekunden später befindet er sich im freien Fall, auf dem Weg zu einer Verabredung mit seinem Schöpfer. Ich sah es wie einen Film vor mir ablaufen, so als wäre es bereits passiert. Trotzdem hatte ich einen Plan B in der rechten Hosentasche, in Form eines Totschlägers, den ich Bergler, für den Fall, dass er sich wehrte, überziehen würde.

Ich also rein ins Schlafzimmer. Im Licht der Taschenlampe sehe ich jemanden im Bett liegen, bis zum Scheitel zugedeckt. Eine Person. Körperformen, die zu dem passten, was ich auf den Fotos von Bergler gesehen hatte. Und da fällt mir das Springmesser in meiner linken Hosentasche ein (gewissermaßen Plan C). Ich stehe da, ziehe es heraus und lasse die Klinge vorschnellen. Die Verlockung, jemandem damit die Kehle durchzuschneiden, war auf einmal massiv. Keine Ahnung, was da plötzlich über mich kam. Und ich weiß wirklich nicht, was ich getan hätte, wenn nicht ... Na, jedenfalls mache ich das Licht an. Der zugedeckte Körper weckt im ersten Moment noch immer keinen Verdacht in mir. Aber im zweiten. Was mir auffiel: Er bewegte sich nicht. Kein bisschen. Es war auch kein Laut zu hören. Kein Atmen, kein Röcheln, Schnarchen oder sonst was. Nichts dergleichen. So, als wäre der Typ, der da lag, bereits tot. Da begriff ich, dass hier etwas oberfaul war.

Kurz dachte ich daran, auf dem schnellsten Weg zu verschwinden. Doch ich blieb und näherte mich dem Bett. Vorsichtig zog ich die Decke weg. Was ich vorfand, erschreckte mich mehr, als mich jede scheußlich zugerichtete Leiche hätte erschrecken können. Vor mir lag (unter ein paar Kissen, um Berglers Körperform nachzubilden) eine Schaufensterpuppe, auf deren Stirn zwei Fotos geklebt waren: eines zeigte Martha, das andere Sonja. Ich begriff die Botschaft auf Anhieb. Für weitere Gedanken war in meinem Kopf kein Platz, bis auf den einen: Dahinter kann nur Max Mustermann stecken. Der Auftrag war ein Fake. Um mich zu testen.

Ich hatte den Test nicht bestanden.

Ich musste nach Hause. Sofort! Bereitete mich auf das Schlimmste vor: meine geliebte Martha, meine Sonja, Licht meines Lebens, tot vorzufinden. Erdrosselt. Abgeschlachtet und in ihrem eigenen Blut liegend.

Doch wie soll man sich auf ein solches Bild vorbereiten?

Zu Hause angekommen, stürmte ich sofort ins Kinderzimmer. Sonjas Bett war leer. Martha war fort. Nirgends Spuren von Gewalt. Oder eines Kampfes. Nichts. Dann fiel mir auf, dass ein paar Dinge fehlten: Sonjas Bärli, ihre Schmusedecke, ein paar Anziehsachen. Auch von Martha fehlte Kleidung. Wenn ich es nicht besser wüsste, könnte man meinen, Martha habe mich verlassen.

Die Nachricht auf dem Küchentisch sagt jedoch etwas anderes:

Ich habe Sie gewarnt, Alex. Noch geht es Ihrer Familie gut. Noch können Sie sie retten. Tun Sie erst einmal nichts. Sprechen Sie mit niemandem. Warten Sie auf meine Anweisungen.

Ich habe nichts getan. Außer heute Morgen im Salon anzurufen, um Rieke Bescheid zu sagen, dass Martha in den nächsten Tagen nicht kommt und sie sich um alles kümmern muss. Zu meiner Überraschung war Rieke bereits informiert. Martha habe ihr eine halbe Stunde vor mir eine SMS geschickt, dass sie bis auf Weiteres außer Gefecht sei. Natürlich hatte der Ausputzer auch daran gedacht. Rieke wünschte gute Besserung und wollte wissen, was Martha fehle. Ich ließ mich jedoch nicht weiter darüber aus, versicherte nur, es sei alles halb so wild. Bevor sie noch etwas sagen konnte, legte ich auf.

Und nun sitze ich hier und warte.

10. November

Habe die ganze Nacht kein Auge zugetan. Kein Wort von Max Mustermann. Dafür gestern spätnachts eine SMS von Wonnegast. Er wunderte sich, wo das Foto von Berglers Leiche bleibt und dass er auch sonst nichts von mir hört. Fragte, wie der Job gelaufen ist: »Muss ich mir Sorgen machen?« Ich überlegte, ob ich ihm die Wahrheit schreiben sollte: dass es keinen Job gab, so wenig, wie es einen Ralf Bergler gibt. Dass wir beide in eine Falle getappt sind und meine Familie entführt wurde. Dass der echte Ausputzer droht, meine Liebsten umzubringen. Während ich überlegte, glomm ein Funken Hoffnung in mir auf. Wonnegast mit seinen kriminellen Kontakten könnte vielleicht helfen! Aber so plötzlich, wie er aufgeleuchtet war, erlosch der Funke wieder. Nein, ich halte mich strikt an Mustermanns Anweisung, und die lautet: »Tun Sie nichts! Sprechen Sie mit niemandem!« Also schrieb ich Wonnegast, dass ich nicht zum Abschluss gekommen sei, weil Bergler die ganze Nacht mit zwei Nutten eine Party gefeiert habe. Er rief mich sofort an, ich drückte ihn weg. Soll er ruhig toben. Er hat mir diesen verdammten Auftrag vermittelt. Und mich überhaupt in all das reingeritten. Was kann er mir noch antun, was mir nicht ein anderer schon angetan hat? Eins schwöre ich: Sollte ich aus dieser Sache lebend herauskommen, werde ich Wonnegast umbringen. Ihn erwürgen, ihm den Schädel wegpusten, was auch immer. Ich werde ihn töten!

Und nun liegt ein Tag vor mir, von dem ich nicht weiß, wie ich ihn überstehen soll. Ich streune durch die Zimmer, stoße überall auf Sachen von Martha und Sonja, und jedes Mal versetzt es mir einen Stich. Ich vermeide es, die Fotos auf dem Sideboard im Wohnzimmer und an der Wand neben der Treppe anzusehen. Ich will nicht in Erinnerungen versinken, wie an etwas, das vergangen und verloren ist. Noch ist nichts verloren! Fühle ich mich schuldig? Ja, natürlich! Obwohl die Entscheidungen, die ich getroffen habe, erzwungen waren. Aber das zählt jetzt nicht. Wenn Martha und Sonja auch nur ein Haar gekrümmt wird, trägt Max Mustermann die Schuld. Und dafür wird er bezahlen.

11. November

Die zweite schlaflose Nacht liegt hinter mir. Ich laufe wie auf Autopilot. Aus diesem tranceartigen Zustand riss mich heute Morgen das Klingeln der Türglocke. Ich dachte sofort an Max Mustermann, und schon schoss mein Puls in extreme Höhen. Unrasiert, ungewaschen, in den alten verschwitzten Klamotten, die ich seit drei Tagen trage, öffnete ich. Es war der Briefträger. Er zuckte bei meinem Anblick zurück wie vor einem räudigen Hund, gab mir ein Päckchen und war weg. Auf dem Päckchen stand kein Absender, doch ich erkannte Marthas Handschrift im Adressfeld des Kartons. Mustermann vermeidet es, Spuren zu hinterlassen. Mit einem unguten Gefühl schnitt ich das Klebeband auf und öffnete den Karton. Darin lag etwas, das in Zeitungspapier eingewickelt war. Als ich das Papier entfernt hatte, kam ein Knäuel aus Verbandsmull zum Vorschein. Mein Magen fing an zu drücken. Mit spitzen Fingern wickelte ich das Ding in dem Mull aus. Wickelte Schicht um Schicht ab. Nach ein paar Lagen schimmerte es rötlich. Blut. Und dann lag er vor mir: ein abgeschnittener Finger – und daran Marthas Ehering! Ich warf das Ding von mir, es landete in der Spüle. Mir wurde schummrig, ich kriegte keine Luft mehr. Mit Mühe unterdrückte ich den Würgereflex. Als ich ein wenig ruhiger geworden war, riskierte ich einen zweiten Blick. Und da fiel mir auf: Es war kein echter Finger. Das Ding war ein Imitat aus Silikon. Vermutlich aus einem Scherzartikelladen.Und das Blut Kunstblut.

Nur der Ehering war echt.

12. November

Es ist so weit. Max Mustermann will mich sehen. Die Bedingungen verhandeln, wie er in seiner SMS schreibt, die er von Marthas Handy aus an mich geschickt hat. Wir treffen uns um zwölf Uhr Mittag am Tiergarten. Zumindest ein öffentlicher Platz. Trotzdem nehme ich lieber meine Glock mit. Und das Springmesser. Ich will auf alles vorbereitet sein. Man weiß ja nie, wo so eine Begegnung hinführt. Falls ich nicht mehr zurückkehre, ist dies mein letzter Eintrag.

Also vielleicht: Adios, liebes Tagebuch!

Abend

Die gute Nachricht: Ich lebe noch.

Die schlechte Nachricht: Ich lebe – noch!

Punkt zwölf Uhr war ich am Tiergarten. Max Mustermann erwartete mich bereits am Treffpunkt. Er hatte eine zusammengerollte Zeitung in der Hand. Bis zu diesem Moment hatte ich mir nicht vorstellen können, wie ich friedlich neben diesem Unmenschen herlaufen soll, ohne ihm an die Gurgel zu gehen. Ohne ihm das Springmesser, das ich in der Jackentasche krampfhaft umklammert hielt, in den Hals zu stoßen und zuzusehen, wie das Blut aus seiner Halsschlagader schießt. Ich würde in seinem Blut baden. Als ich ihn dann leibhaftig vor mir sah, verflogen diese Phantasien. Nichts dergleichen würde passieren. Nicht heute. Ich ließ das Messer los und ging auf ihn zu.

Kaum war ich bei ihm, sagte er: »Bevor du mich damit

nervst, hier ist ein Beweis, dass es deiner Frau und deiner Tochter gut geht.« Er holte sein Handy heraus und spielte ein kurzes Video ab, das Martha und Sonja beim Frühstück zeigte. Die Kamera schwenkte zum Schluss auf die Titelseite der B.Z. Mustermann gab mir die Zeitung, ich entrollte sie. »Wie du siehst, ist es die Zeitung von heute«, sagte er. Es stimmte.

»Das beweist nur, dass sie heute Morgen gelebt haben«, sagte ich. »Du kannst sie gleich nach der Aufnahme umgebracht haben.«

»Wieso sollte ich das tun?«

»Aus dem gleichen Grund, aus dem wir hier sind: weil du ein Psychopath bist.«

»Mehr wirst du nicht kriegen.« Damit beendete er das Thema.

Ich rollte die Zeitung wieder ein und behielt sie.

Dann gingen wir los.

»Was sollte die Nummer mit dem Finger?«, fragte ich. »Das war wirklich überflüssig.«

»Es war sehr wohl nötig«, widersprach er, »weil du offenbar ein bisschen schwer von Begriff bist. Ich dachte, ich hätte dir bei unserer letzten Begegnung meinen Standpunkt hinreichend klargemacht. Aber du machst weiter, als wäre nichts gewesen.«

»Was soll ich denn tun?«, fuhr ich ihn an. »Ich habe dir doch erklärt, in welcher Lage ich bin. Ich werde von allen Seiten bedroht. Tue ich, was du verlangst, macht Wonnegast mich und meine Familie fertig. Tue ich, was er verlangt, rückst du mir auf die Pelle.«

»Sicher, das ist ein Dilemma«, gab er zu. »Doch ich habe dir Möglichkeiten aufgezeigt.«

»Ich kann hier nicht einfach meine Zelte abbrechen und

in irgendein Kuhdorf ziehen. Das würde Martha nicht mitmachen. Wie sollte ich ihr das überhaupt erklären?«

»Erklär es ihr so, wie du es mir erklärt hast. Martha würde das sicher verstehen. Aber das ist ja genau das, was du fürchtest. Es geht gar nicht um Martha. Und ich bin ebenso wenig das Problem. Oder dieser Kurt Wonnegast. Das Problem bist du. Deshalb müssen wir mit der Lösung auch bei dir ansetzen. Wie sehr liebst du deine Familie? Was ist sie dir wert?«

»Ich würde alles für meine Familie geben!«, rief ich. »Was für eine Frage!«

»Also könnte ich verlangen, dass du dir vor meinen Augen einen Finger abschneidest? Du würdest das tun?«

Mich erschreckte, worauf das hinauslief. Deshalb sagte ich lieber nichts.

»Würdest du eine Hand opfern?«, fuhr er fort. »Einen Arm? Ein Bein? Einen Arm und ein Bein?« Mustermann blieb stehen und sah mich eindringlich an. »Würdest du gar dein Leben für Frau und Kind geben? Würdest du?«

Ich schwieg eisern. Obwohl es in mir brodelte. Ich schob die vor Erregung zitternde Hand in die Jackentasche. Suchte Trost und Stärkung bei dem Springmesser, das ich fest umklammerte. Es half. Zumindest ein wenig.

Mustermann schüttelte den Kopf. »Du zögerst? Sehr enttäuschend.«

»Natürlich würde ich mein Leben geben!«, platzte ich heraus.

Seine Miene hellte sich auf. »Das wollte ich hören. Aber wie du weißt, findet das Leben nicht im Konjunktiv statt. So wenig wie das Sterben. Also frage ich dich: Wirst du dein Leben für deine Familie geben?«

Ich war schockiert. Ich war verwirrt. War das ein Spiel?

So wie der falsche abgeschnittene Finger? Oder ein Test, wie der gefakte Mordauftrag? Verlangte Mustermann ernsthaft, dass ich mein Leben für meine Familie opferte? Bis zur letzten Konsequenz? Einer Sache bin ich mir inzwischen völlig sicher: Mustermann ist ein Psychopath. Er findet Gefallen daran, mich zu quälen. Ich habe ihn gekränkt, indem ich sein Pseudonym annahm und, schlimmer noch, ebenso brillant bin wie er, und das verzeiht so ein narzistisches Arschloch nicht.

»Mal angenommen, ich würde mein Leben opfern«, sagte ich vorsichtig, »wie kann ich wissen, dass du Martha und Sonja nicht trotzdem umbringst?«

»Wieso sollte ich das tun? Was hätte ich davon? Wenn die beiden sterben werden, dann nicht durch mich. Du tötest sie. Durch deine Entscheidung. Und durch die Entscheidungen, die du schon getroffen hast und die uns hierhergeführt haben. Es ist dein Finger am Abzug der Waffe. Ich bin lediglich das Projektil, das deine Tat vollendet und ...«

»Hör auf!«, brüllte ich ihn an und schlug mit der eingerollten Zeitung nach ihm.

Er lachte nur, wartete, bis ich mich beruhigt hatte, und sagte dann: »Du musst dich nicht sofort entscheiden. Bei derart wichtigen Fragen darf man nichts überstürzen. Da will alles genau abgewogen sein. Also denk gründlich nach und lass mich deine Entscheidung wissen. Aber zu lange sollte es nicht dauern.« Sein Ton wurde geradezu vertraulich, als er hinzufügte: »Um es dir ein wenig leichter zu machen, noch dies: Bis jetzt kennt Martha die Hintergründe von alldem nicht. Ich habe sie glauben lassen, es ginge um eine alte Rachegeschichte aus deiner Zeit bei der Polizei. Solltest du dich opfern, kann es dabei bleiben. Martha wird dich als Held in Erinnerung behalten. Als den Mann, der sein Leben für die Menschen hingegeben hat, die er liebt. Solltest du dich anders entscheiden, muss ich ihr leider die wahre Geschichte erzählen. Sie mit einer Lüge sterben zu lassen – das wäre unmenschlich, findest du nicht?«

Ich sagte nichts und biss die Zähne zusammen.

So endete unser Gespräch.

13. November

Sicher denkt Max Mustermann, ich werde die Entscheidung, zu der er mich zwingt, aus Angst vor mir herschieben. Werde ihn vertrösten und um Aufschub bitten. Werde ihn beknien, sich alles zu überlegen. Und werde dabei die Hoffnung am Leben halten, dass alles vielleicht doch nicht so schlimm kommt. Dass es einen Ausweg gibt. Er wird sich in dem Gefühl suhlen, mich zu quälen und mir zu beweisen, was für ein Schwächling ich bin. Aber das werde ich nicht tun. Ich stehe zu meiner Verantwortung.

Und wenn es doch eine andere Möglichkeit gäbe? Zu meiner Verantwortung stehen – große Worte. Und noch größer, wenn man bedenkt, dass ihnen gerecht zu werden den eigenen Tod bedeutet. Ich will nicht sterben. Ich will Sonja aufwachsen sehen. Ich will mit Martha alt werden. Will mit ihr aufrecht in den Sonnenuntergang reiten oder gemeinsam verwelken wie zwei miteinander verwachsene Ranken. Was immer uns das Schicksal vorbestimmt hat. Doch nein, das Schicksal hat uns das hier vorbestimmt. Diese Entscheidung: Lebe ich, sind sie tot. Leben sie, bin ich tot.

Wenn ich jetzt zur Polizei gehe. Meine Taten gestehe. Alles erzähle, von Anfang bis Ende. Was würde geschehen? Würde die Polizei Martha und Sonja rechtzeitig finden? Die Chance steht bestenfalls fifty-fifty. Der Ausputzer weiß, was er tut. Und er kennt keine Skrupel.

Könnte Wonnegast irgendwie von Nutzen sein?
Wie verzweifelt bin ich, sogar von ihm Hilfe zu erhoffen?
So verzweifelt, wie man nur sein kann.
Nein, Wonnegast wird keine Hilfe sein. Das ist Ihr Problem, würde er sagen und sich umdrehen.

Eben musste ich an Bertini denken. Wie er vor mir stand, ebenso verzweifelt um sein Leben kämpfend, wie ich es jetzt tue, und trotzdem ganz bis zum Schluss die Million auf den Cayman Islands zurückhielt. Was halte ich zurück, das ich nicht geben will? Gibt es noch etwas?

Später

Ich habe Max Mustermann angerufen und wissen lassen, dass ich zu meiner Verantwortung stehe. »Ich werde für meine Taten büßen«, habe ich gesagt. »Du kannst mich töten, wenn es dir Spaß macht. Nenn mir Ort und Zeit – ich werde da sein.«
»Respekt«, antwortete er. »Komm morgen um acht Uhr abends zu der alten Lagerhalle. Du weißt, welche ich meine.«
Natürlich weiß ich es. Er meint die, vor der er mich windelweich geprügelt hat.
»Wir sehen uns morgen«, sagte er und legte auf.
Damit ist es entschieden: Morgen ist mein Todestag.

14. November

Mein letzter Tag ist angebrochen. Was bleibt mir zu sagen?
Vor dem, was mir bevorsteht, wirkt alles andere klein und
unbedeutend. Nur Martha und Sonja sind wichtig. Etwas
gibt es allerdings noch zu erledigen, bevor ich sterbe. Davon muss nichts in diesen Aufzeichnungen stehen. Und
noch etwas bleibt zu tun: Ich muss Martha einen Abschiedsbrief schreiben. Soll ich ihr die Wahrheit sagen?
Wenn Max Mustermann Wort hält, wird sie von ihm nichts
erfahren. Wird mich als Held in Erinnerung behalten. Aber
hat sie nicht ein Recht auf die Wahrheit? Oder ist es besser, wenn ich diese Geschichte mit ins Grab nehme? Ich
fürchte, dass sie auch dort nicht sicher ist. Martha ist nicht
leicht zu belügen. Sie wird Mustermann nicht glauben
und nachforschen. Sie wird vielleicht nicht herausfinden,
was ich getan habe, aber sehr wohl, dass Mustermanns Geschichte nicht stimmt. Martha soll die Wahrheit erfahren.
Sie hat ein Recht darauf. Doch sie soll sie nicht von Mustermann oder wem auch immer erfahren, sondern von mir.
Wenn sie mich für alle Zeit verflucht, ist es eben so. Das
habe ich wohl verdient.

Genug der Worte. Es ist alles gesagt. Um Shakespeare zu
bemühen: Der Rest ist Schweigen. Und – in meinem Fall –
Tod …

II

» ... DER WIRD DURCH DAS SCHWERT UMKOMMEN.«

14. NOVEMBER

10:42 Uhr

Genug der Worte. Es ist alles gesagt. Um Shakespeare zu bemühen: Der Rest ist Schweigen. Und – in meinem Fall – Tod ...

Alex lässt die Hände kurz über der Tastatur seines Laptops schweben, dann zieht er sie zurück und legt sie auf den Schreibtisch. Das ist es also: das Ende seines Tagebuchs. Mag der Cursor noch so drängend blinken, es wird keinen weiteren Eintrag geben. Wozu hat er die letzten Einträge überhaupt geschrieben? Niemand wird sie jemals lesen, schon gar nicht er selbst. Das gilt für das gesamte Tagebuch. Aber darum geht es bei einem Tagebuch ja auch nicht. Es ist sein verschwiegener Freund, dem er alles offen und ehrlich erzählen konnte. Das Schreiben half ihm, seine Gedanken und Gefühle zu ordnen und so durch die letzten Wochen und Monate zu kommen, ohne den Verstand zu verlieren.

Alex steht auf, geht runter in die Küche und trinkt ein Glas Wasser. Wenn er an das denkt, was ihn erwartet, kriecht die Angst in ihm hoch. Angst, die sich schnell zu

Panik steigert. Deshalb denkt er möglichst nicht daran. Er denkt nur an das, was als Nächstes kommt. Das Nächste ist: Er muss den Abschiedsbrief an Martha schreiben. Was soll er ihr sagen? Wenn Mustermann Wort hält, wird sie nicht erfahren, dass ihr geliebter Mann ein Mörder war. Niemand außer Mustermann und Wonnegast wissen davon.

»Wonnegast.« Er sagte den Namen halblaut vor sich hin. Wiederholt ihn: »Wonnegast.« Ohne diesen Mistkerl wäre all das nie geschehen. Das Leben würde im gleichen Rhythmus fließen, wie es das seit Jahren tat. Mit Wonnegast ist er noch nicht fertig. Undenkbar, dass der nach allem, was er verschuldet hat, einfach davonkommt. Nein, er soll kriegen, was er verdient. Aber bevor er sich mit Wonnegast befasst, muss Alex seine letzten Worte an Martha schreiben.

Er kehrt in sein Büro zurück und holt Block und Füller aus der Schreibtischschublade. Mit diesem Füller hat er alle seine Liebesbriefe an Martha geschrieben, ebenso die kleinen Zettel, die er ihr von Zeit zu Zeit heimlich in die Jackentasche steckte. Die Glückwunschkarten zum Geburtstag, zum Kennenlerntag, später zum Hochzeitstag. Keinen einzigen dieser Anlässe hat er je vergessen, und stets war dieser Füller sein Tatwerkzeug. Nun wird er damit seine letzte Botschaft an Martha schreiben.

Wieder ein Kreis, der sich schließt, denkt er.

Er zieht die Kappe vom Füller ab und setzt die Feder aufs Papier. Die Wahrheit will er Martha schreiben. Doch was ist die Wahrheit? Er will nicht versuchen, etwas zu rechtfertigen, das nicht zu rechtfertigen ist. Und doch mit jedem Wort um ihre Liebe und Achtung kämpfen. Irgendwie muss er beides zusammenbringen. Wie das gehen soll, weiß er selbst nicht.

Liebe Martha, beginnt er, *wenn du das liest, bin ich bereits tot.*

12:10 Uhr

Alex platziert den Abschiedsbrief an Martha in der Mitte des Tisches, an dem sie seit über sechs Jahren jeden Morgen gefrühstückt haben, und beschwert ihn mit dem USB-Stick, auf den er sein Tagebuch kopiert hat. Die zerrissenen Blätter mit den Versuchen, ihr alles zu erklären, liegen daneben. Was er zu erzählen hat, passt nicht in einen Brief, das hat er rasch eingesehen. Martha soll aus seiner unmittelbaren Sicht miterleben, wie eines zum anderen führte, und dann urteilen. Er nimmt die Fetzen seiner misslungenen Erklärungs- und Rechtfertigungsversuche, zündet sie über der Gasflamme des Herds an und sieht zu, wie sie in der Spüle verbrennen. Wie sie sich unter der Flamme krümmen und winden und als fragiles Gebilde aus Asche enden, das der leiseste Hauch hinwegwehen würde.

Danach tritt Alex ans Fenster und schaut hinaus. Es regnet, Tropfen hängen an der Scheibe und rollen langsam daran herab. Er hat es bisher vermieden, an Sonja zu denken. Es schmerzt zu sehr. Er wird bei der Einschulung nicht dabei sein, wird verpassen, wie sie älter wird, sich vom süßen Kind in einen unausstehlichen Teenager verwandelt und schließlich in eine bezaubernde junge Frau, die ihr Leben in die Hand nimmt und in die Welt hinauszieht. Vieles richtig macht, manches falsch. Er wird sie weder zum Traualtar führen, noch wird er bei der Geburt ihrer Kinder – seiner Enkel – da sein. Sie wird ihr Leben ohne

271

ihn leben. Die Erinnerungen an ihn werden verblassen und irgendwann ohne Bedeutung für sie sein.

Was wird Martha ihr erzählen? Dass ihr Vater zum Mörder wurde und so die Familie zerstört hat? Oder dass er töten musste, um sie zu beschützen? Sicher wird sie sich eine Lüge ausdenken, solange Sonja klein ist, aber später wird sie ihr sagen müssen, was wirklich passiert ist. Wie und warum er starb.

Alex wischt sich über die Augen.

Sonja wird mich hassen, denkt er. Wenn sie die Wahrheit über mich erfährt, wird sie mich verabscheuen. Ich werde der dunkle Fleck in ihrem Leben sein. Der Schatten, der über ihr liegt. Ich werde als die Ursache all ihrer Probleme im Leben ausgemacht werden. Sie wird eine Therapie brauchen, um über mich hinwegzukommen.

Er atmet tief ein, reißt sich von diesen Gedanken los. Sie sind zu schmerzhaft. Und der Weg, den sie nehmen, führt nirgendwo hin. Die Dinge, die geschehen sind, lassen sich nicht mehr ändern. Und die Zukunft liegt auch nicht mehr in seiner Hand. Alles, was ihm bleibt, ist dieser schmale Streifen Gegenwart, auf dem er seinem Ende entgegenbalanciert.

14:03 Uhr

Alex steht am Herd und brät zwei Spiegeleier. Dazu macht er Bratkartoffeln und Speck. Es wundert ihn, dass er sogar an seinem letzten Tag Hunger hat. Spiegeleier, Bratkartoffeln, Speck – keine würdige Henkersmahlzeit. Doch er verzehrt sie mit Appetit. Und denkt dabei an den Tag, an dem er Kurt Wonnegast begegnete. Der Tag, der sein Schicksal entschied. Er müsste Wonnegast dafür verfluchen, ihn auf diesen Abweg gezogen zu haben. Und ein Teil von ihm tut das auch. Ein anderer indes ...

Seit der Begegnung mit Wonnegast ist gerade einmal ein halbes Jahr vergangen. Alex erscheint es wie ein ganzes Leben. Er bereut, was er getan hat – und dennoch möchte er die Erfahrungen dieser Zeit nicht missen. Würde eine Fee vor ihn hintreten und ihm anbieten, das letzte halbe Jahr aus seinem Leben zu löschen, er würde mit der Antwort zögern.

Bin ich einer von denen, die nicht die Tat bereuen, fragt er sich, sondern nur, dass sie erwischt wurden?

Henning Voss, Arnold Bertini, Luan Ademi – er bereut es nicht, die drei ins Jenseits befördert zu haben. Nur dass Bruckner sterben musste, das schmerzt ihn sehr, auch wenn es wohl keine andere Möglichkeit gegeben hat. Trotzdem, dass dieser Tod ungesühnt bleiben könnte, macht ihm zu schaffen.

Aber wieso muss er ungesühnt bleiben? Was hat einer, der sein Leben bereits so gut wie verloren hat, noch zu verlieren? Er ist frei, zu tun, was immer er will. Nichts und niemand kann ihn auf dieser Welt – der einzigen, an die er glaubt – zur Rechenschaft ziehen. Und vormachen muss er sich auch nichts mehr. Er hat getötet, und er hat es genossen. Auf diese Erfahrung, dieses Gefühl absoluter Macht, der Macht über Leben und Tod, möchte er nicht verzichten.

Alex steht vom Esstisch auf, geht ins Büro und holt die Kassette mit der Glock aus dem verschlossenen Fach im Schreibtisch. Er nimmt die Waffe in die Hand, und das gibt ihm das erste Mal ein gutes Gefühl an diesem unseligen Tag. Er schiebt sie in den Hosenbund, steckt auch das Wonnegast-Handy ein. Das Blutgeld, das ebenfalls in der Kassette liegt, lässt er, wo es ist. Martha wird es finden, und wenn sie alles über seine Herkunft weiß, wird sie es entweder verbrennen oder für Sonjas Zukunft verwenden oder was auch immer damit machen. Nicht mehr sein Problem.

Alex geht nach unten ins Wohnzimmer und ruft Wonnegast an. Es dauert ein wenig, bis er abhebt.

»Was liegt an?«, fragt er in diesem munteren Ton, als wäre die Welt bloß deshalb in Ordnung, weil es ihm gut geht.

»Wir müssen uns sehen«, sagt Alex.

»Gibt's ein Problem?«

»Nein, kein Problem. Nur etwas, über das wir reden müssen.«

»Meinetwegen. Kommen Sie heute Abend vorbei. Ich bin ab sechs im Las Vegas Berlin.«

»Das passt ja wunderbar«, sagt Alex und legt auf. »Ich hab um die Zeit nichts anderes vor.«

18:22 Uhr

Bevor Alex das Haus verlässt, nimmt er von allen Räumen Abschied. Der Küche, in der er seine Familie versorgt hat. Dem Wohnzimmer, in dem sie gelacht, gespielt, geredet haben. Dem Schlafzimmer, in dem Martha und er sich geliebt haben. Das Kinderzimmer schafft er nicht, das ist zu schwer. Er verharrt nur vor der Tür und drückt einen Kuss darauf. Dann eilt er die Treppe hinab und will nur noch weg. Das Haus, sein Familienleben – das liegt hinter ihm. Aus und vorbei. Er will nur noch weg, damit der Schmerz nachlässt. Als er vor die Tür tritt, reagiert der Bewegungsmelder, das Licht geht an. Mit zittrigen Händen schließt Alex hinter sich ab und steigt ins Auto, das vor der Garage steht. Er legt die Glock ins Handschuhfach. In der linken Jackentasche hat er außerdem das Springmesser. Er startet den Motor und setzt rückwärts aus der Auffahrt in die Straße. Dann fährt er los.

Er wird Kurt Wonnegast töten. Den Mann, der ihn zum Mörder gemacht hat. Wieder ein Kreis, der sich schließt. Und ein würdiger Abschluss dazu. Es sind nicht nur Rachegefühle, die Alex antreiben. Das auch. Ohne Wonnegast stünde er nicht da, wo er steht. Martha und Sonja wären zu Hause, in Sicherheit, Bruckner am Leben. Alles wäre gut. Der Killer in ihm wäre nie erwacht. Er hätte niemals den Rausch genossen, den das Töten bedeutet, dieses Gefühl absoluter Macht, das ihn nach Rokko Langhoffs Tod noch so sehr erschreckt hatte. Diese Momente größter Anspannung, in denen man aus sich heraustritt und kein Schicksal mehr hat, weil man selbst zum Schicksal wird.

Nichts spricht dagegen, denkt Alex, mir diesen Rausch ein letztes Mal zu verschaffen. Bevor ich selbst getötet werde und ein anderer dieses kalte Feuer in sich spüren darf.

Auf der Fahrt blitzt plötzlich ein Bild in ihm auf. Eines, das ihn verfolgt, seit er den gefakten Ralf Bergler ermorden sollte. Er sieht sich selbst, wie er Wonnegast das Messer in den Hals stößt, dabei die Halsschlagader durchtrennt und eine Blutfontäne aus Wonnegasts Hals spritzt. Was soll das? Wo kommt das nur her? Er hat nicht vor, Wonnegast auf diese Weise zu töten. Schon weil er nicht blutverschmiert zu seiner eigenen Hinrichtung erscheinen will.

Alex schaltet das Radio ein. Nachrichten. Wieder gab es eine Schießerei in Berlin, wieder Verletzte und einen Toten. Er sucht einen anderen Sender. Mozarts Requiem erklingt, »Dies irae – Tag des Zorns«.

Na, wenn das nicht passt, denkt er.

18:49 Uhr

Regen hat eingesetzt. Die Wischerblätter schrubben geräuschvoll über die Scheibe und hinterlassen Schlieren. Martha muss dringend die Wischer austauschen, denkt er, als gäbe es ein Morgen. Und das gibt es ja auch. Nur nicht für ihn. Trotz der Schlieren erkennt er das Las Vegas Berlin vor sich. Er biegt auf den Parkplatz ein. Wonnegasts Mercedes steht neben dem Eingang. Drinnen brennt Licht. Alex holt die Glock aus dem Handschuhfach und entsichert sie. Sein Pulsschlag beschleunigt sich, aber nicht zu sehr. Er wartet einen Moment, will die Vorfreude ein wenig auskosten. Wie lange sehnt er sich schon nach diesem Moment. Nach dieser Tat. Jetzt kann er sie endlich ausführen. Wenn er selbst kurz nach Wonnegast stirbt, läuft dessen Drohung gegen Alex und seine Familie ins Leere. Niemand wird kommen, um Martha und Sonja etwas anzutun, dessen ist er sich sicher. Wenn er selbst tot ist, gibt es keinen Grund mehr dafür.

Er steigt aus, schiebt die Glock in die Jackentasche. Breitbeinig betritt er das Las Vegas Berlin. Es sieht dort so aus, wie es immer aussieht. Das Mobiliar ist in einer Ecke zusammengeschoben und genau wie die Spielautomaten mit Plastikfolie verhängt. Ansonsten tote Hose. Auch keine Handwerker. Das ist gut. Der lederne Martin sitzt auf einem Klappstuhl und tippt hektisch auf seinem Handy herum. Jetzt schaut er auf und nickt Alex zu. Alex erwidert den Gruß in gleicher Weise. Etwas weiter hinten läuft Wonnegast auf und ab und telefoniert laut und gestikulierend. Es geht anscheinend um eine Lieferung, die nicht eingetroffen ist. Er grüßt Alex, signalisiert ihm mit der Hand, er solle warten, und wendet sich ab. Da zieht Alex die Glock aus der Jackentasche, richtet sie auf den ledernen Martin und drückt ab. Ein kurzer, harter Knall, der von den Wänden widerhallt. Die Kugel trifft den ledernen Martin mit solcher Wucht in die Brust, dass er von seinem Stuhl herunter und gegen die Wand geschleudert wird. Noch lebt er. Starrt Alex an, als sei es eine Überraschung, dass ein Mann, der im letzten halben Jahr mehrfach gemordet hat, auch ihn töten kann. Alex feuert ein zweites Mal. Diesmal trifft die Kugel in den Kopf, und der lederne Martin ist Geschichte.

Nun richtet Alex die Waffe auf Wonnegast. »Ich hoffe, ich habe jetzt Ihre volle Aufmerksamkeit«, sagt er.

Wonnegast steht stumm und starr da. Seine Augen sind weit aufgerissen, seine Sommerbräune wird zu aschfahler Blässe. Das Handy entgleitet ihm und fällt zu Boden. Alex achtet auf jede seiner Bewegungen, denn es kann gut sein, dass Wonnegast irgendwo eine Waffe stecken hat.

»Wir können reden«, sagt Wonnegast atemlos. »Über alles, was Sie wollen. Wollen Sie Geld?«

»Ich bin nicht zum Reden hier«, sagt Alex. »Dafür fehlt mir die Zeit. Wer will schon zu seiner eigenen Hinrichtung zu spät kommen?«

Angstschweiß glänzt auf Wonnegasts Stirn.

»Sind Sie jetzt total durchgeknallt? Zu Ihrer eigenen Hinrichtung? Was soll das bedeuten?«

»Das muss Sie nicht mehr interessieren.«

»Warten Sie! Wenn Sie das tun, wird es Konsequenzen haben. Für Sie und Ihre Familie!«

»Das werden wir beide nicht mehr erleben.«

Verzweifelt fuchtelt Wonnegast mit den Händen herum, so als bestünden sie aus Stahl, der Pistolenkugeln abwehren kann. Aber seine Hände sind nicht aus Stahl.

Alex drückt ab. Die Kugel trifft Wonnegast mitten ins Gesicht, zertrümmert den Oberkiefer, tritt auf der Rückseite des Kopfes aus und schlägt in einen der Spielautomaten ein. Wonnegast fällt zu Boden. Doch er lebt. Röchelt. Bewegt sich. Alex geht zu ihm, schaut auf ihn hinab. Das Gesicht ist eine blutüberströmte Ruine. Die Augen sehen Alex flehend an. So als gäbe es noch etwas zu hoffen. Obwohl Wonnegast wissen kann, nein, wissen muss, dass es keine Hoffnung für ihn gibt. Alex richtet die Waffe auf ihn, zögert einen Moment, nur um zu sehen, ob sich etwas in Wonnegasts Blick ändert. Nichts. Er hofft bis zuletzt.

Zuletzt – das ist jetzt.

19:08 Uhr

Der Regen hat aufgehört, aber das wird nur von kurzer Dauer sein. Alex steigt ins Auto und bleibt einen Moment regungslos sitzen. Lässt die Bilder in seinem Kopf ablaufen: der lederne Martin, wie er von der ersten Kugel getroffen und auf den Boden geworfen wird; die zweite Kugel in den Kopf; Wonnegast mit zerschmettertem Gesicht; sein Blick. Und dann die letzte Kugel, die ihn mitten in die Stirn traf. Das war's dann auch. Es hat gutgetan. Er ist zufrieden.

Alex startet den Motor. Ein Blick auf die Uhr: Noch ist Zeit. Er wird ein wenig herumfahren. Am Leonardo anhalten und einen letzten Cappuccino trinken, dazu ein Tiramisu essen. Wieder einen Kreis schließen.

Im Moment hat er keine Angst. Dafür ist zu viel Adrenalin im Blut. Vielleicht wird er bis zuletzt keine Angst haben. Wenn man sein Schicksal kennt, wovor sollte man dann Angst haben? Er denkt an Wonnegasts Blick. Dieser Blick, dieses Hoffen, wo es nichts zu hoffen gibt – das war ziemlich erbärmlich. Alex hofft, dass er selbst stark genug sein wird, dem zu widerstehen.

Doch wie ist es jetzt?

Ein wenig Hoffnung ist in ihm, das muss er zugeben. Sonst hätte er das Springmesser nicht eingesteckt.

19:57 Uhr

Als Alex sich der alten Halle nähert, taucht im Licht seiner Scheinwerfer Max Mustermanns schwarzer SUV auf. Er ist also schon da. Alex hält daneben an. Sein Herz schlägt wie verrückt. Ein heftiger Druck in der Magengegend. Unwohlsein. Er steigt aus. Der Regen ist wieder stärker geworden und kühlt sein erhitztes Gesicht. Alex steckt die Glock in den Hosenbund. Sollte Mustermann ihn nach Waffen durchsuchen, wird er sie sofort finden und das Springmesser in der Hosentasche übersehen.

Hoffentlich.

Wieso hoffentlich?

Hat er einen Plan?

Hat er doch Hoffnung?

Das Schiebetor fährt zur Seite, grelles Licht fällt nach

draußen. Im Licht zeichnet sich eine Silhouette ab, die einen langen Schatten wirft. Mustermann. Die Waffe in seiner Hand ist nicht zu übersehen.

»Komm rein«, sagt er. »Du holst dir da draußen ja den Tod.«

Soll das witzig sein?

Alex lacht nicht.

Mustermann macht ihm den Weg frei, Alex tritt in die Lagerhalle. Sieht sich um. Im Licht zweier Scheinwerfer steht ein Stuhl und davor, im Abstand von etwa eineinhalb Metern, ein Stativ, auf dem ein Handy befestigt ist.

»Du filmst alles?«, fragt Alex.

»Alte Angewohnheit.«

»Wird Martha das zu sehen kriegen?«

»Ich bitte dich! Ich bin kein Unmensch.«

»Also nein?«

»Willst du denn, dass sie deinen Opfergang sieht?«

»Nein!«

Mustermann tritt an Alex heran. »Was haben wir denn da?« Er greift nach der Glock in Alex' Hosenbund. »Keine Tricks«, sagt er. »Wenn mir was geschieht, verrotten Martha und Sonja in ihrem Versteck. Das sollte dir klar sein.« Er schnüffelt an der Mündung der Glock. »Riecht, als hättest du sie erst vor kurzem abgefeuert.« Ein feines Lächeln umspielt seine Mundwinkel. »Soll ich raten, wen es erwischt hat? Wonnegast?«

»Und seinen Laufburschen«, ergänzt Alex.

»Kann ich dir nicht verdenken. Hättest du schon viel früher machen sollen. Es hat sich bestimmt gut angefühlt.«

Alex nickt. »Sehr sogar.« Er deutet auf den Stuhl, das Stativ und die Strahler. »Wozu der Aufwand? Wieso knallst du mich nicht einfach ab?«

»Ich werde nichts dergleichen tun. Du wirst dich selbst richten. Oder du gehst hier wieder raus. Diese Möglichkeit steht dir nach wie vor offen. Nur bezahlt dann eben ...«

»Jaja, ich hab's kapiert«, fällt Alex ihm ins Wort. »Ich bin hier, also was soll das Geschwafel? Bringen wir es hinter uns.«

Alex setzt sich auf den Stuhl. Das Licht der Strahler, die vor ihm stehen, blendet ihn. Er schließt die Augen. Und da sieht er wieder diesen Film vor sich: wie er jemandem sein Messer in den Hals stößt und wie das Blut in hohem Bogen aus der durchtrennten Schlagader spritzt.

Dieser Jemand ist Max Mustermann. Aber es ist nur ein Bild in seinem Kopf. Die Wirklichkeit sieht anders aus.

Alex öffnet die Augen. Mustermann steht hinter dem Stativ und startet die Aufnahme.

»Es ist ganz einfach«, sagt er dann. »Ich gebe dir die Waffe, du setzt sie dir an die Schläfe und – BUMM! Ganz klassisch. Willst du lieber deine Glock benützen?«

Alex nickt. Er sieht zu, wie Mustermann das Magazin aus der Glock nimmt. »Die eine Kugel in der Kammer sollte reichen«, sagt er. Dann tritt er hinter Alex, legt ihm die Waffe in die Hand und macht mehrere Schritte nach hinten. In die rechte Hand hat er die Waffe gelegt. Also unterlaufen auch dem Ausputzer Fehler. Offenbar hat er nicht bemerkt, dass die Glock auf der rechten Seite im Hosenbund steckte, Alex also Linkshänder ist. In seiner linken Jackentasche hat er auch das Springmesser. Anscheinend ist Mustermann aus der Übung. Kein Wunder, nach so vielen Jahren im Ruhestand.

Alex fragt sich, ob das ein Zeichen ist.

Ein Zeichen wofür?

Dafür, dass es Hoffnung auf Rettung gibt?

Nun ist er also doch wie Wonnegast, der auch hoffte, als es längst keine Hoffnung mehr gab.

»Vergiss nicht, dass ich meine Waffe auf dich richte«, sagt Mustermann. »Irgendwelche letzten Worte, die du loswerden willst?«

Alex sieht in das kleine gläserne Auge am Handy, das ihn mitleidslos anstarrt, und sagt mit brüchiger Stimme: »Martha, Sonja – ich liebe euch. Es tut mir leid!«

»Dann mal los«, sagt Mustermann, »es ist deine Show.«

Dem Klang der Stimme nach schätzt Alex, dass Mustermann ungefähr zwei Meter hinter ihm steht.

Alex' Herz schlägt wie wild. Die Glock ist plötzlich tonnenschwer, er kann sie kaum anheben. Mit viel Mühe gelingt es. Das kreisrunde Loch der Mündung drückt gegen seine Schläfe.

Ich will das nicht, sagt eine Stimme in ihm. Kann es nicht.

»Nun mach schon«, drängt Mustermann. »Ich habe heute noch was anderes vor.«

Er muss es tun. Für Martha. Für Sonja. Damit sie leben.

Alex krümmt den Finger am Abzug ein wenig mehr. Kalter Schweiß rinnt an ihm herab. Er schließt die Augen. Und plötzlich sieht er wieder dieses Bild vor sich: Max Mustermann mit einem Messer im Hals, Blut spritzt aus der Wunde. Dieses Bild ergreift Besitz von ihm, verdunkelt alles andere: Martha, Sonja, seine Taten, seine Schuld. Alles ganz weit weg.

LEBEN!

ICH WILL LEBEN!

Und statt Martha und Sonja sieht er auf einmal sich selbst von oben, wie er im grellen Licht der Scheinwerfer auf dem Stuhl sitzt, und hinter ihm im Schatten steht Mustermann und richtet seine Waffe auf ihn. Eine aussichtslose Situation? Keine Situation ist völlig aussichtslos, eine theoretische Chance bleibt immer. Und was kann man in einer aussichtslosen Situation schon falsch machen?

Alex reißt die Augen auf. Mit einem Mal spürt er eine Kraft in sich. Eine Kraft, die ihn ohne sein Zutun antreibt. Die handelt, bevor er denken kann.

Seine Beine stoßen sich vom Boden ab, gleichzeitig wirft er sich mit dem Oberkörper gegen die Stuhllehne. Er kippt nach hinten um, schlägt mitsamt dem Stuhl auf dem Boden auf. Mustermann steht nur da. Alex' Finger krümmt sich, er zieht den Abzug, der Schuss hallt ohrenbetäubend durch den riesigen Raum. Der eine Schuss, den Alex hat – er streift Mustermann nur an der Schulter. Es ist eben Alex' rechte Hand. Mustermann entfährt ein Schrei, unter Schmerzen lässt er die Waffe fallen. In Alex' linker Hand ist plötzlich das Springmesser, die Klinge fährt heraus, und während Mustermann sich nach der entfallenen Waffe bückt, ist Alex schon auf den Beinen, und seine Hand sticht ihm die Klinge in den Hals. Blut spritzt aus der Stichwunde. Mustermann drückt die Hand auf die Wunde, doch er kann den Blutstrom nicht stoppen. Taumelt zurück. Stürzt. Bleibt liegen.

Da fällt Alex alles wieder ein: Martha, Sonja, die Drohung. Er packt den verblutenden Mustermann am Kragen, zieht ihn hoch und schreit ihn an: »Wo ist Martha? Wo ist Sonja? Wo hast du Mistkerl sie versteckt?«

Mustermann kann nur röcheln. Es klingt wie »Martha, Martha«, aber sicher ist Alex nicht. Es könnte ebenso gut etwas anderes heißen. Ist auch egal. Es wirkt nicht so, als wolle Mustermann ihm verraten, wo Martha und Sonja stecken.

Mustermann fallen die Augen zu, seine Muskeln verlieren ihre Spannung. Keine Minute mehr, und er ist nur noch eine leblose Hülle in einem See aus Blut.

Was habe ich getan, denkt Alex. Was habe ich nur getan?

20:23 Uhr

Jetzt ist es wohl schon vorbei, denkt Martha. Der erlösende Anruf, der gleichzeitig ihr Unglück besiegelt, müsste jeden Moment kommen. Sie schaut ungeduldig auf ihr Handy. Es bleibt still.

»Mir ist langweilig«, mault Sonja und wirft ihre Malstifte hin. »Ich will endlich nach Hause.«

»Ein bisschen dauert es noch.«

»Das sagst du schon die ganze Zeit.«

»Sei still und mal weiter.«

»Das Bild schenke ich nicht dir. Das Bild kriegt Papa. Bloß, dass du's weißt.«

Martha schweigt. Dann schaut sie wieder auf ihr Handy. Wann ruft er endlich an! Langsam wird sie nervös. Ob etwas schiefgelaufen ist? Soll sie ihn anrufen? Nein, das auf keinen Fall. Wenn etwas schiefgelaufen ist, darf es nichts geben, was zu ihr zurückverfolgt werden könnte. Martha geht in die Küche. Dort steht eine offene Flasche Wein und ein halb volles Glas. Sie will nicht vor Sonja Alkohol trinken. Sie will eine gute Mutter sein. Nein, gut ist nicht gut genug. Sie will eine perfekte Mutter sein. Und eine perfekte Ehefrau. Mit einem perfekten Mann. In einer perfekten Ehe. So hat sie es sich erträumt, als sie klein war. Damals, als ihr Leben alles andere als perfekt war. Als es eine Hölle war. Und nun hat sich ihr Leben wieder in eine Hölle verwandelt. Durch seine Schuld.

Martha schenkt sich Wein ein und trinkt das Glas in einem Zug leer. Der Alkohol ist ihr längst zu Kopf gestiegen. Aber was hat sie sonst, um ihre Nerven zu beruhigen? Sie tritt ans Fenster. Es hört nicht auf zu regnen. Wie vom Wind verwehte Bindfäden sieht der Regen im Schein der Straßenlaternen aus.

Wann endlich ist das alles zu Ende?, denkt sie. Sie erträgt es bald nicht mehr. Diese Anspannung. Die Situation, in der sie sich befindet. Ihr ganzes verdammtes Leben.

Alex hat alles zerstört, was sie sich mit Mühe aufgebaut hat. Dieses wunderbare Leben, das sie gemeinsam hatten. Die Liebe, die sie verband. Die Normalität. Sie hat es zu etwas gebracht. Ist eine angesehene Frau mit eigenem Geschäft. Allen Zweifeln zum Trotz. Vor allem denen ihres Vaters. Du kannst nichts. Du bist nichts. Und du wirst nie etwas sein. Außer eine Hure wie deine Mutter. Es kam anders. Sie hat alles dafür getan, dass es anders kam. Und nun hat er sie doch eingeholt. Der Fluch, mit dem ihr Vater sie belegt hat. Ausgerechnet durch Alex, den Mann, den sie liebt und auf den sie gebaut hat, hat sich der Fluch erfüllt.

Wenn er tot ist, denkt sie, dann hat er sich für uns geopfert. Dann kann ich ihn wieder lieben. Zumindest in der Erinnerung. In der Erinnerung wird alles wieder gut sein. Die anderen vertuschen ihre Lebenslügen auch. Wieso sollte sie das nicht schaffen?

Ihr Blick heftet sich erneut auf das Handy. Wieso bleibt es stumm? Wenn es nicht bald klingelt, dann ist alles verloren. Dann hat Alex das Opfer nicht gebracht, und das heißt, dass sie es ihm nicht wert ist. Dass selbst seine Tochter es ihm nicht wert ist.

»Fahren wir jetzt endlich?«

Martha erschrickt, dann dreht sie sich um. Sonja steht in der Tür. Mit kleinen Augen sieht sie Martha an. Wieso schläft sie nicht einfach auf dem Sofa, wenn sie müde ist? Lässt ihre üble Laune stattdessen an ihrer Mutter aus. Zerrt weiter an ihren ohnehin schon überstrapazierten Nerven. Genau das kann sie gerade gar nicht vertragen.

Am liebsten würde Martha sie packen, schütteln und gegen die Wand werfen. Sie beherrscht sich. »Noch nicht«, sagt sie ruhig. »Du darfst Videos gucken. Das Pad liegt im Wohnzimmer. Du weißt ja, wie es geht.«

»Ich will zu Papa.«

»Geh schon.«

Sonja verschwindet.

Sie wird ihren Papa vermissen, denkt Martha. So wie sie, Martha, den ihren vermisst hat. Nicht den, den sie hatte. Nein, den Papa, den sie gebraucht hätte. Einen wie Alex. So jemanden hat sie vermisst. Ihren echten Vater hat sie nicht vermisst, nachdem er weg war. Im Gegenteil. Es war eine Erlösung.

Martha schaut auf das Handy in ihrer Hand. Nichts tut sich. Nur die Zeit vergeht. Aus 20:30 Uhr wird 20:31 Uhr.

20:31 Uhr

Alex weiß nicht, wie lange er neben Mustermanns blutüberströmter Leiche gesessen hat. Minuten? Stunden? Dann reißt er sich aus seiner Apathie hoch. Er muss Martha und Sonja finden. Sofort! Nur das ist wichtig! Doch wie soll er sie finden? Vielleicht hat Mustermann ja etwas bei sich, das ihm den Aufenthaltsort verrät. Mit seinen blutigen

Händen durchwühlt Alex Mustermanns Taschen. Fördert Auto- und Wohnungsschlüssel und ein Portemonnaie zutage. Im Portemonnaie steckt etwas Bargeld, Kreditkarten, Führerschein, mehrere Kassenbons. Kein Ausweis. Zumindest erfährt Alex vom Führerschein Mustermanns richtigen Namen: Oskar Reichert.

Nee, denkt Alex, für mich bleibst du Max Mustermann.

Als Nächstes nimmt er sich das Handy vor. Es steht noch auf dem Stativ und zeichnet auf. Alex stoppt die Aufnahme und sucht nach Kontakten. Die Liste ist leer. Ebenso wie die Anruferliste. Alex steckt die Sachen hastig ein und rennt hinaus zu Mustermanns Wagen. Reißt die Wagentür auf, durchsucht das Handschuhfach und die Sonnenblenden nach etwas, das ihm einen Hinweis gibt, wo Martha und Sonja versteckt sein könnten. Dann fällt sein Blick auf das Navi. Er schaltet die Zündung an und aktiviert es. Auf dem Bildschirm erscheint eine Karte mit einem blinkenden Punkt in der Mitte: der aktuelle Standort. Alex öffnet die Liste der letzten angefahrenen Ziele. Verschiedene Adressen. Welche ist die richtige? Wie soll er das wissen? Er entscheidet sich dafür, beim vielversprechendsten Ziel zu beginnen: Mustermanns Zuhause.

Alex startet den Motor. Da fällt ihm ein, dass er etwas vergessen hat. Er läuft durch den Regen in die Halle zurück, holt seine Glock und schiebt das Magazin wieder hinein. Man weiß nie, was einen erwartet, und es ist besser, auf das Unerwartete vorbereitet zu sein. Er ist in den letzten Monaten so viele Tode gestorben, es ist genug. Jetzt will er nur noch LEBEN.

Es hat keinen Sinn, länger zu warten. Irgendetwas ist schiefgelaufen. Entweder ist Alex nicht gekommen. Oder der Plan hat aus irgendeinem Grund nicht funktioniert. Martha widersteht der Versuchung, Alex anzurufen und sich Gewissheit zu verschaffen. Wenn er noch lebt, was sollte sie ihm sagen? Eine Lügengeschichte würde ihr bestimmt einfallen. Sie hat ihm in den letzten Jahren schon so viele Lügengeschichten erzählt, und er hat sie alle geglaubt. Doch ihr fehlt die Kraft, die Rolle, die sie so lange gespielt hat, noch einmal zu spielen. Jetzt, wo ihr endgültig klar ist, dass es nur eine Rolle war. Dass sie ihrem wahren Ich niemals entfliehen kann. Außerdem hat sie keine Ahnung, wie viel Alex inzwischen über ihr anderes Leben weiß. Oskar kann zwar schweigen, auch unter Folter. Aber würde er sterben, um ihr Geheimnis zu schützen? Wohl eher nicht.

»Wir fahren, Sonja«, ruft sie durch die Wohnung. »Pack deine Sachen zusammen.«

Es bleibt still.

Martha geht ins Wohnzimmer. Sonja liegt auf der Couch und schläft. Martha lässt sie schlafen, läuft durch die Wohnung und sammelt alles ein, was ihnen gehört, stopft es in die große Sporttasche, mit der sie gekommen sind. Sie hat es plötzlich eilig. Hält es hier nicht mehr aus. Muss weg.

Nur wohin?

Darüber wird sie später nachdenken.

Als sie alles eingepackt hat, hebt Martha Sonja vorsichtig von der Couch hoch. Sonja grummelt ein wenig, wacht aber nicht auf. Martha beneidet sie. Wann hat sie selbst zuletzt so tief geschlafen? Eine Ewigkeit ist das her.

»Schlaf weiter, meine Süße, schlaf weiter«, flüstert Martha. »Alles wird gut.«

Sonja auf dem einen Arm, die schwere Tasche in der anderen Hand, verlässt Martha die Wohnung. Zum Glück hat der Regen ein wenig nachgelassen. So fest, wie Sonja schläft, hätte sie vermutlich nicht einmal ein Tornado geweckt. Martha schließt mit der Fernbedienung den Wagen auf, setzt Sonja in den Kindersitz und schnallt sie an. Dann steigt sie ein. Sie wischt sich Strähnen nasser Haare aus der Stirn, starrt vor sich hin.

Die Frage stellt sich erneut: Wohin? Und was jetzt?

Sie klappt das Handschuhfach auf. Betrachtet die Waffe, die darin liegt. Die sie im Auto gelassen hat, weil sie sie nicht in Sonjas Nähe haben wollte. Sie dachte, sie hätte keinen Plan B. Bräuchte keinen. Doch man braucht immer einen Plan B. Und den hat sie auch. Er war immer da wie jemand, der so lange im Schatten bleibt, bis er gebraucht wird.

Nach Hause, denkt sie. Vielleicht ist Alex ja dort.

21:12 Uhr

Alex folgt den Anweisungen des Navigationssystems. Noch acht Minuten, sagte die Anzeige, dann hat er sein Ziel erreicht. Er selbst hat längst die Orientierung verloren. Fühlt sich wie in einer Nussschale auf einem wilden Fluss. Immer wieder sieht er das Bild vor sich, wie er Mustermann in den Hals sticht. Die Blutfontäne. War es eine Vorahnung, dass er dieses Bild schon im Kopf hatte, ehe es sich realisierte? Ehe *er* es realisierte? Eigentlich glaubt er nicht an so was.

»Sie haben Ihr Ziel erreicht«, unterbricht das Navi den Strom seiner Gedanken.

Alex tritt auf die Bremse und sieht sich um. Auf der rechten Seite, dort, wo der rote Punkt auf dem Touchscreen des Navis blinkt, erhebt sich ein mehrstöckiges Mietshaus. Ein paar Fenster sind erleuchtet, andere dunkel. Selbst wenn Mustermann allein lebt, kann Alex sich nicht vorstellen, dass er Martha und Sonja in seiner eigenen Wohnung gefangen hält. Zu viele Menschen in der Umgebung. Hier kann man niemanden verrotten lassen. Aber vielleicht lässt sich wenigstens ein Hinweis auf das Versteck finden.

Alex stellt den Wagen ab, steckt die Glock in die Jackentasche und steigt aus. Mit der Waffe fühlt er sich sicherer. An der Haustür liest er die Namen auf der Klingelleiste. Oskar Reichert wohnt im ersten Stock. Alex holt den Schlüsselbund heraus, findet auch gleich den Schlüssel, der in die Haustür passt. Drinnen macht er kein Licht. Die Hand an der Waffe, steigt er im Dunkeln die Treppe in den ersten Stock hinauf. Das Streulicht, das von der Straße ins Treppenhaus fällt, reicht aus, um das Namensschild an Mustermanns Wohnungstür zu entziffern. Er verharrt einen Moment. Entsichert die Glock. Lauscht, ob sich hinter der Tür etwas tut. Alles still. Dann schließt er auf.

Vorsichtig betritt Alex die Wohnung. Sie wirkt verlassen. Er lässt die Waffe sinken und macht Licht.

»Hallo? Ist hier jemand?«

Keine Antwort.

Die Anspannung lässt nach. Trotzdem behält er die Waffe in der Hand, als er durch die Räume geht. Küche mit Frühstückstisch, Wohnzimmer mit Bücherregal, in der Ecke ein Ficus benjamina, im Schlafzimmer Kunstdrucke an der Wand, aber nichts Persönliches. Keine Fotos von

Eltern, Frau, Kindern. Die Wohnung eines Singles und Einzelgängers, pedantisch aufgeräumt, irgendwie spießig. Kein Anzeichen, dass Martha und Sonja jemals hier waren. Ein Anflug von Verzweiflung streift Alex. Er hält Mustermann nicht für den Typ Mensch, der Wichtiges aufschreibt. Solche Leute behalten alles im Kopf.

Trotzdem beginnt Alex in Schubladen zu wühlen. Sieht im Bücherregal nach. Was soll er sonst machen? Er weiß selbst nicht, was er sucht. Erst wenn er es findet, wird er es wissen. Und so ist es dann auch, allerdings auf andere Weise als erwartet. Alex bemerkt etwas neben dem Sofa, das ihm bekannt vorkommt. Er hebt es auf. Ein flauschiger, goldgelber Teddy. Sonjas Bärli.

Sie waren also hier. Und jetzt sind sie fort. Was hat das zu bedeuten? Hatte Mustermann einen oder mehrere Komplizen, die Martha und Sonja bewachen? Und haben die sie fortgeschafft? Um die Drohung wahrzumachen?

Alex hält Bärli fest in der Hand. Er weigert sich, den Gedanken weiterzudenken. Solange er nicht sicher weiß, dass sie tot sind, leben Martha und Sonja.

21:38 Uhr

Als Martha vor dem Haus vorfährt, das nun schon so viele Jahre ihr Zuhause war, atmet sie auf. Alex' Auto ist nicht da. Sie hat also Zeit. Wie viel, kann sie nicht einmal erahnen. Sie hat ohnehin nicht vor, lange zu bleiben. Ihr ist klar geworden, dass sie Alex jetzt nicht gegenübertreten kann. Es auch nicht will. Zwischen ihnen gibt es nichts mehr zu sagen und nichts mehr zu tun. Plan B wurde abgelöst von Plan C. Martha dreht sich zu Sonja um. Sie schläft im

Kindersitz wie der unschuldigste unter den unschuldigen Engeln. Aber ist sie das wirklich: unschuldig? Kann sie es sein? Bei diesen Eltern? Welche dunkle Saat reift in ihr heran? Martha steigt aus und öffnet die hintere Autotür. Sie deckt Sonja zu und schließt vorsichtig die Tür, um sie nicht zu wecken. Dann geht sie ins Haus.

Sie braucht nicht viel. Ein paar frische Klamotten für ein, zwei Tage. Länger wird es nicht dauern, Abschied zu nehmen. Ein paar Sachen aus dem Bad. Nicht zu vergessen die Schlaftabletten für Sonja. Sie wird sie ihr in dem Saft verabreichen, den sie so gern trinkt.

Hoffentlich hat Alex genug Saft besorgt, denkt sie.

Martha geht in die Küche, um die Flasche aus dem Kühlschrank zu holen. Sie bemerkt ein Blatt Papier auf dem Küchentisch, und darauf liegt ein USB-Stick. Es ist ein Abschiedsbrief, den Alex ihr geschrieben hat. Und auf dem USB-Stick befindet sich sein Tagebuch. Er will, dass sie es liest. Dass sie versteht. Er konnte ja nicht ahnen, dass sie ihn besser versteht, als er es sich vorstellen kann. Sie weiß haargenau, was er fühlt. Sie kennt alle Ausflüchte, die man sich selbst erzählt. Mit denen man sich betrügt. Trotzdem will sie es lesen. Wird sie es lesen. Aber nicht hier. Nicht jetzt.

Martha holt sich ihren Laptop aus dem Wohnzimmer und packt ihn ein. Sie muss sich beeilen. Wenn Alex lebt, wird er sicher bald hier auftauchen. Erst als sie im Auto sitzt, wird ihr bewusst, dass sie sich nicht von dem Ort verabschiedet hat, an dem sie die letzten Jahre glücklich war. Egal, sie muss weg. Jetzt. Sonja wird noch eine Weile tief und fest schlafen.

Wohin soll sie fahren? Da fällt ihr ein Ort ein, und sie weiß sofort, dass es nur dieser sein kann. Sie öffnet auf dem Touchscreen das Navi und gibt als Ziel »Seehotel Möwe« ein.

Erschöpft kehrt Alex nach Hause zurück. Er hat gehofft, Marthas Auto in der Auffahrt vorzufinden. Doch da ist nichts. Und das Haus ist dunkel. Langsam lässt er das Auto an den Platz rollen, an dem es immer steht, und stellt den Motor ab. Plötzlich verlässt ihn die letzte Kraft. Er sinkt nach vorn, drückt die Stirn auf das Lenkrad. Nachdem er Mustermanns Wohnung verlassen hat, ist er zurück zur Halle gefahren, hat die Autos getauscht, und nun ist er hier. Und jetzt? Wie soll es weitergehen? Er hat keine Ahnung.

Nach einer Weile rafft er sich auf. Er nimmt Bärli vom Beifahrersitz und geht ins Haus. Die Stille dort erdrückt ihn fast. Als er am Garderobenspiegel vorbeikommt, erschrickt er. Wer ist der blutverschmierte Mann, der durch den Flur schleicht? Er sieht schrecklich aus. Wie ein Geist.

Alex geht in die Küche, legt Bärli auf die Anrichte und die Glock daneben. Kurz muss er an das Springmesser denken, das er Mustermann in den Hals gestoßen hat. Er dreht das heiße Wasser auf und wäscht sich das Blut von den Händen. Mustermann zu töten war ein Fehler. Und doch war es ein unvergleichliches, ein großes Gefühl, ihm die Klinge in den Hals zu rammen. Macht es ihn zu einem Monstrum, dass er so empfindet, sogar in diesem Moment, da er nicht weiß, wo Martha und Sonja stecken? Ob sie noch am Leben sind und wenn ja, wie lange? Ob sie seine überstürzte Tat mit einem langsamen, qualvollen Tod bezahlen?

Alex' Kehle brennt wie Feuer. Er holt Apfelsaft aus dem Kühlschrank und trinkt ihn gleich aus der Flasche. Das Brennen lässt nach. Als er sich umdreht, fällt ihm sofort auf, dass etwas anders ist. Er braucht einen Moment, um zu erkennen, was.

Sein Abschiedsbrief. Der USB-Stick mit seinem Tagebuch. Beides ist weg.

Die Schwere weicht aus seinen Gliedern, die Müdigkeit fällt von ihm ab. Auf einen Schlag ist er hellwach.

Jemand war im Haus und hat die beiden Dinge mitgenommen. Alex rennt ins Schlafzimmer. Täuscht er sich, oder fehlen weitere Sachen aus Marthas Schrank? Sicher ist er sich bei Sonja. Er kennt jedes Shirt, jede Hose, jede Socke von ihr.

Wer könnte all diese Sachen mitgenommen haben?

Wer, wenn nicht Martha?

Sind sie also frei?

Wieso sind sie dann nicht hier? Wo sind sie hin? Fliehen sie vor jemandem? Etwa vor ihm?

Alex greift zum Handy. Er hat Martha bisher nicht angerufen, weil er glaubte, sie sei eine Gefangene. Jetzt wählt er ihre Nummer. Die Mailbox springt an. Er hinterlässt eine Nachricht: »Wo bist du? Wie geht es euch? Ruf mich an und lass uns reden!« Wen könnte er noch anrufen? Zu wem würde Martha gehen? Viele Freundinnen hat sie nicht. Eigentlich nicht eine einzige, der sie sich bedingungslos anvertrauen würde. Martha macht das meiste, was sie allein betrifft, mit sich selbst ab, und den Rest, der ihn und die Familie angeht, mit ihm zusammen. Inga fällt ihm ein. Bruckners Frau. Witwe. Obwohl er sich nicht viel davon verspricht, ruft Alex sie an, fragt, ob Martha bei ihr sei oder sich gemeldet habe. Hat sie nicht. Er versucht es bei Conny und Rieke, den Mitarbeiterinnen aus Marthas Salon. Sie sind beide erst verärgert über den späten Anruf, dann besorgt, als sie erfahren, worum es geht. Alex wiegelt gleich wieder ab und legt auf. Nach den beiden fällt ihm niemand mehr ein. Außer seinem Vater. Würde Martha wirklich zu ihm gehen? Schwer vorstellbar, und doch versucht er es. Aber auch dort ist sie nicht.

Alex sinkt auf die Couch und legt das Handy neben sich. Wenn Martha hier einfach hereinspaziert, ein paar Sachen für sich und Sonja packt, seinen Abschiedsbrief, den USB-Stick und ihren Laptop mitnimmt, ohne auch nur ein Wort für ihn zu hinterlassen, geschweige denn, ihn anzurufen, wie es zu erwarten wäre – was bedeutet das eigentlich? Wie lässt sich das verstehen?

Die Schlussfolgerung ist von niederschmetternder Klarheit: Es gab nie eine Entführung. Martha und der Ausputzer Max Mustermann steckten die ganze Zeit unter einer Decke.

15. NOVEMBER

07:07 Uhr

Martha hat die ganze Nacht kein Auge zugetan. Sie hat Alex' Tagebuch gelesen, daraus aber kaum etwas erfahren, was sie nicht schon wusste. Auch wenn sie die Einzelheiten nicht kannte, das große Ganze ist ihr bestens vertraut. Das Gefühl, das es dir gibt, wenn du die Macht über Leben und Tod hast. Hast du das einmal erfahren, vergisst du es nicht. Es dringt dir in die letzte Faser des Körpers. Und etwas in dir, das du nur schwer unter Kontrolle bekommst, will es wieder erleben, weil alle anderen Gefühle daneben farblos erscheinen. Selbst wenn du die Gefahr erkennst und dich wehrst, lässt es dich nicht los. Schon gar nicht, wenn der, bei dem du es das erste Mal erlebt hast, dein eigener Vater war. Ein brutales, sadistisches, kriminelles Subjekt, das dich und jeden anderen nach Belieben quälte, schlug, vernichtete. Wenn du ohnmächtig diesem Monster ausgeliefert warst und plötzlich die Waffe in der Hand hältst, die immer auf dich gerichtet war, und du die Macht, die ihn so groß und unbezwingbar gemacht hat, plötzlich in dir spürst – wie sollst du dem widerstehen? Noch dazu als vierzehn Jahre altes Mädchen, das in seinem bisheri-

296

gen Leben nichts anderes kennengelernt hat als Gewalt? Martha erinnert sich gut an das verächtliche Lachen ihres Vaters und wie er sie herausforderte: »Du traust dich ja doch nicht, du kleine Schlampe. Na los, drück ab! Hab ein einziges Mal Mut in deinem erbärmlichen Leben!«

Das waren seine Worte, sie erinnert sich an jedes einzelne von ihnen, ebenso an den rauen Klang seiner Stimme, an die Verachtung in seinem Blick. Als er nach der Waffe greifen wollte, drückte sie ab. Der Rückstoß riss ihr beinahe die Pistole aus der Hand. Die Kugel aber schlug in seine Brust ein. Ungläubig starrte er seine Tochter an. »Du hast es getan!«, flüsterte er. »Du hast es getan ...« So, als könne er es nicht glauben, und es schwang ein wenig Bewunderung mit, wenn nicht sogar väterlicher Stolz. Dann fiel er um wie ein Baum und alles, was sie jetzt noch anstarrte, waren seine toten Augen. In diesem Moment fing ihr Leben an. Es war ein Leben unter dem Blick dieser toten Augen. Aber es war immerhin ihr Leben. Marthas Mutter, sonst zu nichts nütze, erzählte der Polizei, ihr Mann habe, wie sooft, mit der Waffe herumgespielt, und dabei habe sich ein Schuss gelöst. Niemand zweifelte an dieser Version. Niemand machte sich die Mühe weiterer Ermittlungen. Alle waren froh, dieses Tier los zu sein. Selbst die Polizeibeamten.

»Wann kommt eigentlich Papa?«

Martha dreht sich zu Sonja um. Wie lange ist sie schon wach? Nicht sehr lange. Ihre Augen sind ganz klein, das Haar ist zerzaust. Hoffentlich fängt sie nicht gleich wieder an zu quängeln. Dafür fehlen Martha die Nerven. Obwohl sie Sonja nur zu gut versteht. Erst die ganze Zeit in der fremden Wohnung, jetzt im Hotel. Und das alles ohne eine überzeugende Erklärung. Sie vermisst ihre gewohnte Umgebung. Sie vermisst ihren Papa. Sie kann ja nicht ahnen, dass all das, was sie liebt, unwiederbringlich verloren ist.

»Papa kommt später«, sagte Martha.

»Bringt er Bärli mit?«

»Bestimmt.« Martha setzt sich zu Sonja aufs Bett. »Was hältst du davon, wenn wir frühstücken? Ich habe einen Riesenhunger. Du nicht?«

Sie versucht, munter und unbeschwert zu klingen, und es funktioniert.

»Und wie!«, ruft Sonja und springt auf. »Aber vorher muss ich Pipi machen.«

»Na, dann los!«

Sonja verschwindet ins Bad.

Martha überlegt, was sie mit der Waffe tun soll. Im Zimmer lassen? In den Safe legen? Oder einstecken? Sie fühlt sich unwohl bei dem Gedanken, mit einer geladenen Waffe herumzulaufen. Noch dazu, wenn Sonja in der Nähe ist. Sie steckt die Waffe in die Handtasche. Man weiß nie. Manchmal muss es schnell gehen.

Ich wünschte, das alles wäre vorbei und ich könnte endlich, endlich schlafen, denkt sie.

08:12 Uhr

Der Frühstücksraum ist nur spärlich besucht. Sonja bekommt alles, was ihr kleines Herz begehrt. Schokocornflakes, Schokokreme, Pancakes mit Ahornsirup. Erst hinterher wird Martha bewusst, dass das vielleicht ein Fehler war. So voll, wie Sonjas Magen ist, muss sie die Dosierung des Schlafmittels wohl erhöhen.

Nach dem Frühstück geht sie mit Sonja nach draußen.

Ein grauer Tag. Wenigstens regnet es nicht mehr. Dafür weht vom Meer her ein starker Wind. Mit Sonja an der Hand spaziert Martha an den Pool. Es ist kein Wasser drin. Die Schlechtwetterzeit wird für Wartungsarbeiten genützt. Martha denkt an den toten Mann im Wasser. Denis Dragos. Ihr letzter Job. In jener Nacht hat sie Alex K.-o.-Tropfen in den Drink gemischt, damit er auch sicher durchschlief und sie in Ruhe ihrer Arbeit nachgehen konnte. Da sie Dragos Handy trackte, wusste sie zu jeder Zeit, wo sie ihn finden würde. Dass er gern die Nächte durchfeierte war bekannt. Ebenso, dass er keiner Versuchung widerstehen konnte. Sie hatte verschiedene Szenarien im Kopf, wie und wo sie ihn töten würde. Als er sie morgens am Frühstücksbuffet angemacht hatte, weil sie ihm angeblich im Weg stand, hatte sie bemerkt, dass sie ihm gefiel. Das war die halbe Miete. Sie passte ihn später an der Toilette ab und verabredete sich mit ihm zu nachtschlafender Zeit am Pool. »Nur wir beide«, sagte sie, »und kein Wort zu niemandem.« Er kam tatsächlich allein, und die Dinge nahmen ihren Lauf. Sie zögerte nicht, stieß ihm das Messer zielsicher ins Herz. Er stolperte noch ein paar Schritte weit, fiel am Beckenrand zu Boden. Sie machte ihre Fotos und hätte gehen sollen. Aber etwas in ihr brachte sie dazu, ihn in den Pool zu schieben. Es gefiel ihr, zu beobachten, wie er auf den Grund hinabsank und wie Blut und Wasser sich mischten. Als sie zurück in ihr Zimmer kann, schlief Alex tief und fest. Sie steckte die blutig gewordenen Kleidungsstücke in eine Tüte, die sie zu Hause in den Müll werfen würde, und wusch sich. Damit war das Töten für sie vorbei.

Eine Ewigkeit ist das her. Und doch ist es ihr plötzlich so nah, als wäre es erst gestern geschehen. Sie spürt wieder die Erleichterung, die sie damals empfand. Keine Lügen mehr, wenn sie für einen oder mehrere Tage verschwinden musste. Keine Weiterbildungen, zu denen sie sich anmeldete, aber nicht hinging. Keine Fake-Treffen mit Fake-Freundinnen in einer Provinzstadt. Sie spürt aber auch wieder die Trauer, die diesen Abschied begleitete. Trauer darüber, dass etwas in ihrem Leben zu Ende geht. Etwas, das sie zu dem Menschen gemacht hat, der sie ist.

Jetzt geht wieder etwas zu Ende, und diesmal wird es für immer sein.

»Mir ist kalt.« Sonja zupft an Marthas Ärmel.

Der Wind lässt Martha frösteln. »Gehen wir rein«, sagt sie.

Sie bemerkt selbst, wie sie Zeit schindet, indem sie hier steht und die Vergangenheit heraufbeschwört. Obwohl sie sich wünscht, es läge alles schon hinter ihr. Doch dazwischen liegt eben etwas, das noch zu tun ist, und das ist das Schwerste, was sie jemals tun musste.

Auf dem Weg ins Zimmer kommt sie an der Rezeption vorbei. Der freundliche Herr, der ihr letzte Nacht das Zimmer gegeben hat, winkt sie zu sich. Um ihm die Anreise mitten in der Nacht zu erklären, hat sie ihm von einer Autopanne erzählt und einem Handy, das ausgerechnet dann den Geist aufgab, als sie es am dringendsten brauchte.

»Ihr Mann hat angerufen«, sagt er.

»Mein Mann?«, fragt sie erstaunt. »Wie lange ist das her?«

»Um halb sieben. Er hat sich Sorgen gemacht, weil er nichts von Ihnen gehört hat. Sie können beruhigt sein. Er ist auf dem Weg.«

»Danke«, sagt sie mit einer gewissen Verzögerung. »Schicken Sie ihn gleich zu uns, wenn er da ist.«

Damit geht sie weiter. Ihre Beine sind plötzlich so

schwer. Sie müsste erschrocken sein über die Mitteilung. Ist sie aber nicht. Ihre Gefühle sind wie weggesperrt, als stünde sie unter Drogen. Sie fragt sich nur, woher Alex weiß, dass sie hier sind. Er kann es nicht gewusst haben. Es war wohl die letzte Möglichkeit, die ihm einfiel. Wenn selbst das Unwahrscheinliche als Möglichkeit in Betracht gezogen wird.

Egal, denkt sie. Es war nicht vorgesehen. Aber vielleicht ist es sogar besser so.

Sonja zupft an Marthas Ärmel. »Kommt Papa bald?«

»Sieht so aus. Na los, beeilen wir uns. Damit wir mit allem fertig sind, wenn Papa da ist.«

»Was meinst du?«, fragt Sonja. »Was müssen wir denn machen?«

»Das wirst du schon sehen. Es ist eine Überraschung.«

09:37 Uhr

Als Alex vor dem *Seehotel Möwe* eintrifft, erinnert er sich kaum, wie er hierhergekommen ist. Nur dass er früh am Morgen aus viel zu kurzem Schlaf erwachte, mit einer Eingebung: das Seehotel Möwe! Dort wird Martha sein. Ein Anruf, und seine Eingebung bestätigte sich. Die Fahrt über die Autobahn, ständig mit Vollgas, das letzte Stück auf der Landstraße – er hat nur funktioniert. In seinem Kopf lief die ganze Zeit ein anderer Film ab. Martha und der Ausputzer – in welchem Verhältnis standen sie zueinander? Was hat sie für ihn getan? Was er für sie? Hat sie ihn, ihren Mann, betrogen? Wollten sie ihn aus dem Weg schaffen, indem sie ihn dazu bringen, sich zu opfern? Das ergibt keinen Sinn. Der Ausputzer in seiner handwerklichen Mörderperfektion hätte viel leichter einen Unfall inszenieren können. Doch was ergibt noch einen Sinn, angesichts der Dinge, die geschehen sind? Alex hat das Gefühl, als wäre die Antwort ganz einfach. Als müsse er nur die Augen aufmachen und richtig hinsehen. Er aber ist wie in Nebel eingehüllt.

Alex fährt auf den Parkplatz und springt aus dem Wagen. Der Wind greift nach ihm. Zerrt an ihm. Er rennt ins Hotel. Atemlos fragt er den Mann an der Rezeption nach Martha. Sein freundliches Lächeln, der perfekt sitzende marineblaue Anzug sind wie ein Fels, an den Alex mit all seinen Ängsten, Zweifeln und Sorgen brandet.

»Zimmer 316«, sagt der Mann. »Wie immer.«

Zimmer 316, denkt Alex. Wie immer.

Nichts ist wie immer.

Der marineblaue Anzug schiebt eine Schlüsselkarte über den Tresen. »Ihre Frau erwartet Sie.«

Alex schnappt sich die Karte und rennt los.

Zimmer 316. Wie immer. Mit Blick auf den Pool. In dem ein toter Mann liegt. Das letzte Opfer des Ausputzers.

Der Aufzug erwartet Alex schon. Fährt mit provozierender Bedächtigkeit in den dritten Stock. Entlässt Alex mit kalter Gleichgültigkeit in den Flur. Alex hastet durch den fensterlosen, schlauchartigen Gang, der weiche Bodenbelag verschluckt jeden Laut seiner Schritte.

Zimmer 308–310–312–314 –

316.

Alex klopft nicht an. Hält die Schlüsselkarte an das Lesegerät. Ein kurzes Summen, das kleine Licht springt von Rot auf Grün. Er drückt die Tür auf und ist im Zimmer.

Martha steht an der Balkontür und wendet sich zu ihm um.

»Pst«, macht sie und legt den Finger auf die Lippen. Dann deutet sie auf das Bett. »Sie schläft.«

Im Bett, zugedeckt fast bis über den Kopf, liegt Sonja. Regungslos.

Leise schließt Alex die Tür. Nähert sich Martha ein paar Schritte. Sie weicht zur Seite aus. Stellt sich vor das Bett, als müsse sie Sonja vor ihm beschützen.

Er hat so viele Fragen, dass sie in seinem Kopf durcheinanderwirbeln und er keine einzige herausbringt, bis auf die an Banalität kaum zu überbietende: »Was ist eigentlich los?«

Martha antwortet mit einer Gegenfrage: »Ist er tot? Hast du ihn getötet? Ich meine Oskar.«

Oskar?, denkt er. Welcher Oskar? Ach, sie meint Max Mustermann.

»Er ist tot«, sagt er und lauert auf die kleinste Regung in ihrem Gesicht. Wird sie blass? Verhärtet sich ihre Miene? Spricht Hass aus ihren Blicken?

Nichts davon. Martha nickt nur. Ein Nicken, das sagt: Ich wusste, dass du dich nicht für uns opfern wirst.

Es geht nicht um den anderen. Es geht um ihn. Alex. Ihren Mann.

»Ich habe deinen Brief gelesen«, sagte sie.

Er sieht seinen Brief auf dem Nachtkästchen liegen. Daneben ihren Laptop, in dem der USB-Stick steckt.

Er sucht ihren Blick.

»Es ist einfach passiert«, sagt er ruhig. »Ich war bereit zu sterben. Gestern Nacht. Aber etwas in mir war es nicht.« Er wird sich nicht dafür entschuldigen, dass er am Leben ist. »Es ist einfach passiert«, wiederholt er. »Wie so vieles in letzter Zeit. Wenn du mein Tagebuch gelesen hast, weißt du ja Bescheid.«

»Nichts passiert einfach so«, widerspricht Martha. »Setzen wir uns. Dann erzähle ich dir eine andere Geschichte.«

Mit fragendem Blick setzt sich Alex in den Sessel, der neben dem Schreibtisch steht, Martha lässt sich auf dem Bett nieder.

Dann erzählt sie ihm ihre Geschichte: von einem Mädchen, das in einem von Gewalt geprägten Elternhaus aufwuchs, bei einem Vater, der sie nach außen hin beschützte, nach innen aber eine ständige Bedrohung darstellte, bis sie dieser Bedrohung mit einer Kugel ein Ende machte. Von einer jungen Frau, die erst in einen Strudel aus Drogen und Kleinkriminalität geriet, um sich dann aus eigener Kraft herauszuziehen. Die die Wahl hatte, zu sterben oder zu leben, und die sich für das Leben entschied, obwohl es schwerer und härter war als der Tod durch eine Überdosis. Sie überwand die Drogen und die Todessehnsucht, verbarg ihre Narben, fand Menschen, die sie unterstützten, und eine Aufgabe, die sie erfüllte. Haare. Frisuren. Das war ihre Aufgabe. Wie banal. Wie wunderbar. Sie erhielt die Chance, einen Salon zu übernehmen. Doch sie geriet in Schwierigkeiten. Brauchte Geld. Und weil ihr niemand einen Kredit geben wollte, nahm sie Kredit bei Leuten, bei denen man keine Schulden haben sollte. Als sie ihre Schulden nicht tilgen konnte, bezahlte sie sie ab, indem sie Aufträge annahm. Aus anfänglichen Kurierdiensten wurden Aufträge für Morde. Das Leben in seiner Widersprüchlichkeit wollte es, dass sie sich schon bald in einen Mann verliebte, der Polizist war. Ausgerechnet. Wenn sie bei ihm bleiben wollte – und nichts wollte sie so sehr wie das! –, durfte er auf keinen Fall erfahren, woher sie kam und was sie war. Sie gründeten eine Familie. Plötzlich hatte sie noch viel mehr zu verlieren als nur ein Geschäft. Und sie hatte zwei

Leben: eines als Ehefrau und eines als bezahlte Mörderin. Eines davon musste enden. Sie traf eine Entscheidung. Ihre Schulden waren längst getilgt, man respektierte ihre Entscheidung und ließ sie gehen. Ihr letzter Mord führte sie hierher, ins Seehotel Möwe, wo sie einen Mann namens Denis Dragos töten sollte. Und das tat sie auch.

»Du bist der Ausputzer?«, fragt Alex. »Nicht dieser Oskar? Du bist es?«

»Das musst du gewusst haben«, sagte Martha. »Spätestens seit ...« Sie winkt ab. Egal.

Sie hat recht. Er hätte die Wahrheit sehen müssen. Wieso tat er es nicht? Vielleicht wollte er es nicht. Jetzt trifft sie ihn mit voller Wucht. Bringt alles zum Einsturz. Alles Vertraute, alle Gewissheiten. Alex sackt in sich zusammen, senkt den Kopf und vergräbt das Gesicht in den Händen. Was soll er nur mit all dem, was nun über ihn hereinbricht, anfangen? Nach der letzten Nacht glaubte er, das Schlimmste hinter sich zu haben. Doch nun fragt er sich, was noch alles kommt und wie er es aushalten soll.

»Du hattest schon immer ein Talent, Dinge, die du nicht sehen willst, einfach zu ignorieren«, sagt Martha. »Du mutest dir immer nur so viel Wahrheit zu, wie du ertragen konntest. Ich habe dich manchmal um diese Fähigkeit beneidet. Aber irgendwann holt einen die Wahrheit eben ein.«

Alex blickt auf, sieht Martha an. Sie erscheint ihm wie eine Fremde.

»Und dieser Oskar?«, fragt er. »Welche Rolle spielt er?«

»Er war so was wie mein Agent«, erklärt Martha. »Hat mir die Aufträge verschafft. Ich musste den Job ausführen, alles andere regelte er. Er wurde auch ein Freund. Irgendwie.«

»Ein Freund? Nur ein Freund?«

»Ja, nur ein Freund!« Sie ist laut geworden. Und sie hat recht. Wie kann er in so einem Moment mit kleinlichen Eifersüchteleien kommen!

Alex muss das alles erst begreifen. Es ist zu viel. Und noch längst nicht alles.

»Warum hast du mir nie ein Sterbenswörtchen von alldem erzählt?«, fragt er schließlich. »Warum bist du mit deinen Sorgen nicht zu mir gekommen?«

»Weil ich nicht wollte, dass du mich jemals so ansiehst, wie du mich jetzt ansiehst«, sagt sie bitter. »Wenn ich dich in all das hineingezogen hätte, wäre ich wieder genau dort gewesen, von wo ich mein ganzes Leben wegwollte. Verbrechen, Gewalt, Mord. Aber dann kam Wonnegast, hielt dich für den Auspuzer, und es hat mich eingeholt. Man entkommt seinem Schicksal eben nicht. Das habe ich inzwischen begriffen. Man muss sich ihm irgendwann ergeben.«

»Die Idee mit der vorgetäuschten Entführung kam von dir? Du wolltest, dass ich mich für dich opfere?«

»Ja!« Martha sieht Alex mit einem giftigen Blick an. »Du musstest aufhören mit dem, was du tust. Als du es nicht konntest und auch nicht wolltest, musste ich dich bestrafen! Und ich wollte wissen, ob es wenigstens einen Menschen gibt, der sich für mich opfern würde. Aber du sitzt hier vor mir, quicklebendig, und das beantwortet meine Frage. Nachdem ich dein Tagebuch gelesen habe, überrascht es mich nicht mehr. Ich kenne dieses Gefühl, Herr über Leben und Tod zu sein. Den Rausch. Jedes Mal, wenn ich jemanden umgebracht habe, habe ich meinen Vater ermordet. Wieder und wieder. Jedes Mal fühlte ich mich mächtig und frei. Um danach abzustürzen. Welchen deiner bösen Geister aus der Vergangenheit hast du getötet, Alex?

Oder hat es dir einfach nur Spaß gemacht? War es für dich wie eine Droge? Und sag jetzt nicht, Wonnegast hat dich gezwungen. Er hat dir nur die Rechtfertigung geliefert, nachdem du auf den Geschmack gekommen bist.«

Alex schweigt. Weil er weiß, dass sie recht hat.

Da fällt sein Blick auf Sonja. Sie liegt noch immer genauso da wie in dem Moment, in dem er das Zimmer betreten hat. Völlig regungslos. Plötzlich kommt ein schrecklicher Verdacht in ihm auf. Was passiert hier? Was hat Martha vor?

»Ist Sonja okay?«, fragt er. »Sie schläft ziemlich fest. Normalerweise ist sie um diese Zeit putzmunter.«

»Sie wird nicht mehr aufwachen«, sagt Martha ruhig und bestimmt. »Nie mehr.«

»Was?« Der Schreck fährt Alex in die Glieder.

Er springt auf, will zu Sonja. Martha steht vor ihm und richtet eine Waffe auf ihn. Wo kommt die her? Sie muss sie unter der Bettdecke hervorgezogen haben. Offenbar hat sie das alles geplant.

»Keinen Schritt näher!«

Panik kriecht in Alex hoch. »Was soll das werden?«

»Sonja und ich gehen gemeinsam. Und du wirst damit leben müssen. Mit dem, was du angerichtet hast. Es war nicht vorgesehen, dass du dabei bist. Aber es ist sogar besser so. Da du dich dafür entschieden hast, weiterzuleben, sollst du diesen Film für immer im Kopf behalten.«

Unter der Bettdecke dringt ein Seufzen hervor. Alex bemerkt auch eine kleine Bewegung. Sonja lebt! Offenbar ist sie nur betäubt. Martha wird sie erschießen. Und dann sich selbst. Das ist also der Plan. Ohne zu überlegen, stürzt Alex vor. Martha weicht aus, rechnet damit, dass er sie angreift. Doch er wirft sich schützend über Sonja und bleibt liegen. Verharrt so. Rechnet in jedem Moment damit, dass ihn ein Schuss trifft. Dann soll es eben so sein.

Nichts geschieht.

Da hört Alex, wie die Balkontür aufgeht. Eine Windböe fährt herein. Er wendet sich um. Martha steht auf dem Balkon.

Sie muss sich beruhigen, denkt er. Er wird sich später um sie kümmern. Viel wichtiger ist Sonja. Er hebt sie auf. Schüttelt sie. Gibt ihr einen Klaps auf die Wange, um sie aufzuwecken. Sie muss unbedingt aufwachen. Und nach einer Weile wacht sie auf. Schlägt die Augen auf. Geblendet vom Licht, blinzelt sie Alex an.

»Papa«, murmelt sie schlaftrunken.

Alex küsst sie. Wieder und wieder.

Sonja wird es bald zu viel mit all seinen Küssen. Sie wendet den Kopf ab und fragt: »Was ist denn los, Papa? Wo ist Mama?«

»Sie ist …«

Alex wendet sich um. Zum Balkon.

Dort steht niemand mehr.

Martha ist fort.

24. NOVEMBER

Alex wartet. Seit einer Woche wartet er. Dass Streifenwagen mit Blaulicht vorfahren. Dass es an der Tür klingelt. Dass ein Polizeibeamter ihm einen Haftbefehl vor die Nase hält. Ihm Handschellen anlegt und ihn zum Auto bringt.

Aber es fahren keine Streifenwagen mit Blaulicht vor. Niemand klingelt. Niemand hält ihm einen Haftbefehl vor die Nase. Niemand legt ihm Handschellen an und führt ihn zum Auto.

Bis jetzt.

Bis es so weit ist, lebt Alex sein Leben weiter. Dieses Leben auf Abruf. Am liebsten würde er sich der Polizei stellen, um dem Warten ein Ende zu machen. Es ist alles seine Schuld. Voller Reue denkt er an das, was Max Mustermann zu ihm gesagt hat: »Sie hätten Möglichkeiten gehabt, andere Weg zu gehen.« Ja, das hätte er. Er hätte weggehen können. So aber hat er sich und seine Familie in einen Abgrund gezogen, der tiefer war als alles, was er sich vorstellen konnte. Und warum? Weil etwas in ihm es so wollte. Könnte er nur jemandem davon erzählen, und sei es nur, um herauszufinden, was dieses Etwas in ihm ist. Doch das darf er nicht. Um Sonjas willen. Sie hat ihre Mutter verloren, durch einen schrecklichen Unfall, wie man ihr erzählt hat. Ob sie es glaubt? Sie ist seit jenem schrecklichen

Morgen verstummt. Sieht Alex immer wieder mit großen, fragenden Augen an. Klammert sich an ihn, wenn er auch nur das Zimmer verlassen will. Eines Tages, wenn sie alt genug ist, soll sie die Wahrheit erfahren. Jetzt aber würde sie daran zerbrechen. Was mit ihr passiert, wenn er ins Gefängnis muss, malt Alex sich lieber nicht aus. Sie braucht ihren Vater dringender denn je, und er wird bei ihr sein, solange es ihm möglich ist. Sie müssen ihn schon von ihr wegzerren. Erst dann wird er gehen.

So hat Alex getan, was getan werden musste. Sein Vater ist bei ihm eingezogen, um ihn zu unterstützen. Hat ihm geholfen, Marthas Beerdigung zu organisieren. Es war schrecklich, an dieser Grube zu stehen und zu wissen, dass dort bis in alle Ewigkeit der Mensch liegt, der auf jede erdenkliche Weise sein Schicksal war – und noch immer ist. Nun ist zumindest diese Sache vorbei. Sein Vater ahnt, dass er nicht die ganze Geschichte kennt. Alex hat ihm lediglich erzählt, Martha habe unter Depressionen gelitten. Der Sprung vom Balkon sei eine Kurzschlusshandlung gewesen. Das ist die offizielle Version. Sie ist nicht falsch. Aber es ist eben nicht die ganze Geschichte.

Alex verfolgt die Nachrichten über jene Nacht, in der er drei Morde begangen hat. Der tödliche Überfall im Las Vegas Berlin mit zwei Toten wird als Ausläufer des Bandenkrieges zwischen Albanern und Libanesen eingeordnet, aus dem eine neue Gruppe als lachender Dritter hervorgegangen ist. Die New Kids on the Block, wie Wonnegast sie nannte. Wonnegast, heißt es, habe mit ihnen paktiert und am Ende dafür bezahlt. Alex wundert sich, dass anscheinend keine Spur zu ihm führt. Die Polizei wird bei Wonnegast alles durchsucht haben: Handyverbindungen, Internetaktivitäten, auch im Darknet. Ist es möglich, dass dabei kein einziger Hinweis auf ihn, Alex, gefunden wurde? Das Handy, das er von Wonnegast hatte, hat er zwar weggeworfen, aber die Verbindungsdaten gibt es weiterhin, und damit lassen sich die Standortdaten zumindest der letzten Wochen ermitteln. Von der Leiche in der verlassenen Lagerhalle ist nirgendwo die Rede. Offenbar wurde sie noch immer nicht entdeckt. Obwohl dort seit Tagen ein schwarzer SUV parkt. Auch wenn die Halle weitab vom Schuss liegt, muss das jemandem auffallen. Und das wird es, da ist Alex sicher. Es ist nur eine Frage der Zeit. Dann wird die Verbindung zu Martha entdeckt, und das wird Fragen aufwerfen, die man ihm stellen wird. Und was dann? Was wird er sagen?

Irgendwann hört Alex auf, nach weiteren Nachrichten über seine Morde zu suchen. So ist es purer Zufall, als er an jenem 24. November im Internet auf eine Suchmeldung der Polizei stößt. Ein Mann wird vermisst. Alex erkennt ihn auf dem Foto sofort. Es ist Max Mustermann. Unter dem Foto steht sein richtiger Name Oskar Reichert. Es heißt, er sei seit mindestens einer Woche abgängig. Da er ein sehr zurückgezogenes Leben führte, sei sein Verschwinden erst jetzt von Nachbarn angezeigt worden.

Alex hält die Ungewissheit nicht mehr aus. Er übergibt Sonja der Obhut seines Vaters und verlässt das Haus. Er weiß nicht, was er zu finden hofft, er weiß nur, dass er zu der alten Lagerhalle muss. Dorthin, wo er hätte sterben sollen. Je näher er seinem Ziel kommt, desto nervöser wird er. Etwas in ihm wehrt sich. Will ihn überreden, die Sache auf sich beruhen zu lassen. Er widersteht.

Schon von weitem sieht Alex, dass Mustermanns SUV weg ist. Vielleicht geklaut von Leuten, die ihn tagelang vor der Halle stehen sahen. Herrenloses Strandgut.

Oder ...?

Alex wagt es nicht, den Gedanken zu Ende zu denken. Langsam lässt er den Wagen vor der Halle ausrollen. Wie um ein paar Sekunden Zeit zu schinden. Das Schiebetor ist geschlossen. Hat er selbst es zugemacht? Er erinnert sich nicht mehr.

Er steigt aus und tritt vor das Tor. Sein Herz schlägt wild. Er hält den Atem an und schiebt das Tor ein Stück weit auf. Ein wenig Tageslicht fällt nach drinnen. Genug, um zu erkennen, dass dort keine Leiche liegt. Sofort schiebt er das Tor wieder zu.

Keine Leiche ...

Wie kann das sein?

Bei all dem Blut ... Mustermann muss verblutet sein. Er war tot. Und er lag noch dort, als Alex von seiner Wohnung zurückkehrte und die Autos tauschte. Doch hat er das wirklich gesehen? War das Tor auf oder zu? Zu. Es war zu. Er hat sich nicht vergewissert, dass Mustermann dort lag. Wieso sollte er? Bei all dem Blut ... und wie er aussah ... Er *muss* tot gewesen sein!

Alex eilt zurück zu seinem Wagen, startet den Motor, wendet und schießt mit Vollgas davon. Je schneller er von hier weg ist, desto besser.

Wenn Mustermann lebt ... was eigentlich unmöglich ist ... aber wenn er es irgendwie geschafft haben sollte – dann wird er wiederkehren. Dann bleibt er eine Bedrohung. Eine tödliche Bedrohung.

FÜNF WOCHEN SPÄTER

»You can run, but you can't hide!«

Jeden Freitag geht Alex an Marthas Grab. Seit letzter Nacht schneit es, nun liegt eine dünne Schneeschicht wie ein Tuch darüber. Er erzählt ihr, dass Sonja sich allmählich fängt. Sie hat wieder angefangen zu sprechen, wenn auch nur zaghaft. Eine Psychologin hilft ihr zurück ins Leben, und sie meint, Sonja sei stark, sie werde das schaffen.

»Sie ist wie du«, sagt Alex. »Papa vermisst dich mehr, als ich es für möglich gehalten hätte. Du dachtest ja immer, dass er dich nicht mag. Dauernd heißt es neuerdings: Martha hätte jetzt dies oder jenes gesagt oder gemacht.«

Noch während er spricht, fällt Alex etwas ein, das Martha wirklich über ihn, ihren Mann, gesagt hat. Dass er gewisse Dinge nicht sehen wolle und sich nur so viel Wahrheit zumute, wie er ertragen könne.

»Du kanntest mich besser als ich mich selbst«, sagt er zu ihr. »Mein Tagebuch war der Versuch, ehrlich und aufrichtig zu mir selbst zu sein. Und das war ich. Bis auf eine Sache.«

Eine Sache, die so schwer zu ertragen war, dass er sie nicht einmal seinem Tagebuch anvertrauen wollte. So, als

313

könne er sie ungeschehen machen, indem er sie ignorierte. Indem er sich selbst belog.

Alex verlässt Martha, doch er geht nicht zum Ausgang des Friedhofs, sondern den Kiesweg hinab zu einem anderen Grab. Es ist nur wenig älter als das, von dem er kommt, und hier ruht ein Freund, dessen Verlust ihn beinahe so sehr schmerzt wie der seiner Frau.

Frank Bruckner steht auf dem Grabstein, in goldenen Lettern, die so neu sind, dass sie noch glänzen. Seit der Beerdigung ist er zum ersten Mal hier. Er hat sich nicht hergetraut. Schweigend steht er nun da.

Seine Erinnerung kehrt zu der Nacht zurück, in der Bruckner starb. Alex wünschte, Wonnegast hätte, so wie er es in seinem Tagebuch behauptet, Bruckner übernommen. Aber das tat Wonnegast nicht. Er hatte nicht das geringste Verständnis dafür, dass Bruckner Alex' bester Freund war. Die Idee mit dem falschen Alibi wies er als lächerlich und des Ausputzers nicht würdig zurück. »Ihr Freund, Ihr Problem«, sagte er. »Lösen Sie es.« Also löste Alex es. Rief Bruckner an und verabredete sich mit ihm. Diesmal nicht im Dubliners, sondern auf dem Parkplatz vom Las Vegas Berlin. Angeblich, um ihm etwas dort zu zeigen.

»Ich hätte auf deinen Rat hören und die Konsequenzen meiner Fehler tragen sollen«, flüstert er. »Ich wollte es. Aber dann ...«

Du wolltest es wirklich?, würde Bruckner sagen. Wieso hast du es dann nicht getan? Und wieso hattest du eine Waffe dabei, wenn du mich nicht von Anfang an erschießen wolltest?

Alex fällt auf diese Frage keine Antwort mehr ein. Zumindest keine, die ihn heute noch überzeugen würde. Er wollte wirklich mit Bruckner reden. Ja, er hat mit ihm geredet. Hat ihm alles erzählt. Allerdings erst, nachdem Bruckner angekündigt hatte, sie würden gerade das Fotomaterial auswerten, das die Schaulustigen vor dem Candyhaus gemacht hatten, in der Nacht von Luan Ademis Tod.

»Du lässt mir keine andere Wahl«, sagte Bruckner nach Alex' Geständnis. »Ich muss dich verhaften. Hier und jetzt.«

»Wieso musst du so ein verdammter Prinzipienreiter sein«, sagte Alex damals, und jetzt sagt er es wieder. »Wieso konntest du nicht deine verdammten Grundsätze über Bord werfen und einem Freund helfen?«

Weil dich genau das in diese Scheiße gebracht hat, sagt Bruckners Stimme in Alex' Kopf, wie aus dem Grab heraus. Ein krummes Ding wird nicht durch ein anderes krummes Ding gerade.

Die Sache mit der Verhaftung war kein Witz gewesen. Bruckner wollte Ernst machen. Allerdings hatte er seine Dienstwaffe nicht dabei. Seine einzige Waffe war, dass er Alex' Geheimnis kannte.

Ich hatte keine andere Wahl, denkt Alex. Aber sofort meldet sich eine andere Stimme: Du hast immer eine andere Wahl. Das hat Mustermann gesagt. Und er hatte recht.

Alex wischt sich die Tränen aus dem Gesicht, die er nicht zurückhalten kann.

Da hört er Schritte im Kies knirschen. Jemand nähert sich ihm von hinten.

Mustermann, denkt er sofort. Wie so oft in letzter Zeit.

Alex dreht sich nicht um. Mögen die Dinge kommen, die kommen sollen, denkt er.

»Liegt hier ein Freund von Ihnen begraben?«, fragt der Mann und tritt neben ihn. An der Stimme erkennt Alex, dass es nicht Max Mustermann ist. Trotzdem beschleicht ihn das Gefühl, dass das keine zufällige Begegnung zweier

Fremder ist. Er betrachtet den Mann neben sich. Groß, schlank, ein Allerweltsgesicht, das nirgendwo auffallen würde. Er trägt einen Kamelhaarmantel. In einigem Abstand steht ein zweiter Mann in einer Regenjacke und schaut zu ihnen herüber.

»Schickt Oskar Sie?«, fragt Alex.

»Oskar?«, fragt der Mann zurück. »Nein.«

»Wer sind Sie?«

»Ich bin einer von denen, die hinter Ihnen aufgeräumt haben.«

Erst jetzt wendet Alex sich ihm ganz zu. »Aufgeräumt? Was soll das heißen?«

»Wir haben Oskars Leiche beseitigt, den Tatort gereinigt, das Auto weggeschafft. Und nicht zu vergessen Kurt Wonnegasts Handy. Kurz gesagt: alles Spuren, die zu Ihnen führen.«

»Wer sind Sie?«, fragt Alex noch einmal.

»Ich glaube, das wissen Sie. Wir sind Leute, die vielversprechende Talente erkennen und ihnen eine Chance bieten. Leider wollte Wonnegast Sie nicht an uns abtreten.«

Alex versteht. Die New Kids on the Block. Die lachenden Dritten im Bandenkrieg der Albaner und Libanesen. Die genau das alles im Voraus so geplant und den Bandenkrieg losgetreten haben. Die Leute, für die er Luan Ademi ermordet hat.

»Woher kennen Sie meinen Namen?«, fragt Alex. »Wonnegast wird ihn Ihnen wohl nicht verraten haben.«

»Nein, aber sein Handlanger. Ein wenig Druck in Verbindung mit Geld haben ihn sehr schnell gesprächig gemacht.«

Der lederne Martin, denkt Alex.

»Sie werden von jetzt an für uns arbeiten«, sagt der

Mann mit dem Allerweltsgesicht. »Wir melden uns bei Ihnen. Wenn Sie an irgendwelche Ausflüchte denken, kann ich Ihnen nur raten: Lassen Sie es. Denn wie sagte ein früherer amerikanischer Präsident so treffend: *You can run, but you can't hide*.«

Andreas Götz

Die im Dunkeln sieht man nicht

Kriminalroman

München 1950. Karl Wieners, ehemals Schriftsteller, kehrt heim in eine Stadt, in der Schmuggler gute Geschäfte machen und Gestrandete die letzte Hoffnung verlieren. Karls letzte Hoffnung ist eine Karriere als Journalist. Wenn er herausfände, was aus dem Kunstschatz wurde, der bei Kriegsende aus dem Führerbau verschwunden ist, wäre das die Sensation. Gemeinsam mit seiner Nichte Magda begibt er sich auf die Spur der Bilder. Dabei geraten die beiden nicht nur ins Visier dubioser Schwarzmarktschieber. Sie stören auch die Kreise von Kommissär Ludwig Gruber, der auf der Suche nach einem Mörder fast verzweifelt. Doch womit sie es zu tun haben, erkennen sie erst, als es fast zu spät ist.

448 Seiten, broschiert

Weitere Informationen finden Sie auf
www.fischerverlage.de

AZ 596-70524/1

Max Reiter
Erinnere dich!
Thriller

Was hast du mit ihr gemacht?
ERINNERE DICH!

Vor zwanzig Jahren verschwand die Abiturientin Maja spurlos bei einer Wanderung. Ihr Freund Arno hat seither jede Erinnerung an das traumatische Ereignis verdrängt. Doch beim Abiturtreffen beschließen die Freunde von damals, den Wanderweg noch einmal gemeinsam zu gehen. Arno gerät unter Druck, plötzlich sind da Bilder, Erinnerungen: Er hat Maja als Letzter gesehen. Er weiß genau, wo sie an jenem Morgen waren. Er hat sie in die Höhle gelockt. Aber was ist dann passiert?

 336 Seiten, Klappenbroschur

Weitere Informationen finden Sie auf
www.fischerverlage.de